제저벨

제저벨 V 듀나

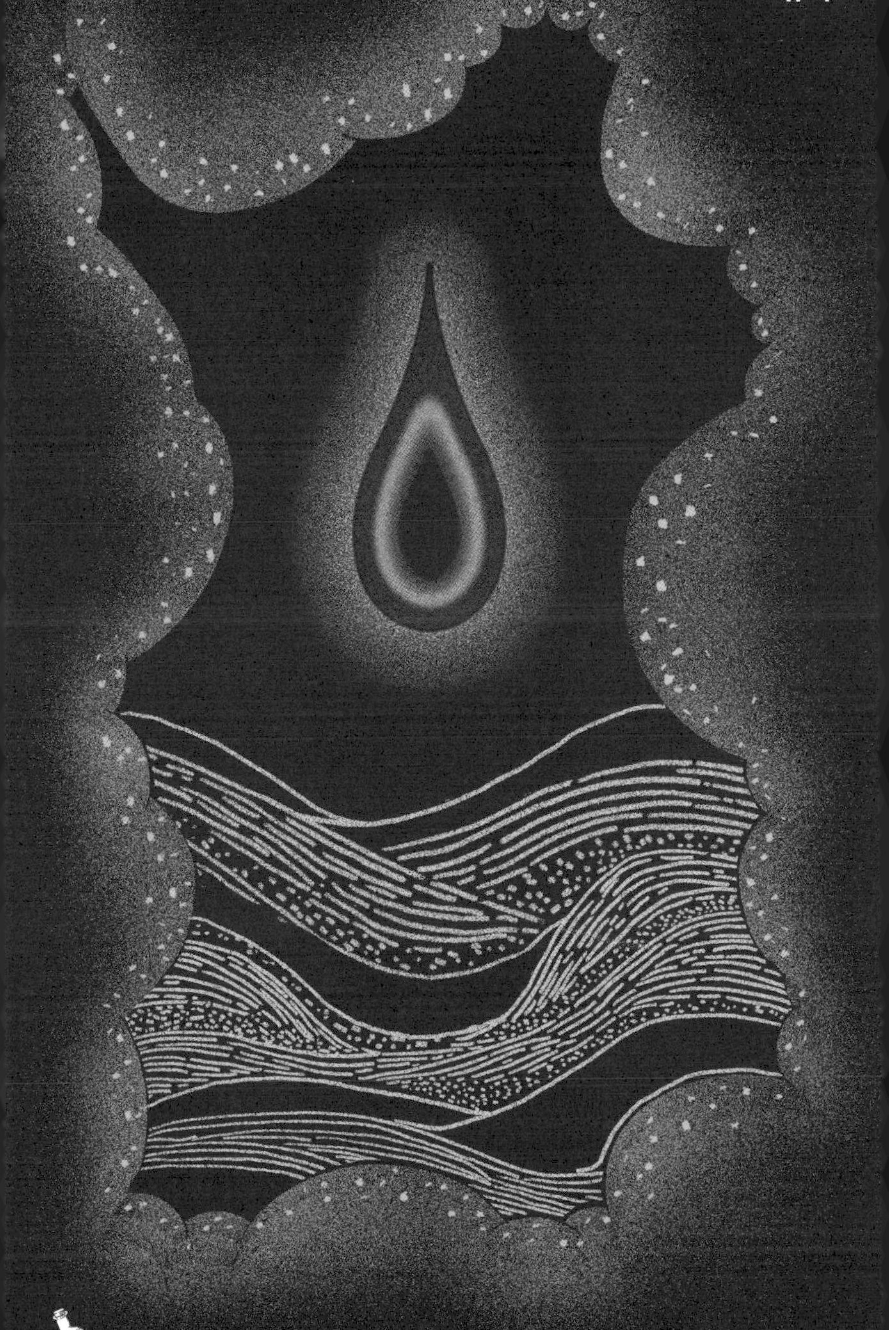

연작소설집

차례

홀랜드

Holland

"여기서 좋은 것들은 모두 죽어요.

별들까지도."

"Everything good dies here. Even the stars."

_커트 시오드막과 아르델 레이,

⟨나는 좀비와 함께 걸었다⟩

_Curt Siodmak and Ardel Wray,

⟨I Walked with a Zombie⟩

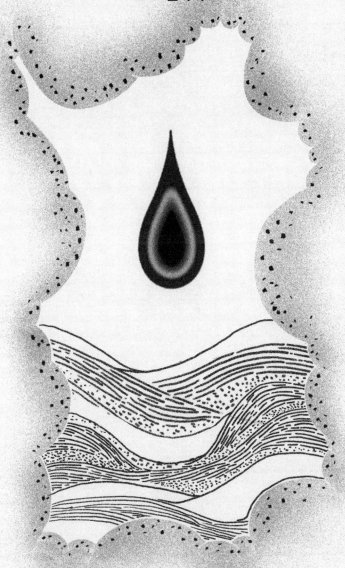

로즈 셀라비

1

우리 선장이 로즈 셀라비와 한판 붙은 이야기를 해줄게.

벌써 2년 전 이야기네. 하지만 크루소 알파b의 1년은 비교적 짧은 편이니 '벌써'라는 말을 강조할 필요는 없겠지. 가끔 이렇게 휙휙 계절이 바뀌는 걸 보면 세월이 총알같이 나를 스치고 지나치는 것 같아서 겁이 나긴 해.

그 일이 일어난 곳은 몬테 그란데 섬 부근의 바다였어. 거기가 어딘지 모른다고? 수요일 대륙 서쪽에 있는 화산섬이야. 크기는 딱 맨해튼만 하지만 크루소에서 가장 큰 활화산이 있지. 분화구 부근엔 작은 올리비에가 하나 있는데, 표준력으로 200년 전부터 묵상 중이야. 예전엔 분화구 전체를 덮을 만큼 컸다고 해. 요샌 작은 트럭만 한 크기야. 핵심인 뇌만 남겨놓고 불필요한 수족을 모두 떨어내고 있는 거야. 뒷바라지할 쿠퍼 몇 마리만 남겨놓고 말이야. 하지만 아무리 목석같은 놈이라도, 올리비에가 있는 곳에는 늘 아자니가 꼬이는 법. 이전만큼은 아니라도 그 부근 바다는 늘 조난자들로 들끓었지.

상상해 봐. 하늘을 덮고 있던 우중충한 비구름에 지름이 수백 미터가 넘는 구멍이 뚫리고 그 구멍을 통해 수십 마리의 아자니들이 황금 비처럼 쏟아지는 거야. 아자니들이 바닷물 속으로 뛰어드는 동안 지금까지 주변을 먼지처럼 맴돌던 100여 개의 빨판상어들은 중력장의 고리를 끊고 떨어져 나가지. 몇몇은 휘청거리면서 몬테 그란데의 해변으로 날아가지만 나머지는 그냥 바닷속으로 떨어져. 떨어진 것들 중 일부는 꿈틀거리면서 해변으로 헤엄쳐 가지만, 3분의 2 정도는 떨어진 채 그대로 구조를 기다리지. 그럼 여기서부터 우리가 나서는 거야. 말이 구조선이지, 어선이나 다름없어. 잡아 올리는 게 물고기가 아니라 사람일 뿐이지.

그 사람들에게 우리가 어떻게 보일지 가끔 상상을 해. 간신히 물 위에 떠 있는 빨판상어 안에선 보이는 게 별로 없지. 유리창 하나 난 건 조그맣고 바닷물로 더러워져 있으니까. 그래도 그걸 통해 같이 빠진 동료 빨판상어들과 멀리서 다가오는 구조선들을 볼 수 있을 거야. 그중 하나가 우리야. 충분히 가까워지면 뱃머리에 그려진 베티 데이비스 여사의 초상화를 구별할 수 있을걸. 어깨가 드러난 드레스를 입고 뒤를 돌아보는 그 그림을 누가 처음 그렸는지는 아직도 모르겠어. 하지만 우린 꾸준히 덧칠을 하고 코팅을 하면서 그림의 원래 모습을 유지하려고 해.

부딪치지 않을 정도로 가까워지면 내가 인사를 하러 나가. 기계팔에 매달려 가기도 하지만 요샌 주로 1인용 비행체를 이용해. 웨인의 디자인을 모방한 것인데, 날개 부분은 녀석들이 버린 것들을 주워 재활용한 오리지널이야. 하여간 이 벌레 같은 걸 등에 짊어지고 빨판상어를 향해 날아가는 거야.

대부분의 사람들은 누가 구출하러 오니까 일단 안심

하지만 내 얼굴을 보는 순간 헉하고 놀라기 마련이야. 당연하지 않나. 전설적인 할리우드 스타가 창문을 통해 자기네들을 노려보고 있으니 말이야. 말이 나왔으니 하는 말인데, 진짜 프레드 애스테어도 나만큼 프레드 애스테어 같아 보인 적이 없을걸. 나는 〈스윙 타임〉의 필름에서 막 뛰쳐나온 것처럼 피부가 회색이지. 그러니 안에 있는 녀석들 중 덜 겁먹은 놈들은 별별 시시한 농담들을 다 던지기 마련이야. "진저는 어딨어요?"라고 묻는 녀석들은 정말 그 농담이 신선한 줄 알까?

나 말고 다른 승무원들을 보내면 좋겠지만 선택의 여지가 전혀 없어! 도대체 누굴 보내나? 항해사 아가씨? 미인이지. 하지만 그 고양이 상 얼굴을 봐. 척 봐도 표범이나 치타 같은 대형 육식동물 같은 게 믿음을 안 주잖아. 그런 얼굴로 날아와서 유리창을 두드린다면 신참들이 겁먹을 뿐이지. 녹은 유리를 뒤집어쓴 갈색 악마처럼 생긴 엔지니어는 더 심해. 아무리 링커들이 유전자를 엉망으로 뒤섞는 시대라지만 녀석은 도대체 사람하고 비슷한 구석이 없잖아. 암만 봐도 슬며시 인간 세계에 잠입한 외계인 같은데, 유전자 검사를 해보면 그것도 아니거든. 월리 월러스의 복제판처럼 생긴 요리사 아줌마는 당연히 해당 사항이 아니지. 남은 건 선장인데…… 나름 한 배의 선장이라는 친구가 1미터짜리 곰인형처럼 생겼다면 누가 진지하게 받아들이나. 어쩔 수 없이 내가 가야 한다고.

내가 일단 사람들을 안심시키면 엔지니어가 작업에

들어가. 빨판상어가 적당히 작다면 기계팔을 이용해 직접 갑판으로 끌어 올리지. 하지만 덩치가 조금 있는 놈이라면 부표를 달고 사슬로 배에 연결해서 수요일까지 끌고 가는 거지. 아, 이건 설명해 줄 필요가 없겠구나. 너희들도 겪어봤잖아.

이 작업이 끝나면 갑판 위에는 물에 젖은 생쥐처럼 바들바들 떠는 10여 명 정도의 신참들이 남게 돼. 나는 그 친구들을 오락실로 보내고 요리사 아줌마가 만든 해초 차와 생선 국물을 줘. 이것도 저것도 받지 않는 친구들을 위해서 그냥 끓인 물도 준비해 두고 있지. 어느 정도 진정이 되면 난 우리 소개를 해.

"제저벨에 오신 걸 환영합니다." 내 인사는 늘 이렇게 시작돼. "저 곰돌이 친구는 이 낡아빠진 욕조통의 선장이고 전 이곳의 선의가 되겠습니다. 혹시 모르시는 분들을 위해서 말씀드리자면, 여러분이 운 나쁘게 추락하신 행성은 대마젤란은하 구석에 박힌 크루소 알파b라는 곳입니다. 식민지가 개발된 지는 표준력으로 350년쯤 되었고 여러분이 아주 운이 좋지 않은 한 여기서⋯⋯."

이러면 꼭 이쯤 해서 누군가 참견하기 마련이야. 다들 빨리 다음 아자니로 갈아타고 이 거지 같은 곳을 떠나고 싶은 거지. 이들이 던지는 가장 뻔한 질문은 "여기서 가장 가까운 올리비에는 어디에 있습니까?"야. 그럼 난 언제나처럼 심술궂은 미소를 머금고 이러는 거지. "음⋯⋯ 제 말을 조금 더 들으시지. 죄송하지만 여러분은 여기서 빠져나가실 수 없습니다. 가장 가까운 올리비에는 바로 저기 몬테 그란데 섬에 있습니다. 하지만 여러분이 공항처럼 이용하실 수는 없어요. 200년째 묵상 중입니다. 이 행성에 있는 올리비에들이 대부분 그렇습니다. 수요일 대륙에 괜찮게 작동하는 올리비에가 하나 있긴 합니다. 하지만 탈출하려는 사람들이 엄청 밀려 있어요. 여러분은 혹시 이브 몽탕이 나오는 〈공포의 보수〉를 보신 적 있으십니까? 딱 그 상황이라는 걸 알고 계십시오."

그럼 그래도 머리가 조금 돌아가는 친구가 꼭 이렇게 묻기 마련이지. "디트리히로 직접 우릴 실어줄 셔틀선은요?" 그럼 난 이렇게 대답해. "저런, 희망을 깨트려서 어쩌나? 그런 것 없습니다. 이 행성의 궤도엔 디트리히가 없어요. 크루소 태양계는 연성계입니다. 우리가 사는 크루소 알파와 그 주변을 1만 2000년 주기로 도는 적색 왜성 크루소 베타가 있지요. 거기엔 디트리히가 네 개인가 있습니다. 제가 들은 바로는 소행성에 뿌리를 박고 공항 구실을 하는 올리비에들이 잔뜩 있고, 웨인과 기네스들이 메뚜기처럼 소행성 사이를 폴짝폴짝 뛰어다닌답니다. 다들 거기서 뭔가 생산적인 일들을 하겠지요. 문제는 아자니들이 거기 있기를 싫어하는 겁니다. 그래서 이 놀기 좋아하는 아가씨들은 가르보에서 내리자마자 광속의 99.99999……퍼센트로 여기까지 휙 날아오는 겁니다. 미처 내리지 못한 운 나쁜 승객들을 끌고 말이죠. 그림이 그려집니까? 딱 〈공포의 보수〉라니까요! 자, 저희도 본전을 뽑아야 하니 가지고 계신 도서관 큐브를 공유해 주시겠습니까? 외계 과일이나 씨앗 같은 게 있다면 더욱 좋습니다."

2

크루소란 원래 그런 곳이야. 어떤 친구들은 유형지 행성이라고도 하고 어떤 친구들은 변비 행성이라고 하지. 난 변비 행성이 딱인 것 같아. 잔뜩 먹어대기는 하는데 배설을 제대로 못하지. 은하계 곳곳에서 변덕스러운 아자니들이 날아와 빨판상어들을 떨구고 가지만 정작 책임은 거의 지지 않는 곳. 수많은 종족들이 모여 살고 있지만, 링커들이 끊임없이 유전자 풀을 흔들어놓기 때문에 정작 아이들은 거의 태어나지 못하는 곳. 개떡 같은 곳이야.

이곳 달력으로 7년 전 이 행성에 떨어졌을 때는 나도 암담했어. 고향인 마리아 부츠를 떠난 뒤로 15년 동안 난 한 행성에 한 달 이상 머무는 건 상상도 한 적이 없었지. 평생 이렇게 은하계를 떠돌다가 죽을 거라고 생각했어. 그런데 재수 없게 변비 행성에 떨어져 오도 가도 못하게 되었으니 막막한 거지.

탈출하려고도 해봤어. 적어도 이 행성엔 아직까지 공항 구실을 하며 아자니를 받아주는 올리비에가 세 군데는 된다고 들었으니 말이야. 하지만 그 근방엔 반드시 엄청난 입장료를 받아 배를 불리는 탐욕스러운 시티가 있기 마련이지. 제저벨의 목적지인 수요일의 맥킨지 블록도 그런 곳이었어. 모든 조난자들이 일단 그곳에 가고 싶어 해. 대륙의 유일한 탈출구가 있으니까. 하지만 그들 중 맥킨지 블록의 사기꾼들에게 탈출료를 지불할 만한 능력이 있는 사람은 거의 없어. 대부분 근교에 있는 조난자보호협회에 등록하는 것으로 만족하지. 가끔 운 좋은 승객들을 싣고 하늘로 솟구치는 아자니들을 바라보면서 말이야.

나 역시 일찍 포기했어. 난 희귀한 도서관 큐브도 가지고 있지 않고 오염 안 된 지구 식물 씨앗도 없다고. 융통성이 있고 임기응변에 강하고 자격증을 딴 뒤로 의사 노릇도 곧잘 하지만 이 짓거리를 하면서 입장료를 버는 건 거의 불가능한 일이었으니까.

그러다 제저벨과 선장을 만났어. 데론다 만 근처에서 하는 일 없이 얼쩡거리고 있는데, 우연히 제저벨에서 의사를 찾는다는 소리를 들은 거지. 구출된 여우 머리 신참 둘이 발작을 일으키며 죽어가는데, 의료 기계는 먹통이고 어떻게 해야 할지 아는 사람은 한 명도 없었던 거야. 하지만 몇 년 동안 스코티시 루트를 떠돌며 그 근방의 돌연변이에 익숙해져 있던 나는 이런 링커 발작의 치료법을 알고 있었지. 한 명은 결국 못 살렸지만 나머지 한 명은 구할 수 있었어. 선장은 내가 맘에 들었는지 제저벨에 머물지 않겠냐고 했고 나는 승낙했어.

나쁘지 않은 선택이었던 것 같아. 제저벨은 책임감 없

는 사람들이 빈둥거리기엔 딱 좋은 배야. 일단 자급자족이 가능하거든. 보유하고 있는 전지는 우리가 다 죽을 때까지 버틸 수 있고 정 모자란다면 바닷물에 녹아 있는 화학물로부터 직접 에너지를 뽑아 끌어올 수 있어. 특별히 육지 음식 취향이 아니라면 식사도 괜찮아. 평생 영사실에 틀어박혀 도서관 큐브 안에 저장된 옛날 영화들을 보며 시간을 때워도 뭐랄 사람은 아무도 없지.

제저벨을 얻은 뒤, 처음 몇 개월 동안 선장은 정말 그렇게 시간을 보냈대. 제저벨이 화요일 대륙을 한 바퀴 돌고 적도를 따라 세계 일주를 하는 동안 이탈리아어와 피아노를 독학으로 배우고 〈주노와 공작〉을 제외한 히치콕의 영화 전편을 골백번 반복 감상했던 거지. 가끔 선장은 나에게 그때가 가장 행복했다고 하더라고. 이해가 가. 크루소에서 배를 가진다는 건 자유를 얻는 것과 같아. 태어나서 단 한 번도 혼자인 적 없었던 선장에게 그 고독은 그 친구가 상상할 수 있는 자유의 극한이었을 거란 말이지.

아마 선장은 자기만을 위해서라면 평생 혼자 살 수도 있었을 거야. 하지만 그러기엔 제저벨을 너무나도 사랑했어. 배라는 기계는 그냥 물 위에 둥둥 떠다니기 위해 태어난 게 아니야. 정말로 배를 사랑한다면 그 배에 존재 이유를 부여해 주어야 해.

선장은 그동안 여러 가지 일을 했어. 몬테 그란데나 데론다 만으로 추락하는 빨판상어들을 구출했고, 목요일 대륙 해변에서 보물찾기도 했으며, 수상쩍은 승객들을 다른 대륙으로 보내주기도 했지. 어쩌다 서너 번 용병 함단에 속해 활동하기도 했지만 오래가지는 못했어. 선장은 전쟁도 싫어했지만 군대의 계급사회는 더 싫어했거든. 그런 건 옛날 항공모함 시절의 경험으로 충분했어. 제저벨은 주로 혼자 움직였고 여기에 대해 불평하는 승무원들은 아무도 없었어. 엔지니어를 제외하면 제저벨의 승무원들은 대부분 선장과 비슷했지. 대단한 목적의식이 없는 개인주의자들. 엔지니어의 속마음을 누가 알겠냐만, 제저벨에 남기 위해 덩컨 외인부대의 스카우트를 거절한 걸 보면 그 친구 성향도 특별히 다를 게 없을 거라고 봐도 되겠지.

3

사실 우린 신참들을 수확하러 몬테 그란데로 간 건 아니었어. 그럴 계획은 전혀 없었지. 어차피 최근 몇 개월 동안 방문하는 아자니의 수는 꾸준히 줄어들고 있었고, 그 악다구니 속에서 고생할 사람들도 충분했어. 인도적인 이유로 그곳을 찾을 이유는 없었어.

아자니들이 떨어지기 두 시간 전만 해도 우린 따뜻한 배의 영사실에 모여 앉아 〈카사블랑카〉를 보고 있었어. 언제나처럼 험프리 보가트가 나올 때마다 야유를 퍼부었고, 클로드 레인즈의 모든 대사를 진심으로 암송했고, 잉그리드 버그먼의 동그란 얼굴이 떠오를 때마다 한숨을 내쉬었지. 제저벨의 승무원들은 모두 버그먼의 충성스러운 팬이었어. 배의 이름을 생각해 보면 마땅히 베티 데이비스가 우선이어야 할 것 같지만 그게 맘대로 되던가. 우린 데이비스도 좋아했지만 그래도 버그먼이 늘 먼저였어.

콘라트 베이츠가 총에 맞고 승무원들이 환호성을 질러대는 동안 선장에게 전화가 왔어. 선장은 툴툴거리면서 오락실을 나와 전화를 받았어.

전화를 건 사람은 자유함선연합의 바얀 퍼플이었어. 알 수 없는 이유로 바얀이라는 이름은 한동안 수요일에서 유행이었고 우린 벌써 일곱 명이나 되는 바얀들을 알고 있었지. 슬슬 그 친구들이 스스로를 구별하기 위해 이름 뒤에 붙인 색깔들이 떨어지고 있었어.

"무슨 일이야?" 선장이 물었어.

"손이 필요해. 오늘 밤 몬테 그란데 부근에 아자니 떼가 날아든다는 정보가 들어왔어."

"거긴 원래 배가 많잖아. 우리가 거기 가서 무얼 하겠어?"

"조난자를 구하러 가라는 게 아니야. 그걸 핑계로 뭔가 다른 걸 좀 해달라는 거지."

"그게 뭔데?"

"도서관 큐브가 든 가방. 우리 고객 중 한 명이 그 가방과 함께 이 시궁창에 떨어졌지. 고객은 구출되었지만 큐브는 가방과 함께 바다 밑에 가라앉았어. 그게 3년 전

일이고 우린 그 큐브 안에 든 정보가 아직 값어치가 상당하다고 믿을 만한 근거가 있어."

"어느 정도?"

"자궁 서넛을 만들고 살릴 정도."

"와, 한밑천 잡겠네. 그런데 왜 그걸 이제야 꺼내는 거야?"

"7일 전쟁이 막 시작되었을 때였다고. 게다가 당시 고객은 자기가 가진 게 뭔지도 몰랐고 이 행성에 연줄도 없었어. 수요일에서 봉급쟁이로 한동안 살다가 드디어 그 큐브의 진짜 가치에 대해 알게 된 거지. 우리가 나서서 구매자도 확보했고 돈도 준비됐어. 이제 큐브만 있으면 되는 거야."

"큐브가 아직까지 있을까? 다른 보물 사냥꾼들이 훔쳐 갔을 수도 있잖아."

"아직 그곳에서 신호가 잡혀. 첨부한 신호 지문을 참고로 해. 자네 배의 장비라면 5분도 안 걸리지. 그냥 사람 몇 명 구조해서 수요일로 돌아오는 척하면서 잠수 기계를 풀라고. 큐브를 챙겨 오면 내 수익의 10퍼센트를 자네들에게 주지."

"그렇게 중요한 걸 왜 갑자기 이야기하는 거야?"

"이 친구야, 비밀을 오래 간직해서 뭐 하나?"

바얀은 전화를 끊었어. 괴상한 행동이지만 바얀의 성격을 생각해 보면 이치에 맞았어. 바얀은 충동적인 만큼 계산적이었어. 대강 건성으로 성급하게 해치우는 듯한 행동도 자세히 보면 나름대로 치밀한 계산에 바탕을 두고 있었단 말이야. 결국 선장은 〈카사블랑카〉의 마지막 신을 포기하고 선교로 갔어.

바얀이 말했던 것처럼 일 자체는 식은 죽 먹기였어. 몬테 그란데 해역에 도착하자마자 엔지니어는 잠수 기계를 바다에 던졌고 그 기계는 10분도 되지 않아 도서관 큐브를 찾아냈지. 큐브를 삼킨 기계는 다시 수면 위로 올라와 우리가 핑계 삼아 건져 올리던 빨판상어에 착 달라붙었어. 기계는 빨판상어와 함께 갑판 위로 끌려왔고, 구조 작업이 진행되는 동안 엔지니어가 몰래 따로 챙겨 선장실에 갖다 놓았어. 모든 게 감쪽같았어.

도대체 그 큐브 안에 뭐가 들어 있을까? 궁금했던 선장은 엔지니어를 불러 큐브를 스캔했지. 암호가 걸려 있었지만 쉽게 풀렸고 내용도 어느 정도 파악 가능했어. 하지만 도서관이 품고 있는 정보의 가치가 얼마나 대단한지는 여전히 알 수 없었어. 바얀 말대로 이 안에 든 정보로 죽은 자궁들을 살리거나 새 자궁을 만들 수 있을지도 모르지. 하지만 이 도서관 큐브가 보다 거대한 계략의 일부이고 정보 자체보다 정보를 가지고 있다는 사실 자체가 더 중요한 것일 수도 있었던 거야. 크루소에서는 간단한 일이 없지. 안정된 국가가 없고 700개가 넘는 시티들이 꾸준히 이합집산을 반복하는 곳이잖아. 이런 세계에서 살아남으려면 늘 등을 조심해야 한다는 건 누구나 알고 있었어.

그 증거로, 선장과 엔지니어가 도서관 큐브에 몰두하는 동안 제저벨에서는 불길한 일이 일어나고 있었어.

그걸 맨 처음 눈치챘던 건 나였어. 구조한 신참들을 모아놓고 오리엔테이션을 하려는데, 한 명이 안 보이는 거야. 대충 얼굴을 보니 빠진 사람이 누군지 알 것 같았어. 그날 우리는 소형과 중형 빨판상어를 하나씩 구출했는데, 사라진 사람은 소형 빨판상어의 조종사였어. 모를 수가 없었지. 우린 처음에 그 친구가 죽은 줄 알았거든. 하지만 생명 신호가 감지되지 않은 건 고장 난 우주복 때문이었고 헬멧을 벗기니 숨은 붙어 있더라고. 그래서 내가 용케 살려냈지. 그 뒤로 멀쩡해 보였는데, 갑자기 없어진 거야.

걱정이 되더군. 그 빨판상어는 상태가 굉장히 안 좋았단 말이야. 우리가 갔을 때 물을 먹고 침몰 중이었지. 꼴을 보아하니 방어막이 고장 난 건 한참 전인 것 같았어. 아무리 아자니의 보호막 안에 있었다고 해도 그 상태로 아광속 비행을 했는데, 그동안 그 친구 몸에 무슨 일이 생겼을지 누가 알겠어? 바람 쐬러 갑판 위에 올라갔다가 갑자기 뇌가 픽 하고 멈추었다면 어떻게 해?

정말 걱정이 되어서 스캔을 해봤어. 이런, 신호가 배 뒤에서 들려. 가보니 우리가 부표에 매달아 끌고 가던 중형 빨판상어에 뭔가가 걸려 있는 거야. 엔지니어를 불러서 기계팔로 그걸 끌어 올렸지. 조종사의 시체였어. 셔츠 가슴 부분에 구멍 두 개가 뚫려 있고 안쪽의 피부에는 화상이 나 있었어. 누군가가 전기충격기로 즉사시킨 뒤 시체를 버렸는데, 셔츠가 그만 빨판상어에 걸렸던 거지.

멍해지더라. 우리 배에 살인자가 있었던 거야. 하지만 도대체 왜 죽였을까? 우리가 끌어 올린 열세 명의 사람들은 모두 은하계 이곳저곳에서 날아든 사람들로, 서로에 대해 잘 알고 있을 리가 없었어. 물론 조종사가 태우고 온 두 명 중 하나가 범인일 수도 있겠지. 자길 이따위 시궁창에 빠트린 조종사에게 복수하고 싶었을 수도 있어. 하지만 솔직히 그렇게 단순한 범죄였을 것 같다는 생각은 안들었어. 조난자들 중 그 정도로 기운이 있어 보이는 사람은 단 한 명도 없었어. 모두 지치고 멍해 보였지. 살인범이 멍한 표정을 연기하고 있다면 이건 계획 살인인데, 그럼 동기를 설명할 수가 없어. 이리로 가나, 저리로 가나 난감한 거야.

게다가 범인을 밝힌다고 해서 우리가 어쩌겠나. 어차피 크루소에서는 시민권을 가지지 못한 사람은 아무런 권리가 없어. 하늘에서 뚝 떨어진 뜨내기가 죽었다고 살인 사건을 수사하고 공정한 재판을 해줄 기관은 없단 말이지. 뭐, 조난자보호협회? 농담해?

하여간 이 사실을 보고하려고 선장실에 갔더니 아무도 없더라. 그래서 다시 갑판에 올라가 봤더니 선장과 서너 명의 조난자들이 서쪽 바다 어딘가를 손가락으로 가리키면서 웅성거리고 있더라고. 그래서 나도 가서 봤지. 아무것도 없었어. 정말로 아무것도 없었지. 정말로 정말로 아무것도 없었단 말이야. 자연 상태에서 그렇게 아무것도 없을 수는 없었지. 무언가가 있는 것을 지우개로 지워버린 것 같았어. 그렇다고 하얀 자리가 남은 것은 아니고 그냥 텅 비어 있다는 느낌. 이 공허하면서도 과시적이고 부조리한 감각은 뭘까? 과연 뭐가 이런 느낌을 만들어내는 거지?

선장이 나를 부르더군. 나는 그의 뒤를 따라 선장실로 내려갔어. 그가 웅얼거리는 소리를 듣고 나서야 나는 저 텅 빈 느낌의 정체가 무엇인지 기억해 낼 수 있었지.

선장은 이렇게 말했던 거야. "도대체 우리 배에 뭐가 있어서 로즈 셀라비가 쫓고 있는 거지?"

4

슬슬 선장과 로즈 셀라비의 우울한 역사에 대해 이야기할 때가 되었어. 하지만 이야기를 제대로 하기 위해서는 선장의 탄생담부터 이야기해야 해.

아니, 정확히는 발견담이라고 해야 해. 아무도 선장이 어디에서 태어났는지 모르거든. 데론다 만에 떠다니던 빨판상어의 잔해 속에서 발견되었어. 조난자보호협회에 실려 온 뒤 한동안 그 친구는 연구의 대상이 되었지. 과연 이 장난감 같은 생명체를 어떻게 다루어야 할까? 정당한 인간으로 대접할까, 아니면 애완동물로 키워야 할까? 그리고 이 녀석은 여자야, 남자야?

후자에 대해서는 현실적인 타협이 불가피했어. 짧은 비닐 파이프 모양을 한 아기의 총배설강은 엉뚱하게도 배에 달린 주머니 안에 있었거든. 이게 아기가 속해 있는 아종에겐 자연스러울지 몰라도, 정상적인 생활은 어렵지. 의사들은 아기에게 항문을 만들어주고 배주머니에 구멍을 뚫어 이제 소변만 배출하게 된 총배설강을 밖으로 끌어냈어. 그 결과 아기는 남자용 소변기를 쓸 수 있게 되었고 고로 남자가 되었지. 하긴 요새 세상에 남자나 여자의 정의는 인간들이 지구에서 살던 때와 많이 다르잖아. 대부분의 행성에서 남자란 임신할 능력이 없는 개체들을 대충 뭉뚱그려 가리키는 막연한 단어에 불과하지. 그리고 이 정의 역시 그렇게 정확한 편은 아니거든. 화이트 라이언 태양계의 흰개미 아마존들은 결코 자기네들을 남자로 인정하지 않을 거야.

인간인가, 애완동물인가라는 질문에 대한 답은 유보되었어. 발견된 지 7개월 만에 아기는 우울증에 빠진 부유한 노부인에게 입양되었지. 공식적으로는 입양이었지만 사실 애완동물로 팔아넘긴 것이나 다름없었어. 협회로서는 어느 쪽이건 상관없었어. 잘 먹고 잘 살아라, 곰돌아.

아기에게 양어머니의 집은 투쟁의 장이었어. 맘만 먹는다면 먹고 자고 애교를 떨면서 남은 평생을 보낼 수도 있었지. 하지만 선장은 그걸 원치 않았어. 그래서 혀와 입을 고문해 가며 필사적으로 말하는 법을 배웠지. 혼자서

글을 쓰고 읽는 법을 익혔고 부지런히 그 사실을 주변 사람들에게 알렸어. 어떻게 해서든 그가 말하는 곰인형이 아니라 존중받아 마땅한 인간이라는 사실을 인정받고 싶었지만 주변 사람들은 여전히 선장을 재주 부리는 애완동물에 불과하다고 생각했지.

선장은 공부에 몰입했어. 택한 과목은 될 수 있는 한 현실에서 멀리 떨어진 추상적인 학문이었어. 아침엔 수학과 물리학을 배웠고 오후에는 대위법과 화성학을 익혔어. 선장은 동글동글 귀여운 자기의 육체를 혐오했고 오로지 숫자와 논리로만 구성된 추상적인 천국을 갈망했지.

그 천국은 양어머니의 죽음 이후 그가 정당한 유산을 상속받았다면 어느 정도 가까워질 수 있었을지도 몰라.

미안하지만 크루소에서는 일이 그렇게 공정하게 돌아가지 않아. 어떻게든 유산에서 한몫을 뜯어내려고 기를 쓰던 양어머니의 친척들은 선장이 서류상으로는 아들로 입양되었지만 법적으로는 애완동물임을 밝혀냈어. 이 착오는 쉽게 수정될 수 있었지만 그 더러운 벌레들은 이 기회를 놓칠 수가 없었지.

그 결과 로버트 루이스 스티븐슨의 소설에서나 일어날 법한 일이 선장에게 일어났어. 친척들은 선장을 납치해 해적선 베로니카 레이크 호의 일등항해사에게 팔아버렸던 거야.

3개월 뒤 베로니카 레이크는 토요일 대륙 서해안에서 로즈 셀라비의 공격을 받아 침몰했고 빈 술통에 매달려

홀로 간신히 살아남은 선장은 로즈 셀라비의 함장 해머헤드 레드에게 끌려갔어. 그때 선장은 정말 죽었구나라고 생각했대. 해머헤드 레드를 포함한 모든 승무원들이 선장을 보고 군침을 흘리고 있었던 거야. 다행히도 해머헤드 레드는 말하는 곰인형이 양도 얼마 되지 않는 곰 고기보다 더 쓸모가 있다고 판단했어.

자, 이제 로즈 셀라비에 대해 이야기해 보기로 하지. 로즈 셀라비는 키티호크급 항공모함처럼 생겼어. 아마 처음에 자궁에서 태어났을 때는 정말 키티호크급 항공모함이었을 거야. 올리비에들이 까다로워지기 전의 크루소, 특히 토요일 대륙은 밀리터리광들의 놀이터였으니까. 그 친구들이 가지고 온 자궁들은 오리지널 디자인의 20세기 전쟁 무기들을 잉태했고 밀리터리광들은 그것들을 가지고 전쟁놀이를 벌였어. 하지만 그 뒤로 몇백 년의 세월이 흐르는 동안 로즈 셀라비는 서서히 진화했어. 디젤엔진과 스크류를 버리고 핵융합 발전기와 워터제트 추진 장치와 대륙 간 탄도미사일을 달았고 선체는 현란한 핑크빛으로 물들였지. 뱃머리에 커다란 빨간 장미를 꽂은 변기를 그린 건 누구의 아이디어였는지 모르겠어. 적어도 해머헤드 레드의 아이디어는 아니었어. 사실 누구의 아이디어도 아니었을 거야. 자궁이 만들어낸 배들이 대부분 그렇듯, 로즈 셀라비는 고유의 의지를 가진 배였어. 일단 이 핑크색 항공모함의 시스템에 들어가면 어쩔 수 없이 로즈 셀라비의 일부로 사고하게 되지. 이 배에 초자연적인 힘이 있어서 그런 건 아니야. 그냥 시스템이 가진 힘이 그만큼 강할 뿐이었지.

크루소에 있는 다섯 척의 항공모함들이 모두 그렇듯, 로즈 셀라비는 법적으로 지위를 인정받은 인구 4000의 시티였어. 4000명이나 되는 인원이 필요한 곳은 절대로 아니었지. 요새 기술로는 비행체를 모두 수동 조종한다고 해도 100여 명으로 충분하잖아. 하지만 법적인 지위를 확보하려면 머릿수는 중요해. 일단 꾸역꾸역 사람들을 먼저 받고 그다음에 일을 만들어야 하지. 로즈 셀라비 정도라면 4000명을 먹여주고 재워주는 것 정도는 문제가 없어. 하지만 시티에 사람들이 남아 있게 하려면 그것만으로는 모자라. 한참 모자라. 결국 이런 배들은 식솔들을 먹여살리고 위신을 세워주기 위해 호전적이 될 수밖에 없어. 대외적으로도 그렇고 대내적으로도 그렇고.

이런 곳에 책과 음악을 좋아하고 부잣집의 사치에 익숙해 있던 어린 곰돌이가 떨어진 거야. 암담하지 않아? 그래도 해결책은 있었어. 배에서 가장 무르고 여성적인 부분을 찾아가 재롱둥이 노릇을 하는 거지. 가능했을 거야. 로즈 셀라비는 야만적인 곳이었지만 남자들만 부글거리는 곳은 아니었으니까. 행정 부서나 영양 부서만 해도 여자들이 더 많았는걸. 내 말은 '여성적인' 여자들 말이야. 꼭 '여성적'이기만 하다면 여자가 아니어도 상관없겠지. 하여간 그네들 중 계약만 채우고 내릴 것 같은 사람을 하나 골라 애완동물이 되었다면 1년도 되지 않아 그 말도 안 되는 곳에서 내릴 수 있었을걸.

하지만 이 한심한 친구는 그러지 않았어. 순진무구하게 바로 이게 자신의 존재 가치를 증명할 기회라고 생각했지.

그 뒤 8년 동안 선장은 로즈 셀라비에서 자기 위치를 찾으려고 필사적으로 노력했어. 그렇게 허망한 노력은 아니었어. 기본 지식이 있었고 수학적 훈련이 되어 있었기 때문에 기계 관련 일들은 굉장히 빨리 배웠어. 계획 없이 멋대로 개조되고 변형된 로즈 셀라비의 내부엔 선장처럼 작은 몸집의 엔지니어가 도움이 되는 부분이 예상외로 많았어. 1년도 되지 않아 선장은 로즈 셀라비라는 배의 모든 것에 대해 알게 되었어. 그러다 보니 직급도 높아졌고 배당금도 어느 정도 올라갔지. 이 정도면 선장의 계획은 성공이었다고 할 수 있을 거야.

하지만 로즈 셀라비의 생활은 끔찍했어. 선장의 배당금이 높아질수록 더 끔찍해졌지. 선장의 동료들은 어디서 굴러들어 왔는지 알 수도 없는 곰인형 같은 괴물이 자기네들보다 더 대접을 받는다는 걸 참을 수가 없었어. 온갖 다양한 종류의 구박과 학대가 계속되었어. 그게 어떤 종류였는지는 거의 말을 하지 않으니 나로서는 짐작만 할 수 있을 뿐이지만. 내 생각에 선장은 육체적 고통을 견디지 못하고 쉽게 울음을 터트렸기 때문에 놀리는 재미가 더 있었던 것 같아. 게다가 온몸이 갈색 털로 덮여 있으니 멍 같은 상처도 잘 보이지 않았지. 그렇다고 누구한테 하소연을 할 수 있는 것도 아니었어. 선장은 결코 졸업할 수 없는 남자 기숙사 학교에 감금된 기분이었어.

선장에게 더 싫었던 건 로즈 셀라비의 역할이었어. 로즈 셀라비는 크루소의 바다를 돌아다니며 늘 크고 작은 전쟁에 참가했어. 그게 항공모함의 역할이었으니까. 하지만 선장이 보기에 그 전쟁들은 대부분 아무짝에도 쓸모가 없었어. 크루소 사람들에겐 목숨을 걸어야 할 사상이나 신념 따위는 없었어. 그렇다고 전쟁을 일으켜야만 살아남을 만큼 빈궁한 시티도 없었고. 선장이 보기에 크루소 사람들은 순전히 습관 때문에 전쟁을 했어. 선배들이 남겨놓은 자궁들이 끊임없이 전쟁 무기들을 잉태하고 있으니 이들을 소비할 수밖에 없다는 거지. 사람들은 몇백 년째 독소 전차전을 벌이고 있는 토요일 대륙의 밀리터리광들을 비웃지만, 선장이 보기엔 그들이라고 특별히 나을 것도 없었어.

동기도 동기였지만 역할의 비능률성 역시 선장을 괴롭혔어. 크루소에서 벌어지는 전쟁에는 항공모함이 필요 없어. 비행체를 갑판 위에 싣고 다니면서 느릿느릿 기어가는 커다란 배가 현대전에 무슨 쓸모가 있겠어? 왜 200년 전까지만 해도 120대나 되었던 항공모함이 지금은 다섯 척밖에 안 남았을까? 선장은 로즈 셀라비의 시티로서의 수명이 얼마 남지 않았다는 걸 알았어. 늦기 전에 배당금을 쥐고 튀는 게 상책이지.

그러나 선장은 그러지 못했어. 끔찍한 곳이었지만 로

즈 셀라비는 그의 가치를 입증할 수 있었던 유일한 곳이
기도 했어. 로즈 셀라비를 떠나면 무엇을 할 수 있을까?
아무런 정식 자격증도 없는 그 친구를 누가 제대로 대우
해 줄까. 지금까지 익힌 기술 대부분은 이 비능률적인 구
닥다리 전쟁 기계에 특화되어 있었는데.

5

제저벨을 따라오는 배가 로즈 셀라비인 건 분명했어.
그걸 어떻게 아느냐고? 전투기에나 먹힐 법한 은폐장을
배 전체에 까는 바보가 몇이나 되겠어? 그리고 그런 바보
들 중 저렇게 큰 배는 단 하나밖에 있을 수가 없다고. 로
즈 셀라비지.

선장이 떠나 있는 동안 로즈 셀라비의 역할은 조금씩
변해갔어. 전쟁 무기보다 협박용 얼굴마담에 가까웠지.
저 말도 안 되는 은폐장도 마찬가지야. 저건 자신을 감추
기 위한 게 아니야. 물론 방심하고 있으면 잘 안 보이긴
하지. 하지만 은폐장의 효과는 상대방이 로즈 셀라비의
정체를 알아차렸을 때 더 커. 뭔가 보이지 않는 유령 같은
괴물이 뒤를 따라오고 있는 것 같은 효과를 내지. 과연 로
즈 셀라비 쪽에서 은폐장의 진짜 용도를 알고 있느냐는
다른 문제일 거야.

중요한 건 이게 아니었어. 우리가 어떤 음모에 말려들

었는지, 이 사태를 어떻게 해결해야 하는지 알아내는 것이 먼저였지. 바얀과 연락해서 도움을 요청할 수 있었다면 좋았겠지만 예상대로 그건 불가능했어. 이미 로즈 셀라비가 뿌린 통신 방해 장치들이 우리 주변을 날아다니고 있었어. 주변엔 배도 별로 없었어. 구조선들은 여전히 작업 중이거나 몬테 그란데의 지열발전소에서 에너지를 보충하고 있었지. 우리와 같이 떠난 배 서너 척도 너무 멀리 떨어져 있었어.

가까이 있다고 해도 그녀들이 로즈 셀라비를 어떻게 할 수 있는 것도 아니지. 수요일에 도착하기 전엔 우린 어쩔 수 없이 혼자였어.

우린 조타실에서 토론을 벌였어. 그냥 달아나나? 아니면 화물칸이 비었으니 밸러스트를 이용해 잠수할까? 둘 다 말도 안 되는 소리였어. 로즈 셀라비가 갑판에 괜히 비행체랑 쾌속정들을 쌓고 다닐까? 조금 나은 속도와 엉성한 잠수 실력만 믿다간 큰코다치기 십상이었어. 아무리 발버둥 쳐도 로즈 셀라비가 일단 우릴 잡으려고 한다면 빠져나갈 구석이 없었어.

그리고 도대체 왜 로즈 셀라비가 우릴 쫓는 건데? 우리가 건진 도서관 큐브 때문일 가능성이 가장 크긴 했지. 하지만 오늘 배에서 벌어진 살인 사건을 생각해 보면 뭔가 다른 이유 때문일 수도 있어. 그런데 그게 뭐냐고.

나는 그게 뭐건 그냥 주자고 했어. 하지만 선장은 그 말을 들으려 하지 않더군. 우리가 가지고 있는 것이 무엇이고, 로즈 셀라비가 누구를 대표하고 있는지 확신하기 전엔 항복하고 싶지 않다는 거야. 선장의 표정을 보니 왜 그렇게 고집을 부리는지 짐작이 가더군. 로즈 셀라비가 아닌 다른 배가 우릴 쫓았다면 선장도 조금 더 융통성 있게 굴었을 거야. 하지만 선장은 로즈 셀라비보다 자신을 낮추고 싶지 않았어. 로즈 셀라비에 항복하는 건 7년 전 과거로 돌아가는 것과 같았지. 하지만 지금처럼 상대방이 어떤 대화도 거부하고 그냥 다가오고 있다면 그런 고집이 무슨 소용이 있겠어.

"내가 그쪽에 직접 다녀오지." 선장이 말했어. "해머헤드 레드와 직접 대화해 볼게. 그래도 안 되면 어쩔 수 없지만 무슨 사정인지도 모르고 당할 수는 없어."

아, 머리가 아프더군. 선장은 그동안 로즈 셀라비에 무슨 일이 일어났는지 전혀 모르고 있었어. 이해가 되긴 해. 나라도 거기 소문은 일부러 멀리하려 할 테니까.

"지금 거기 함장은 해머헤드 레드가 아니야, 선장. 해머헤드 레드는 반년 전에 선상 반란으로 쫓겨났어." 내가 말했어.

"어쩌다가?"

"슬픈 이야기야. 2년 전에 해머헤드 레드는 그랜트-번즈 시 동맹과 5년 계약을 맺었어. 그런데 몇 개월 뒤에 그랜트-번즈에서 반혁명이 일어나 교회 마피아가 정권을 잡았단 말이거든. 해머헤드 레드도 나름대로 원칙이 있어서 교회 마피아의 졸개가 그랜트-번즈의 우두머리라면 계약을 재고하겠다고 주장했지. 양심적인 행동이었지만 정치적으로 보면 바보 같은 선택이었어. 일단 그러려면 엄청난 위약금을 지불해야 했으니 배당금이 팍 줄어들지. 게다가 교회 마피아가 과연 공짜로 얻은 것이나 다름없는 항공모함을 놓치려 하겠어? 결국 교회의 스파이들이 로즈 셀라비에 들어가 함장 몰래 선상 반란을 부추겼고, 원래부터 해머헤드 레드의 배당 정책에 불만이었던 선원들이 들고일어나 자기 방에서 거창한 정치 선언문을 쓰고 있던 함장을 끌어내 창고 안에 가두었단 말이지. 일단 함장을 가둔 그치들은 함장에게 배당금 착복 혐의를 씌워서 배에서 쫓아냈어. 함장은 지금 화요일 근처에 있는 앵무새 섬 관광호텔에서 살고 있어. 가본 사람 말에 따르면 민사재판의 피고로 몰린 걸 제외하면 그럭저럭 잘 살고 있대. 경제적으로도 그렇게 어렵지 않다나. 로즈 셀라비 쪽에서는 그게 함장이 몰래 돈을 착복한 증거라고 으르렁거리고 있다지만 그렇게 볼 필요까지 있나."

"하지만 잠깐만. 그랜트-번즈의 교회 마피아 정부는 얼마 전에 무혈혁명으로 축출되지 않았어?"

"맞아, 그래서 로즈 셀라비의 입장이 난처해진 거야. 새로 올라온 시민연합 정부에서는 선상 반란을 이유로 로즈 셀라비와의 계약을 일방적으로 파기해 버렸어. 이러니 어쩌나. 배당금은 못 받고 고용주도 잃고 평판도 떨어지고 내부 갈등은 더 심해지고……. 그러니 자네가 저길 혼자 가면 위험한 거야. 어떤 악당들이 저 배를 고용했는지 우리가 어떻게 알아. 저 친구들은 지금 아주 절실하다고. 길거리 깡패들보다 못해."

"지금 함장은 누군데?"

"음…… 알프레드 E. 비슨이라는 작자라지. 알지도 모르겠다. 20년 넘게 거기 장교로 있었다던데. 그런데 도대체 무슨 이름이 이래? 이름 끝에 성을 달았네? 여기가 지구야? 크루소에 자기 말고 비슨이 또 있다는 거야? E는 또 뭐의 약자고? 약자이긴 한 거야?"

6

그 이름을 꺼내지 말았어야 했어. 아니, 어차피 꺼내긴 꺼내야 했겠지만 그래도 조금 조심해야 했는데.

사실 선장은 녀석에 대해 아주 가끔 이야기했어. 단한 번도 이름을 부른 적이 없어서 내가 둘을 연결시키지못했을 뿐이지. 선장이 이름 대신 사용하던 별명은 '말미잘 혀'였어.

이 별명만으로도 알프레드 E. 비슨의 외모는 썩 그럴싸하게 묘사되었다고 할 수 있어. 이 문어 머리의 신사분은 정말로 입 안에 말미잘처럼 생긴 혀를 갖고 있었지. 뭔가 이야기하고 싶은 게 있으면 주머니 모양을 한 입을 딱벌렸는데, 그러면 식도에서 튀어나온 말미잘 모양의 혀가꿈틀거리면서 말을 했대. 한번 보고 싶군. 이미 늦었지만.

선장이 일부러 별명까지 붙여주며 그 친구의 이름을 언급한 이유는 설명할 필요도 없을 거야. 선장에게 비슨은 로즈 셀라비가 가진 모든 추악한 면을 대표하는 존재였어. 한동안 직속상관이었음은 말할 필요도 없겠지. 선장은 가끔 말미잘 혀 밑에서 세상 모든 더러운 것에 대해 다 배웠다고 말하곤 했어. 구체적인 이야기는 한 적 없지만 그게 뭔지는 충분히 상상할 수 있지 않아?

내가 비슨이었다면 선장의 이런 평가에 대해 조금 억울하다고 생각했을지도 몰라. 캔터베리 건설 회사의 해결사로 경력을 시작한 비슨은 척 봐도 전형적인 목요일의 밑바닥 인간이었어. 비슷한 부류의 더러운 인간들 사이에서 어떻게 하면 살아남을 수 있을까만 골몰해 온 상상력 부족한 부류였겠지. 처음부터 다른 걸 배운 적이 없는 놈인데, 어떻게 고상을 떨고 품위를 지키고 철학을 논하느냐 말이야. 내 생각엔 함장이 데려온 곰돌이가 그에게 싸한 경멸의 시선을 던지기 전까지는 자기가 조잡한 존재로 보일 수 있다는 생각도 못 했을 거야. 그랬으니 상급자의 권한을 내세우며 그 곰돌이를 학대한 것도 당연하단 말이야. 저질스럽고 한심하지만 당연하지.

하여간 알프레드 E. 비슨의 이름을 듣자마자 선장은 갑자기 의욕이 넘쳐났어. 상황이 위급해서 더 그랬을 거야. 이미 로즈 셀라비는 500미터 거리까지 접근해 있었고 사방에서는 비행체들이 내는 윙윙 소리가 들렸어. 그러다 덜컥하는 느낌이 나더니 제저벨이 천천히 떠오르더

라. 네 대의 비행체들이 우리 배를 로프로 묶어 끌어 올리고 있었어. 무슨 계획인지 알 만하겠어. 갑판 위에 올려놓고 무력화시킨 뒤 무작정 쳐들어오겠다는 속셈이잖아. 단순하고 무식하지만 효과적인 게 딱 로즈 셀라비 타입이었어. 그때까지 그 친구들을 직접 겪은 적은 없었지만 소문은 그랬단 말이지.

배가 공중에 떠 있는 동안 선장의 머리가 핑핑 돌아가는 소리가 들리는 것 같았어. 지금까지 그가 잊어버리려고 했던 로즈 셀라비에 대한 모든 정보가 다시 끌려 나와 정리 분류되고 있었지. 그와 함께 그의 행동 계획이 자동적으로 짜 맞추어지고 있었고. 지금까지 선장 손에 들려져 있던 도서관 큐브는 어느새 주머니 속으로 들어가고 없었어.

나는 정말 선장이 걱정되었지만 언제까지나 그의 옆에 있을 수 없었어. 허겁지겁 조타실에서 빠져나온 나는 충격 방지용 조끼를 차려입고 항해사 아가씨와 함께 조난자들을 도왔어. 로즈 셀라비가 어떻게 나올지는 몰라도 이들을 일단 잘 보이지 않는 곳에 감추어둘 필요가 있었어. 큐브는 선장이 알아서 하겠지.

그러는 동안 제저벨은 천천히 로즈 셀라비의 갑판 위로 내려가고 있었어. 우린 조난자들을 비밀 창고에 숨기고 조타실로 달려갔어. 선장은 보이지 않았어. 무슨 일을 꾸미고 있는지 알 수는 없었지만, 우린 그냥 할 수 있는 일을 해야 한다고 생각했어. 그러는 데에 특별한 의견 일치는 필요 없었지. 지금처럼 어이가 없는 일은 겪어보지 못했지만 그래도 우린 비상시에 어떻게 행동해야 하는지 정도는 알고 있었어.

쿵 하고 제저벨이 갑판 위에 내려앉았어. 생각보다 충격이 심하지는 않았지만 선체가 살짝 왼쪽으로 기울었어. 우린 항해사 아가씨가 배분해 준 충격총과 바늘총을 하나씩 챙겼어. 충격총은 십중팔구 압수당하겠지만 구두 깔창 사이에 숨겨놓은 바늘총까지 찾아내지는 못하길 바라야지.

곧 이동식 계단이 설치되고 쿵쿵거리면서 장갑복을 입은 선원 여섯 명이 올라오더군. 그 친구들은 조금도 주저하지 않고 조타실에 들어오더니 우리에게 총을 겨누었어. 우린 별생각 없이 손을 치켜들었지. 녀석들은 예상대로 우리의 충격총을 압수했지만 그뿐이더라고. 어차피 장갑복을 입은 녀석들을 바늘총으로 어쩔 수 있는 것도 아니고.

대장인 듯한 남자가 나에게 걸어왔어. 내가 우두머리처럼 보였나 봐. 그 방에서 유일한 남자여서? 아니면 내가 지구인과 가장 닮았기 때문에? 내 턱시도가 선장 유니폼처럼 보여서?

"큐브는 어디 있나?" 녀석이 묻더군.

"무슨 큐브?" 내가 대답해 줬지.

"바얀 퍼플이 너희들에게 주워 오라고 한 도서관 큐브 말이다. 지금 그건 어디 있나?"

"아, 그건 선장이 가지고 있어."

"선장은 지금 어디 있나?"

"낸들 아나. 당신네들이 우릴 집어 올리는 동안 우린 각자 몸 추스르느라 바빴어. 의심나면 한번 뒤져보시지 그래?"

대장은 커다란 턱을 부하들에게 삐죽 내밀면서 손짓을 했어. 그중 한 명이 조타실에서 빠져나와 갑판 위에서 지키고 있던 다른 선원들에게 손짓을 하더라고. 여섯 명이 더 올라왔고 수색이 시작되었어. 결코 즐거운 상황은 아니었지만 난 좀 안심이 됐어. 결국 녀석들이 노리는 건 큐브였어. 조난자들이 아니고. 누군가의 목숨을 책임지지 않아도 된다니 다행이 아니고 뭐야.

물론 난 그때 창고에 숨어 있던 조난자들 중 두 명이 몰래 빠져나와 로즈 셀라비로 잠입하고 있다는 걸 까맣게 몰랐어.

7

제저벨이 로즈 셀라비의 갑판 위에 떠 있었을 때 선장은 이미 항공모함 안에 들어와 있었어. 감시탑의 인공 눈이 볼 수 없는 사각의 위치를 정확히 알고 있었던 선장은 위장 날개옷을 입고 제저벨이 내려앉기 직전에 그곳으로 점프했던 거야. 비행 거리가 짧아 감속할 여유가 거의 없어서 함교 벽에 정면으로 부딪치고 15미터 높이에서 벽과 스치듯 자유낙하할 수밖에 없었지만 상관없었어. 선장의 몸무게는 기껏해야 25킬로그램에 불과했고 관절이 엄청 유연해서 그 정도 충격은 무리 없이 감당할 수 있었거든. 자기에게 그런 능력이 있다는 걸 알게 된 것도 바로 로즈 셀라비에서였지. 고생은 했지만 배운 게 많은 곳이었어. 물론 로즈 셀라비가 아닌 다른 곳이었다면 그런 고생 없이 편하게 배웠겠지만.

선장이 떨어진 곳은 오를라 스물네 대가 세 줄로 코트처럼 걸려 있는 거치대였어. 날개옷을 벗어 던진 선장은 구석에 장치된 엔지니어용 엘리베이터를 타고 아래로 내려갔어. 갑판 위엔 선원들이 가득했지만 다들 제저벨에 신경을 쓰느라 선장의 존재는 눈치채지 못했지.

이론상 선장은 아무에게도 눈에 뜨이지 않고 로즈 셀라비의 어디로든 갈 수 있었어. 8년 동안 항공모함 안에 있으면서, 선장은 내부 시스템을 자신에 맞게 개량하고 변형했어. 기계들의 위치가 조금씩 바뀌면서 선장 정도 몸 크기의 작은 동물들이 숨거나 움직일 수 있는 여유 공간이 만들어졌지. 작업의 편의성 때문이기도 했지만 동료들의 박해로부터 달아나 숨을 곳이 필요하기도 했기 때문이었어. 아마 그러지 않았다면 선장은 제저벨을 만나기 한참 전에 죽었을지도 몰라.

신경 케이블과 하수도 파이프가 깔려 있는 복도 밑 빈 공간을 달리는 동안, 선장은 서서히 가슴이 벅차오르는 기분을 느꼈어. 그는 정말로 로즈 셀라비를 사랑했었어! 그건 선장이 지금 제저벨에 느끼는 감정과는 전혀 다른 것이었지. 제저벨에 대한 그의 사랑이 친구나 배우자에 대한 것이었다면, 로즈 셀라비에 대한 감정은 할리우드 스타에 대한 팬의 열광에 가까웠어. 징글맞은 동료들로부터 해방된 지금의 그에게 그 감정은 더 순수하게 다가왔어.

그 때문에 그는 로즈 셀라비의 현 상태에 서글퍼지기도 했어. 선장은 최고의 관리자였어. 시스템에 복종하지 않으면서도 무엇이 시스템에 최선인지 명확하게 알고 있고 언제나 자신의 의견을 실천에 옮기는 사람이었지. 선장이 관리직에 있던 5년간은 로즈 셀라비에게도 최고의 시간이었어. 딱하게도 선장이 떠난 뒤로 로즈 셀라비는 서서히 쇠퇴해 갔어. 그 증거로 선장이 최적화시킨 신경 시스템은 선장이 배에서 나갔던 7년 전 바로 그 모습을 한 채 썩어가고 있었어. 상사에게 아첨하는 것 이외엔 아는 게 하나 없는 게으름뱅이들이 그의 뒤를 이은 게 분명해.

10분 동안 꼬불꼬불한 길을 달린 끝에, 선장은 첫 번째 목적지에 도착했어. 그곳은 신경망들이 집중되어 있는 21번 허브였어. 이전엔 그냥 물리적 교차로에 불과했던 곳이지만, 선장은 순전히 자기가 쓰려고 허브로 개조했었지. 아직도 컴퓨터에 남아 있는 공식 도면에서는 허브가 스무 개밖에 없는 것으로 나와 있었어. 선장은 먼지가 잔뜩 쌓인 의자에 조심스럽게 앉아 가지고 온 고글을 연결했어. 신경망의 12퍼센트가 손상되어 있었지만 배의 현 상태가 어떤지 알아내기엔 아무런 무리가 없었어.

선장은 선상 반란이 일어난 이후의 정보에 집중했어. 선장이 읽은 바에 따르면 로즈 셀라비는 그랜트-번즈와 의 계약이 파기된 뒤로 그냥 정처 없이 떠돌아다녔던 모 양이야. 새로운 계약도 따내지 못했고 단독으로 뭔가 일 을 벌이지도 못했어. 최근 몇 개월 동안 로즈 셀라비가 가 장 신경 쓴 건 식량 확보였어. 항공모함이 자급자족 상태 로 들어갔다는 건 장사가 정말로 안 된다는 거지. 이들이 가장 신경 쓰고 있었던 건 과일 향을 내는 에스테르의 수 급이었어. 제대로 된 디저트가 충분히 배급되지 않으면 제2의 선상 반란이 일어날 가능성이 농후했던 거야. 지난 한 달 동안 로즈 셀라비의 승무원들은 진짜 과일을 단 한 점도 먹지 못했어.

예상했던 대로 누가 로즈 셀라비를 고용했는지에 대 한 직접 정보는 얻을 수 없었어. 이런 건 대부분 함장과의 일대일 구두계약으로 진행되기 마련이지. 그래도 선장은 나흘 전 비슨 함장이 정체불명의 누군가와 계약을 체결했 으며, 이 일이 제대로 성사된다면 로즈 셀라비의 앞날은 밝다고 큰소리를 친 걸 알아냈어. 이날 이후로 비슨의 패 거리들은 결집했지만 반대자들은 여전히 냉소적이었지. 오히려 비슨을 욕하는 지하 통신망의 게시물들은 이 시 기부터 급증하고 있었어. 이들 중 가장 인기 있는 건 비밀 계약 자체가 존재하지 않으며 그 계약은 로즈 셀라비의 단독 해적질을 정당화하기 위한 핑계라는 주장이었지. 선장은 그 의견에 동의할 수 없었지만 그래도 상황이 괴상하다는 건 받아들일 수밖에 없었어. 제저벨 같은 작은 배를 나포하기 위해서 항공모함을 고용하는 건 아무리 생각해도 낭비지. 어떻게든 선상 반란을 막아야 하는 비슨 패거리들은 그런 의심을 할 수도 없었겠지만.

지금 시점에서 계약이 무엇인지 알아내는 건 그리 중요하지 않았어. 무엇보다 제저벨을 탈출시켜야 했어. 선장의 계획은 간단했어. 로즈 셀라비의 핵융합 발전 장치를 정지시키는 거야. 그와 함께 비행체의 거치대를 묶어두면 로즈 셀라비는 그냥 물 위에 떠다니는 섬에 불과했어. 물론 제저벨을 다시 바다로 돌려보낼 네 대의 부양 비행체는 선장이 직접 조종할 수 있게 길을 터두어야 했어. 로즈 셀라비를 다섯 시간 동안만 묶어두면 제저벨은 공해에서 벗어나 맥킨지 블록으로 달아날 수 있었어.

처음엔 모든 게 그냥 손쉬워 보였어. 시스템은 거의 업그레이드되지 않았고, 선장이 숨겨놓았던 뒷문들은 다 살아 있었어. 하지만 작업을 하다 보니 이상한 방해물이 나타났어. 정체를 알 수 없는 무언가가 계속 핵융합 발전 장치의 시스템을 방어하는 거야. 그건 로즈 셀라비의 인공지능이나 시스템 전문가의 짓일 수 없었어. 그러기엔 방어 전략이 이질적이었어. 선장이 모르는 뭔가 다른 것이었어.

한참 고민하던 선장은 결국 직접 발전소로 가보기로

결정했어. 선장은 발전소를 향해 달렸어. 환풍구를 지나고 사물함들을 옆으로 밀어 만든 빈 공간을 지나고 케이블 튜브 위를 뛰었지. 여전히 고글을 쓰고 있었기 때문에 선장은 그동안 로즈 셀라비에서 무슨 일이 일어나고 있는지 알 수 있었어. 제저벨에 들어온 수색대는 결국 큐브를 찾지 못했고 (당연하지!) 항공모함 이곳저곳에서는 비슨 함장의 바보짓에 대한 야유가 들려오고 있었지. 통신 채널 이곳저곳에서 비슨의 신경질적인 목소리가 들려오고 있었는데, 원래 말솜씨가 없는 친구였지만 지금 그의 말은 거의 논리를 잃어가고 있었어. 한심하지. 그에겐 큐브를 찾는 것이 함장의 권위를 세울 수 있는 마지막 기회였던 거야.

20분 동안 죽어라 달린 끝에, 선장은 드디어 발전소에 도착했어. 통제실 안에는 아무도 없었어. 규정상 반드시 한 명은 지키고 있어야 하는데 말이지. 군기 빠진 놈들. 그래도 가지고 간 바늘총을 쓸 필요가 없어서 다행이었어. 선장은 뒷문으로 보안 장치를 뚫고 수동 통제 장치를 작동시켰어. 이론상 이건 실패할 수 없는 계획이었어. 하지만 선장이 차단 5단계 중 4단계를 실시하는 순간 다시 모든 게 원상태로 돌아갔어. 두 번째, 세 번째 시도도 마찬가지로 끝났어.

선장은 다시 시스템을 스캔했어. 겉보기엔 이상한 게 아무것도 없었어. 하지만 비상시 발전소 차단과 같은 기본적인 기능을 수행하지 못한다면 이상할 수밖에 없는 거지. 선장은 눈을 감고 생각했어. 머릿속으로 선장이 기억하고 있는 시스템을 떠올렸어. 다시 눈을 뜬 선장은 그 심상과 스캔 결과를 비교해 보았어. 이제 그는 뭐가 잘못되어 있는지 알 수 있을 것 같았어. 아주 교묘하게 시스템의 일부로 위장한 정체불명의 무언가가 발전소에 기생하고 있었던 거야. 위장은 너무 교묘해서 원래 시스템에 대해 알고 있지 않는 한 발견해 내기가 거의 불가능했어. 군기 빠진 로즈 셀라비의 게으름뱅이들은 당연히 모르고 지냈을 거야.

선장은 다시 비밀 통로로 들어갔어. 실험실의 쥐라도 되는 양, 발전소 부근의 꼬불거리는 미로를 누볐어. 마침내 그는 발전소와 연결되어 있는 황금색 케이블을 하나 찾아냈어. 그는 케이블을 따라 전진했고 마침내 익숙한 공간에 도달했어. 발전소의 기계들을 조금씩 옮겨 만든 그 공간은 선장이 혼자 울고 싶을 때 찾아가던 곳이었어.

선장 대신 그 공간을 차지하고 있는 것은 지름 2미터, 높이 3미터 정도로 보이는 원통형 기계였어. 꼭대기에서 뱅뱅 돌고 있는 바람개비를 빼면 거의 죽은 것 같았지. 하지만 선장이 가까이 오자 강아지만 한 크기의 기계 둘이 나타나 꺄악 하는 경고음을 내며 입을 벌렸어. 쿠퍼들이었어. 그리고 그 원통형 기계는 당연히 올리비에였지.

선장은 잠시 머리가 어찔했어. 왜 올리비에가 여기 있는 거지? 인간이 만든 기계에 올리비에가 기생한다는 말은 들어본 적이 없어. 올리비에처럼 안정성과 독립성을 중요시하는 기계가 인간이 만든 탈것, 그것도 물에 떠다니는 배에 붙어산다는 게 말이 되나. 그런데 그의 눈앞에 바로 그 예외 현상이 존재하고 있었던 거야. 엄청난 발견이었지. 토픽감이었어.

선장은 고민했어. 로즈 셀라비에 탄 승무원들은 대부분 로즈 셀라비의 시스템에 종속돼. 자유의지가 있는 것처럼 행동하지만 대부분 아니란 말이야. 그런데 지금은 올리비에가 로즈 셀라비 시스템의 일부였어. 그렇다면 지금 이 배에서 일어나고 있는 모든 일들은 올리비에의 의지에 따른 것일까? 충분히 있을 수 있는 일이었어. 올리비에는 인간과 대화하지는 않지만 인간을 이용하기는 하니까. 하지만 그 목적이 뭘까?

고민할 시간이 없었어. 지금 선장이 깨달은 건 단 한 가지. 로즈 셀라비를 물리적으로 무력화시키는 건 불가능하다는 것이었어. 어떤 시도를 해도 올리비에가 막을 테니까. 그렇다면 그냥 항복해 버릴까? 그럴 수는 없었어. 잠시 고민한 끝에 선장은 대안을 찾아냈어. 그래, 로즈 셀라비 전체를 무력화시키는 건 너무 무식했어. 하지만 허브에서 모순되는 통제 메시지를 보내 실질적인 움직임을 막는 것은 가능했어. 그러려면 지금 당장 움직여야 했지.

슬프게도 선장의 계획은 중간에 끝나버렸어. 그것도 한심할 정도로 진부하고 싱겁게. 선장이 무기고 부근의 복도 위를 달리던 중, 녹슨 바닥이 푹 하고 꺼져버렸던 거야. 선장은 꼴사나운 자세로 추락했고 척 봐도 비슷 함장이 목요일에서 불러들인 깡패 무리인 게 뻔한 험악한 남자들과 맞닥뜨렸어. 선장이 일어나기도 전에 남자 하나가 다가와 한 손으로 그를 잡았어. 목덜미가 잡혀 몸이 허공에 뜨는 동안 선장은 비명을 질렀어. 귀를 찢는 하이 소프라노가 복도에 메아리쳤어.

다행히도 요새는 그런 비명을 지른다고 해서 계집애 같다고 놀리지 않지.

8

함장실로 끌려왔을 때, 선장의 얼굴은 눈물범벅이 되어 있었어. 울고 싶지 않아도 나오는 걸 어떻게 해. 선장은 아직도 울음을 참는 방법을 몰랐어. 신경 치료까지 고려해 봤지만 자기가 아닌 다른 누군가가 되는 기분이라 그것도 포기했지. 로즈 셀라비를 떠난 뒤로 선장은 그게 그냥 당연한 것이라고 자기 합리화를 했어. 왜 울지 않는 거야? 알렉이 로라 곁을 떠나는데! 밤비 엄마가 죽었는데! 모두들 자기가 스파르타쿠스라고 외치는데! 울어! 울어! 다들 울라고!

하지만 그가 마치 더러운 세탁물이라도 되는 양 알프레드 E. 비슨의 발 앞에 던져졌을 때, 선장은 창피함에 어쩔 줄 몰랐어. 아무리 양손으로 눈물을 닦고 이를 악물어도 선장이 거기까지 끌려오는 동안 엉엉거리며 큰 소리로 울었다는 사실을 감출 수는 없었지.

비슨은 그런 선장을 보며 비웃고 있었어. 입 모양 때문에 보통 사람들은 그의 표정을 읽을 수 없었지만 선장은 알고 있었지. 같이 지낸 몇 년 동안 그 소리 없는 웃음을 얼마나 증오했는데.

"아니, 이게 누구야, 곰탱이!" 비슨이 말했어. 입을 딱 벌리고 말미잘 혀를 꿈틀거리면서 말이야. 선장은 비슨이 말을 할 때마다 진짜 말을 하는 건 말미잘 혀이고 비슨은 단지 혀에게 몸을 제공해 주는 숙주에 불과할지도 모른다고 상상했어.

"예, 예의를 지켜, 비슨. 난 더 이상 네 부하가 아니야. 이젠 나도 내 배가 있어." 선장은 될 수 있는 한 울먹이지 않으려고 노력하며 말했어.

"아, 저 깡통 말이지. 네가 선장이라면 큐브도 가지고 있겠네. 잘 왔어. 당장 내놓지 그래."

"그런 건 없어." 선장은 짤막하게 대답했고 그 말은 사실이었어. 비슨의 깡패들이 아무리 선장 몸을 뒤져도 큐브는 나오지 않았어. 그때 그건 오를라 거치대 옆에 부착된 소형 비행체 안에 들어 있었어. 선장이 암호를 말하면 당장 날아올라 성층권 위로 사라지게 사전 조작이 되어 있었지.

"도대체 이게 무슨 장난이야." 비슨은 험상궂게 외쳤어.

그의 꿈틀거리는 말미잘 혀를 보자 선장은 조금씩 마음이 안정되었어. 눈물은 마르고 머리는 맑아졌어. 아무리 비슨과 깡패들이 험상궂게 굴어도 큐브의 위치를 알고 있는 한 그가 한 수 위였어. 적어도 저 녀석들의 생각이 고문에 미치기 전까지는. 그러니 빨리 머리를 굴려야 했어. 어떻게든 빨리.

"난 단지 로즈 셀라비에 경고를 해주려 했을 뿐이야." 선장은 자기가 무슨 말을 하고 있는지도 모르면서 허겁지겁 말을 만들었어. "나름 옛정이 있으니까. 지금 이 배가 어떤 음모에 말려들었는지 정말 몰라?"

"웃기지 마!"

"아하, 그래? 그럼 한번 생각해 보자. 우린 그 큐브를 바로 몇 시간 전에 물에서 건졌어. (이렇게 이야기가 만들어지는군, 잘됐어!) 그런데 너네들은 나흘 전에 명령을 받았지? 이게 말이 되나? 왜 너네 의뢰인은 너네들보고 그 전에 그냥 바다에서 그 물건을 직접 건져 올리라고 말하지 않았지?"

비슨은 망설였어. 이야기가 통했던 거야.

어이가 없게도 그 질문은 선장에게도 통했어. 이건 그냥 상대방을 기만하기 위한 속임수가 아니었어. 위기에서 빠져나오려고 잽싸게 머리를 굴리다 보니 어쩌다 정곡을 찌르는 질문이 만들어졌던 거야. 살인 사건에서부터 로즈 셀라비의 개입까지 모든 게 갑자기 말이 됐어. 그가 찾아낸 건 거짓말이 아니라 진실일 수도 있는 그럴싸한 이론이었어.

"난 네가 정체를 감추려고 기를 쓰는 의뢰인이 누군지

알아." 선장이 말했어. "자유함선연합의 바얀 퍼플이지, 안 그래?"

비슨은 대답하지 않았어. 그건 사실을 인정하는 것이나 다름없었지. 의기양양해진 선장은 잽싸게 덧붙였어.

"네가 얼마나 바보인지 말해볼까? 바얀은 십중팔구 그 큐브에 자궁 몇백 개를 살릴 수 있는 엄청난 정보가 담겨져 있다고 말했을 거야. 그러니 신호가 나는 배를 나포해서 물건을 빼앗으라고, 물건을 챙기면 사례를 하겠다고 했겠지. 그래서 당신은 늘 하던 대로 냉큼 우리 배를 끌어올려 갑판 위에 던졌지. 자, 그 결과 무슨 일이 일어났을까? 모르겠다고? 이 멍청한 놈아, 우리 배는 트로이의 목마가 된 거야! 뭐? 트로이의 목마가 뭔지 모르겠다고? 지금 사정이 어떻게 돌아가는지 한번 밖을 보지 그래?"

선장은 요란한 몸동작으로 창문을 가리켰어. 그건 순전히 귀 안에 숨겨놓은 바늘총을 꺼내는 동안 시선을 돌리기 위한 술수였지만 이번에도 절묘하게 타이밍이 맞았어. 쾅 하는 요란한 소리와 함께 유리창이 깨졌고 수백 개의 작은 유리 조각들이 사방으로 튀었어. 깡패들은 우르르 복도로 달려 나갔고 비슨만이 혼자 남아 유리 조각이 들어간 눈을 껌뻑거리며 비명을 질렀어. 선장은 그를 무시하고 복도로 뛰어나갔어.

어쩜 내 직관력은 이렇게 뛰어난 거지? 선장은 의기양양했어. 바얀이 이렇게 갑자기 그를 끌어들인 것도 당연해. 그에게 머리를 굴릴 시간 여유를 주지 않으려 했던 거야. 그는 아직 그 음모의 목적이 뭔지는 몰랐어. 하지만 이 난장판에서 살아남아 바얀에게 추가 수고비를 받아야 한다는 사실은 명확했지.

로즈 셀라비는 이제 난장판이었어. 서로에게 총질을 하고 가스 폭탄을 던지느라 바빠서 선장의 작은 몸 따위는 신경도 쓰지 않았지. 지금까지 아슬아슬하게 유지되었던 균형이 무언가 때문에 파괴된 거야. 그게 뭔지 선장은 이미 알고 있었어. 바로 우리가 구출했던 조난자들 중에 바얀의 스파이들이 숨어 있었던 거야. 조종사의 죽음도 그로 설명할 수 있어. 아마 스파이들은 그 조종사가 죽은 줄 알고 빨판상어의 승객으로 위장했을 거야. 그러다 갑자기 조종사가 살아났으니 난처해졌겠지. 정체가 들통 나지 않으려면 될 수 있는 한 빨리 입을 막을 수밖에.

허겁지겁 21번 허브로 돌아온 선장은 다시 탈출 준비를 했어. 배가 이렇게 난장판이니 발전소의 가동을 멈추는 일 따위엔 신경 쓸 필요가 없었어. 부양 비행체 네 대를 조종해 빨리 제저벨을 바다로 돌려보내는 게 급선무였어. 일단 배를 바다로 던지면, 선장은 오를라를 하나 훔쳐 타고 탈출할 계획이었어.

그때 선장은 이상한 일이 일어나고 있다는 걸 알아차렸어. 갑자기 1급 전투 경보가 발동되면서 모든 안전 절차들이 동시에 해제된 거야. 배에 대해 잘 알고 아직도 시스템에 적법한 영향력을 행사하는 누군가가 뭔가 엄청난 일을 꾸미고 있었어.

1분도 지나기 전에 선장은 그 엄청난 일이 뭔지 알 수 있었어. 호박색으로 번쩍이는 거대한 축구공 모양의 대륙 간 탄도미사일이 로즈 셀라비에서 튕겨 나와 맥킨지 블록을 향해 날아가고 있었어.

9

제저벨은 이미 로즈 셀라비와 수요일의 중간 지점에 와 있었어. 로즈 셀라비는 더 이상 우리에게 신경 쓸 여력이 없었어. 망원경으로 보니 항공모함 주변은 불꽃놀이라도 하는 것처럼 반짝거렸어. 여기선 누구에게 유리하게 돌아가고 있는지 알 수 없었어. 우리가 짐작할 수 있는 건 아침이 되면 로즈 셀라비의 인구가 팍 줄어들어 있을 거라는 것이었어.

멀리서 휘파람 소리 비슷한 게 들렸어. 수요일 쪽에서 파란 신호등을 반짝이며 무언가가 날아오고 있었어. 비행선이었어. 신호등 밑에 자유함선연합의 로고가 보였어. 비행선은 제저벨 위에 정지했고 잠시 뒤 쌀알 모양의 셔틀 캡슐이 내려왔어. 캡슐이 착륙하자 문이 열리고 실내복 차림의 바얀 퍼플이 걸어 나왔지. 그는 칭기즈칸처럼 생긴 동그란 핑크색 얼굴에 모호한 미소를 머금고 선장에게 물었어. "큐브는?"

선장은 다시 주머니 안에 돌아와 있던 큐브를 꺼내 바

안에게 내밀었어. 바얀은 큐브를 조심스럽게 어루만지더니 캡슐 안에 있는 서랍에 넣었어.

"그 큐브의 정체는 뭐야?" 선장이 물었어.

"전에도 말했잖아. 큐브 안에 있는 정보로 자궁 몇 개를 만들 수 있다고. 비싼 거야." 바얀 퍼플이 대답했어.

"정말 그게 필요했던 거야?"

"이것도 필요하긴 했지."

화가 난 선장은 주머니에서 셀을 꺼내 바얀 퍼플의 얼굴 앞에 들이대고 지금까지 우리가 보고 있던 뉴스를 다시 틀었어. 셀 안에서는 맥킨지 블록의 뉴스 캐스터가 검은 연기를 배경으로 서서 고함을 지르고 있었어. "지금으로부터 한 시간 전, 정체를 알 수 없는 세력이 발사한 미사일에 의해 항성 간 공항이 파괴되었습니다! 지금까지 확인한 사망자는 200명이 넘는 것으로……."

바얀 퍼플은 잠시 움찔했지만 그뿐이었어.

"이게 어떻게 된 건지 설명해 보시지 그래?" 선장이 말했어.

"죄책감에 시달릴 필요 없어. 그건 정당한 처벌이야."

"뭐에 대한 처벌인데? 바가지 장사? 뇌물 수수?"

"대량 학살. 맥킨지 블록 공항은 인간 도살장이었어."

선장은 조용해졌어. 누구라도 그랬을 거야.

"간단한 사기였어." 바얀 퍼플은 설명했어. "모든 사람들이 이 행성을 떠나고 싶어 해. 사람들은 공항으로 몰려. 하지만 그 뒤로 어떻게 될까. 공항의 입장에서 보면 그 사

람들이 우주로 가건 살해당해 분해기로 들어가건 달라질
게 없어. 아니 오히려 이익이 늘지. 승객들의 짐까지 빼앗
을 수 있으니까."

"왜 그런 짓을 하는데!"

"더 이상 맥킨지 블록에는 공항이 없거든!" 바얀 퍼플
이 외쳤어. "맥킨지 블록뿐만이 아니야! 크루소에는 더 이
상 공항 노릇을 하는 올리비에가 없어. 모두 묵상 중이야!
아자니들도 착륙하지 않고 주변만 맴돌 뿐이라고! 알겠
나? 다른 공항에서는 표가 매진인 척 위장하고 사태를 지
켜보고 있었지만 맥킨지 블록은 달랐지. 녀석들은 아무것
도 없는 공항에서 쇼를 하고 있었단 말이야. 3년 동안이
나! 사람들을 죽여가면서!"

바얀 퍼플은 지휘라도 하는 것처럼 한쪽 팔을 휘저었
어. 그런 식으로 자기에게 달라붙어 있는 불필요한 감정
을 떨어내려 하는 것 같았어. 그는 진짜로 화가 나 있었고
그런 모습은 우리에게 낯설었어.

"내가 돕고 있는 게 누군지는 말할 수 없어. 하지만 이
게 보다 큰 그림의 일부라는 건 말해줄 수 있지. 물론 자
네는 다른 방법이 있었을 거라고 생각할지도 몰라. 진상
을 폭로하는 글을 어딘가에 올린다거나, 뭐, 그따위. 하지
만 나는 이게 최선이었다고 믿어. 그쪽에서도 최선이니까
했겠지. 결코 허투루 일을 처리하는 사람들이 아니니까."

그 뒤로 그는 이야기했어. 우리가 태웠던 사람들 중엔
조난자로 위장한 로즈 셀라비 출신 용병 둘이 끼어 있었

다는 것. 그들의 목표는 로즈 셀라비에 숨어들어 선상 반란을 일으키는 것이었고 맥킨지 블록에 미사일을 쏘는 건 바얀이 제공한 서비스에 대한 대가였다는 것. 아, 그리고 그 불쌍한 조종사가 살해당한 이유는 선장의 짐작이 맞았어. 매정하지만 그 동네 사고방식이 다 그렇지.

그러나 우리 귀엔 더 이상 바얀의 설명이 들리지 않았어. 우린 그의 이야기를 배경음악처럼 들으며 밤하늘을, 더 이상 우리가 닿을 수 없는 별들을 바라보았어.

10

이게 로즈 셀라비와 선장이 한판 붙었던 이야기야. 결과만 보면 일대일로 싸운 거와는 거리가 있지만 세상일이 언제나 그렇게 명확하기만 할 수 있나. 로즈 셀라비의 반란자들은 알프레드 E. 비슨의 목을 잘라 깃대에 매달았고, 우린 바얀 퍼플로부터 보상금의 두 배가 넘는 보너스를 뜯어냈으니 다들 이익이었다고 할 수 있겠지. 물론 이웃들에겐 이 시궁창 같은 행성에서 빠져나갈 길이 전혀 없다는 끔찍한 소식을 전해 미안하지만, 그래도 진실을 부정할 수는 없지 않아?

아, 왜 또 우는 거야? 남은 평생 여기서 짱 박혀 사는 게 그렇게 끔찍한가? 살다 보면 견딜 만해. 몇백 년 전까지만 해도 지구인들은 다 이렇게 살았잖아. 물론 당시 지구는 여기보다 나았지. 당시 사람들은 애도 낳을 수 있었고 자기 행성이 전 세계라고 생각하며 살았으니까 이제 슬슬 아자니들도 발길을 끊어가는 여기랑 사정이 다를 수도 있어. 하지만 모든 건 다 어떻게 세상을 보고 무엇을 기대하느냐에 달린 거야. 단테의 지옥문에 이렇게 새겨져 있다지 않나. "이곳에 오는 자, 모든 희망을 버려라." 내 생각엔 이게 오히려 친절한 안내문처럼 들린다고.

그러니 너희들도 희망을 버려.

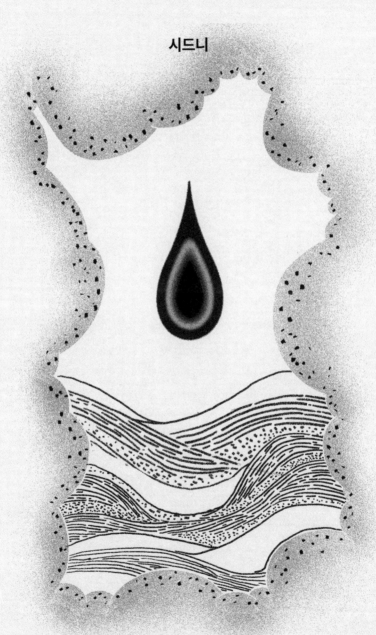
시드니

1

의사 선생은 이야기꾼이었다. 크루소에 떨어지기 전까지 은하계 이곳저곳을 떠돌아다니며 살아왔던 터라 사람들에게 들려줄 이야기도 많았다. 제저벨이 험악한 날씨와 파도를 피하기 위해 잠수하면 할 일 없는 사람들은 의사 선생의 방문을 두드렸다. 그러면 그는 정체를 알 수 없는 허브 향에 푹 절어 있는 낡은 안락의자를 방문객에게 권하고 자기는 맞은편 침대 구석에 앉아 이야기보따리를 풀어놓기 마련이었다.

사람들은 그의 말을 모두 믿지는 않았다. 링커 우주는 여행자들에게 온갖 종류의 모험을 안겨주는 곳이기도 했지만 그만큼이나 노골적인 허풍을 허용하는 곳이기도 했다. 아무리 우주가 넓고 다채롭다고 해도 어떻게 한 사람이 그처럼 많은 일들을 겪을 수가 있겠는가. 하지만 그들은 의사 선생의 이야기에 반론을 제기하지도 않았고 적극적으로 의심하지도 않았다. 이야기는 이야기일 뿐 그 이상일 필요는 없었다.

의사 선생이 가장 좋아하는 이야기는 그의 고향 행성 마리아 부츠d에 대한 것이었다. 사람들은 그 이야기만은 거의 진실이라는 것을 알고 있었다. 그는 제저벨에서 수많은 사람들에게 같은 이야기를 반복해 들려주었지만 이야기가 바뀐 적은 거의 없었고, 그 이야기를 뒷받침해 줄 도서관 큐브도 하나 가지고 있었다.

"마리아 부츠는 코리안 루트와 브라질리안 루트가 여섯 번째로 만나는 지점 근처에 있지."

그는 보통 이렇게 이야기를 시작했다.

"브라질리안 루트를 따라가면 1만 7300광년, 코리안 루트를 따라가면 1만 8000광년, 지구에서 직선거리는 1만 5200광년. 개척 초기에 사람들이 거기까지 도달하는 데엔 반세기가 걸렸어.

지금은 어떤지 모르겠지만, 마리아 부츠는 아름다운 곳이었어. 적어도 사람들이 정착한 제1대륙은 그랬지. 거대한 바다와 혼란스러운 해류 때문에 날씨가 변덕스럽고 폭풍이 심하긴 했어도, 그곳은 링커 바이러스와 절묘한 조화를 이루며 폭발 진화한 아름다운 생태계가 있었고, 도시를 짓고 농장을 세울 수 있는 공간도 충분했으며, 링커 기계의 관심은 주로 극지에 쏠려 있었어. 다들 이보다 이상적인 식민지는 있을 수 없다고 생각했지.

하지만 사람들은 한 가지 중요한 것을 계산하지 못했어. 마리아 부츠 남극에 둥지를 튼 두 마리의 올리비에는 결코 믿을 만한 종자가 아니었던 거야. 이들에게 마리아 부츠는 임시 실험 장소 이상은 아니었어. 남극에서 뭔가 재미있는 실험을 한 뒤 결과를 확인하자마자 행성을 뜰 계획이었던 거지. 정착민들이 장점이라고 생각했던 건 결코 장점이 아니었단 말이야. 지금에야 알게 된 사실이지만.

그 실험이 무엇인지는 나도 몰라. 하지만 올리비에들이 떠나기 전에 제1대륙에서 엄청난 일들이 일어났다는 것은 알지. 무시무시한 자기폭풍이 불어 식민지의 거의 모든 기계들이 박살 났어. 다섯 군데의 식량 창고가 토네이도로 파괴되었고 통신 안테나에 불이 붙었지. 그 사고로 스물두 명이 죽었어. 그리고 정착민들이 무슨 일이 일어났는지 확인하기도 전에 올리비에들은 아자니를 타고 저 먼 우주로 사라져 버렸지.

사고에서 살아남은 정착민들은 사태를 파악했어. 그들이 선택한 태양계엔 더 이상 올리비에도, 가르보도 없었어. 은하계와 다른 인간들로부터 격리된 거지. 더 심각했던 건 제대로 작동하는 문명의 이기가 거의 없었다는 거야. 모든 전자 장비들이 파괴되었고 그것들을 복구할 도구나 재료 따위도 거의 없었어. 며칠 전까지만 해도 우주선을 타고 은하계를 누비던 자들이 철기시대 야만인으로 추락한 거야.

이걸 어쩌나? 하지만 정착민들은 낙천적이었어. 오스트리아 은하개발연합과 네브라스카 우주 탐사대에서 온 사람들이 80퍼센트 이상이었던 건설단의 멤버들은 대부분 능력 있는 전문가들이자 지식인들이었어. 그 사람들은 지금부터 맨손으로 열심히 노력하면 반세기 안에 20세기 중반 정도의 테크놀로지는 다시 살려낼 수 있을 것이라 봤어. 못 할 게 뭐 있나? 인력과 자원은 풍부했고 링커들의 도움 없이도 토착 생태계에 쉽게 적응했는데 말이지.

문제는 지식이었어. 폭풍으로 도서관과 대부분의 정보 저장 장치가 파괴되었거든. 그들에게 남은 건 종이책 스물두 권과 천문학 정보나 일기를 담은 메모리 장치 몇 개밖엔 없었어. 마리아 부츠에서 문명을 살려내기 위해선 정착민들의 머릿속에 들어 있는 정보들을 최대한으로 짜내어 도서관을 재구성해야 했어.

해초와 토착 동물의 썩은 시체에서 종이와 잉크를 뽑아내는 방법을 발명해 낸 그들은 곧장 작업에 들어갔어. 정착민 절반이 농장을 만들고 건물을 세우고 광맥을 찾는 동안, 나머지 절반은 도서관 건물 안에 들어가 자신이 알고 있는 모든 정보들을 종이에 옮겼어. 순전히 기억에만 의존해 백과사전을 집필하기 시작했던 거야. 그들은 지구의 역사를 썼고 기억하고 있는 모든 시와 노래를 종이에 옮겼고 알고 있는 모든 외국어 단어들을 적었어.

이 백과사전은 불완전할 수밖에 없었어. 필수적인 과학 지식이야 비교적 쉽게 재구축할 수 있지. 하지만 인문학 지식은 어떨까? 나폴레옹이 언제 러시아를 침공했지? 실천이성이라는 건 도대체 뭐야? 공자가 정말 사람 고기를 먹었나? 예수의 족보는 왜 복음서마다 다르지? 마야와 잉카는 도대체 남아메리카 어디에 있었던 거야? 이런 것들은 마리아 부츠에서 확인할 수 없는 지식들이었어. 그리고 인류 문화의 보고라는 예술 작품들은 어떻게 하나? 누구나 시 한 구절이나 비틀스의 노래 하나 정도는 알고 있지. 하지만 어느 누가 말러의 8번 교향곡이나 톨스토이의 《안나 카레니나》를 완벽하게 암기할 수 있으며 〈모나리자〉와 〈게르니카〉가 어떤 작품인지 말해줄 수 있겠나?

그럼에도 불구하고 마리아 부츠의 사람들은 최선을 다했고 종종 놀라운 성과를 거두었어. 예를 들어 정착민 중에는 바흐와 베토벤, 쇼팽, 심지어 스크랴빈의 대표작들을 거의 완벽하게 기억하는 아마추어 피아니스트가 한 명 있었어. 열 명 정도 있었던 밀리터리광들이 3년 동안 밤마다 필사적인 토론을 통해 재구성한 결과 800페이지가 넘는 제2차 세계대전사가 완성되었는데, 나중에 확인해 보니 날짜가 틀린 건 단 두 군데밖에 없더군.

하지만 그들은 대부분의 경우 어느 정도 융통성을 발휘할 수밖에 없었지. 마리아 부츠의 도서관에는 온전한 책 대신 제목과 줄거리가 적힌 목록들이 들어섰어. 목록의 수는 꾸준히 늘어났지만 목록이 책이 되는 건 아니지.

이래 놨으니, 마리아 부츠 사람들이 창작욕에 달아오른 건 당연하다 하겠지. 수십 명의 사람들이 달라붙어 《제인 에어》의 스토리를 구성해 놨지만 그건 기껏해야 영화 각본의 정확성밖엔 가지고 있지 않아. 그렇다면 누군가가 상상력을 발휘해 보다 완전한 모습의 《제인 에어》를 재창조하고 싶어 하는 건 당연하지 않겠어?

목록만이 존재하는 마리아 부츠의 도서관은 그 자체가 거대한 게임장이 되었어. 물론 엄격한 규칙이 존재하는 게임장이지. 자기만의 《제인 에어》를 완성하는 건 좋아. 하지만 마지막 챕터는 반드시 "독자여, 나는 그와 결혼했다"로 시작해야 하지. 그건 마리아 부츠 사람들이 정확하게 기억하는 유일한 원본의 문장이었으니 말이야.

마리아 부츠의 문명은 별다른 어려움 없이 성장해 갔어. 20세기 지구에서 벌어진 실수들을 대부분 건너뛰면서 20세기 중반의 안락함에 도달하는 데 20년도 채 걸리지 않았지. 그 뒤로도 마리아 부츠는 꾸준히 발전했고, 곧 제1대륙은 안정된 유전자 풀을 가진 인간의 식민지가 되었어. 사람들은 제2대륙과 제3대륙은 건드리지 않았어. 더 이상의 영토 확장은 의미가 없었고 500만을 넘자 인구 증가도 없었어.

언젠가부터 마리아 부츠의 사람들은 조금씩 변해가고 있었어. 피부와 머리칼은 색을 잃었고 성격은 내성적이 되었으며 몽상은 늘어만 갔지. 모두 로맨틱한 19세기 소설에 나올 법한 우울한 유한계급의 구성원들 같았어.

마리아 부츠가 꿈꾸는 건 지구였어. 지구와 지구 사람들, 지구의 역사, 지구의 문명. 우리들은 제목만 남아 있는 책들을 수백 번씩 다시 썼고 그림들을 다시 그렸으며 영화들을 다시 찍었어. 심지어 우린 마리아 부츠의 자연환경도 있는 그대로 보지 않았어. 그곳은 바스커빌의 사냥개가 울부짖는 무어였고, 일곱 난쟁이의 집이 숨어 있는 슈바르츠발트였으며, 드라큘라가 아기들을 납치하러 떠도는 트란실바니아의 폐허였지.

이런 시기가 지속되자, 더 이상 지구는 지구일 수가 없었어. 우리는 실제 지구가 어땠는지에 대해서는 이제

별 관심이 없었어. 지구는 오로지 꿈의 재료였어. 나폴레옹이 실제로 누구였는지, 실천이성이 뭐였는지 알게 뭐야? 링커들의 우주에서는 그 어떤 것도 영원치 않아. 그렇다면 우리 역시 지식의 순수성과 영원성에 집착할 필요가 있나? 지구는 그냥 우리가 꿈꾸는 공간으로 남아 있으면 돼. 우리 모두에겐 각자의 지구가 있어. 슬슬 《제인 에어》를 쓰는 작가들은 "독자여, 나는 그와 결혼했다"를 빼먹기 시작했어. 심지어 로체스터를 통째로 들어내는 사람들까지 있었어.

고립기가 조금 더 길었다면 마리아 부츠는 어떻게 변했을까? 모를 일이지. 고립기는 표준력으로 16년 전에 덜컥 끝나버렸으니 말이야. 올리비에 다섯 마리가 제3대륙에서 뭔가 근사한 일을 하려고 다시 우리 별을 찾았던 거야. 기네스들은 거기에 10킬로미터가 넘는 높은 다이아몬드 탑을 쌓았고 그러는 동안 그들 몸에 붙어 온 밀항자들이 우리를 찾았어. 그 사람들은 우리에게 도서관 큐브를 하나 던져주었어. 거기엔 우리가 필사적으로 재현하려 했던 지구와 관련된 모든 지식들이 들어 있었어.

우린 지구의 진짜 모습을 보았고 그 순간부터 꿈꾸는 걸 멈추었어.

아무도 더 이상 우리만의 지구를 꿈꾸지 말라고 하지 않았지. 하지만 '진실'과 '사실'이라는 단어의 힘은 예상보다 훨씬 컸던 거야. 진짜 샬럿 브론테의 책들을 읽을 수 있게 되자, 우리가 쓴 수많은 《제인 에어》들은 그냥 덧없게 느껴졌어. 그중 몇 권은 심지어 원작보다 더 나았는데도 말이야. 그렇다고 우린 원작을 그냥 받아들일 준비도 되어 있지 않았어. 진짜 《제인 에어》는 우리에게 너무 생생해서 오히려 어색하기 짝이 없는 유령이었어. 마리아 부츠는 공황에 빠졌어. 자살률이 늘어나고 출산율은 떨어졌지. 이 혼란기가 몇십 년은 갈 것 같았어.

그러는 동안 나는 어땠느냐…… 잘 모르겠어. 차단이 풀렸을 때 난 겨우 열두 살이었어. 당시 난 맹렬하게 탭댄스를 연습했었어. 도서관 큐브를 통해 내가 전설로만 들었던 위대한 춤꾼 프레드 애스테어와 똑같이 생겼다는 걸 알았으니 말이야. 하지만 내가 사는 곳에는 나와 함께 춤을 출 진저 로저스와 같은 아가씨는 없었고 난 끝끝내 애스테어를 따라잡을 수 없었지. 하지만 그래도 나는 큐브에서 복사한 어빙 벌린의 음악을 틀어놓고 빈 강당에서 혼자 춤을 추었어.

열세 살이 되자, 나는 마리아 부츠를 떠났어. 나 말고도 수많은 사람들이 고향을 버리고 우주로 날아갔지. 그게 우리에겐 유일한 해결책이었던 것 같아. 몇백 년 동안 마리아 부츠를 지배해 온 꿈은 더 이상 남아 있지 않았어. 그 빈자리를 채워줄 수 있는 건 현실 세계의 행동이었지. 그리고 현실 세계에서 살아남기 위해서는 끊임없이 움직여야 했어. 어쩌다가 운이 나빠 차단 상태에 빠지면 주저앉아 전에 꾸었던 꿈을 다시 꿀 수밖에 없다고 생각했으니까."

2

그러나 그 어둡고 폭풍우 치던 밤, 이솔라 벨라의 작은 카페에서 의사 선생이 선장에게 들려준 이야기는 전혀 다른 것이었다. 그들이 따로 잡은 손님방은 따뜻했지만 아주 조용하지는 않았다. 형편없는 날씨에도 불구하고 동지 축제를 보러 광장에 몰려나온 사람들은 빗줄기 사이로 터지는 불꽃을 바라보며 환호성을 질러댔고 아래층은 비를 피해 들어온 사람들의 쿵쿵거리는 발소리로 요란했다. 하지만 의사 선생과 선장은 모두 오래전부터 그 정도 소음엔 익숙해져 있었다.

"이 행성에 떨어진 지 꼭 1년 되었을 때의 일이야."

의사 선생이 말했다.

"당시 나는 시스티나 비행단이라는 깡패 조직에 속해 있었어. 한 100일 정도 있었나? 내가 속해 있을 당시 그치들이 했던 사업은 그네들 기준에 따르면 비교적 괜찮은 것이었어. 낡아빠진 비행선 다섯 대를 타고 목요일의 사막을 비행하면서 인근 시티에서 탈출한 사람들을 거두어들이는 일이었지. 지금도 마찬가지지만 그 동네는 워낙 험악하잖아. 이런 식으로 모인 사람들을 인력이 필요한 비교적 안전한 시티에 내려주고 수수료를 받는 거지. 사정 모르는 친구들은 노예 매매라고 비난하지만 비슷하게만 보일 뿐 그 정도는 아니야. 돈 받고 하는 인도주의적인 사업이었지. 제저벨이 조난자들을 구하는 것처럼 말이야.

거기 있었던 걸 변명할 생각은 없어."

선장은 그 '인도주의적 사업' 뒤에 어떤 일이 벌어지고 있는지 의사 선생보다 더 잘 알았지만 대꾸하지 않았다.

"시스티나 비행단의 말년은 비참했어. 난민 40명을 구조하고 돌아오는데, 갑자기 정체불명의 오를라들이 우릴 습격해 왔던 거지. 한 스무 대쯤 되었어. 아직도 난 녀석들이 어디 소속이었는지도 모르겠고, 왜 우릴 공격했는지도 모르겠어. 다들 크림슨 지하드의 소행이라고 하지만 시스티나 비행단 같은 조무래기들을 없앤다고 정치적 이익이 생기는 것도 아니지 않나. 어쩌다가 공짜로 오를라 몇 대가 생긴 깡패 놈들이 심심풀이로 우릴 공격했다는 게 더 그럴싸하지.

오를라들의 공격으로 비행선 다섯 대 모두 사막으로 추락하고 말았어. 나머지 네 대에 무슨 일이 생겼는지는 모르겠어. 하지만 나와 난민 다섯 명은 용케 불타는 비행선에서 탈출할 수 있었지. 암담하더군. 가장 가까운 시티는 100킬로미터 이상 떨어져 있었어. 그리고 그곳은 크림슨 지하드의 점령지였단 말이야. 사막에서 말라 죽느냐, 사지로 들어가 처형당하느냐…… 암만 생각해도 다른 방법은 떠오르지 않더군.

일단 우린 사막을 떠돌면서 쓸데없는 에너지 따위는 낭비하지 않기로 했어. 불이 꺼진 비행선 잔해로 은신처를 만들고 작동 가능한 기계장치와 도구들을 찾았어. 전화기 하나가 살아 있었지만 암호화 등급이 4밖엔 안 되는 공장 생산품이라 없는 것보다 못했지. 전화를 끊자마자 전파 냄새를 맡은 모래 해적들이 우릴 덮칠 판이었어.

그런데 내가 구출한 털북숭이 족제비같이 생긴 친구가 이상한 이야기를 하는 거야. 그 친구 말에 따르면 사막 밑에는 마그마가 빠져 생긴 동굴에 물이 들어와 만들어진 거대한 지하 호수가 있는데, 그 안에는 안정된 유전자 풀을 구축할 때까지 숨어 사는 종족이 하나 있다는 거야. 크림슨 지하드의 지질학자들이 그 사실을 알아내어 공습 계획을 세우고 있었는데, 운 좋게 그 사실을 엿들은 족제비 친구가 그걸 경고해 주려고 시티를 탈출했다가 사막에서 낙오되었다는 거지."

"지금 베수비오 지하족 이야기를 하는 거야?"

"맞아, 바로 그 사람들. 전에도 그네들 이야기를 했었지. 하지만 이 이야기는 하지 않았어.

밤이 되자, 우린 족제비 친구를 따라 지하 호수로 연결된 통로로 들어갔어. 입구는 교묘하게 위장되어 있었지만 작정하고 찾으려면 못 찾을 것도 없었지. 영원히 들통날 수 없는 곳은 아니었어. 어차피 그 지하족도 거기서 진화한 원주민은 아니었잖아.

곤충처럼 눈이 커다랗고 유령처럼 희끄무레한 모습을 한 지하족들은 당연히 우릴 반기지 않았어. 유전자 오염이 걱정되었겠지. 하지만 우리에게 햇빛을 피하고 먹을 것과 마실 것을 마련할 수 있는 격리된 빈 공간을 알려주긴 했어. 우린 거기서 이끼에 흡수된 이슬을 받아 마셨고 천장에 자라는 버섯을 라이터로 구워 먹었어. 지내기 편한 곳은 아니었지만 사막에서 말라 죽는 것보다야 나았어.

다음 날 아침이 되자 마스크를 쓴 지하족 다섯 명이 우릴 찾아왔어. 난 신경 안 쓰는 척하면서 족제비와 이들이 하는 이야기를 엿들었는데, 좀 불안하더군. 암만 봐도 이 지하족 무리는 머리가 정상이 아닌 것 같았어. 링커 우주에서 '정상성'을 따지는 건 무의미한 일이지. 하지만 종족 전체가 현실 인식에 치명적인 장애가 있는 것처럼 행동한다면 뭔가 잘못된 것이 아니겠어?"

"잘못된 일이겠지만 흔한 일 아냐? 오히려 모든 사람들이 세상을 똑바로 보면 이상하지. 굳이 베들레헴들을 건드릴 필요도 없어. 교회 마피아나 크림슨 지하드 같은 무리들은? 메피스토 베타를 칼리스토 시장으로 뽑은 800만 얼간이들은 어때? 데론다 용병대가 지금까지 운영되는 건 어떻게 설명할 거야? 무엇보다 로즈 셀라비는?"

"아, 세상엔 그런 놈들도 있지. 하지만 지하족이 하는 말이나 행동은 종교적 광신자들과는 달랐어. 광신자들은 그래도 눈앞에 있는 돌은 돌이라고 하지. 하지만 지하족들은 그 단순한 일도 제대로 하지 못했어. 돌은 돌일 수도 있지만 장미이기도 했고 신의 눈이기도 했으며 가끔은 그냥 존재하지도 않았어. 눈앞에 있는 물리적 현실 세계가 아닌, 머릿속에만 있는 꿈속의 세계에서 살면서 그 세계의 논리에 따라 행동하고 말하고 있었던 거야. 내가 본 베들레헴 중 최악의 무리였다고. 아무래도 지나치게 오랫

동안 동굴 속에 갇혀 있어서 그랬던 게 아닌가 싶어. 변화 없는 안정된 환경 속이라 이런 정신적 기형성이 생존에 별다른 장애가 되지 않았던 거지. 다들 동굴 구석에 쭈그리고 앉아 버섯을 따 먹으며 주변 사람들과 꿈을 교환하는 것에만 익숙해진 거야. 이렇게 사는 것이 좋다면 방해할 필요까지는 없지만 언제 크림슨 지하드 놈들이 폭탄을 떨어뜨릴지 모르는 상황에서는 세상을 똑바로 보는 게 필요하지 않겠어?

족제비는 한 시간 넘게 침을 튀기며 크림슨 지하드가 얼마나 위협적인지 지하족 대표들에게 설명했지만 성공하지 못했어. 상대방이 현실 자체를 보지 못하고 이쪽에서도 상대방이 무엇을 보고 있는지 이해할 수도 없는데, 성공했다면 오히려 이상한 거겠지. 결국 대표들은 떠나고 족제비는 투덜거리면서 나에게 돌아오더군. 울먹이면서 이러더라고.

'우린 실패해서는 안 돼요. 시드니가 용서하지 않을 거예요. 아니에요. 시드니만이 우릴 구할 수 있어요. 시드니는 날 버리지 않아요.'

비행단에 있으면서 난 목요일에서 힘 좀 쓸 줄 아는 사람들의 이름 정도는 대부분 알고 있었어. 하지만 시드니라는 이름은 이때 처음 들었지. 흔한 이름이 되기엔 너무 평범했어. 크루소는 가면무도회 같은 곳이라 이름이 화려할수록 좋지. 이런 곳에서 시드니라는 이름을 달고 두목 행세하는 건 쉽지 않단 말이야.

궁금해서 그 시드니가 어떤 사람인지 조심스럽게 캤지. 하지만 족제비의 횡설수설은 알아듣기가 정말 힘들었어. 내가 확실하게 이해했던 건 시드니가 족제비에게 엄청난 일을 해주었고 그 이후 족제비는 시드니를 위해 뭐든지 하겠다고 맹세했다는 거지. 그러자 시드니는 족제비에게 자신의 정보원이 되어달라고 '부탁'을 했고 족제비는 아무런 주저 없이 그걸 받아들였어. 족제비의 임무는 물론 크림슨 지하드 내부에서 지하족과 관련된 소식이 들려오면 당장 알리는 것이었고 말이야.

여전히 시드니가 누구이고 언제부터 지하족에 대해 알고 있었으며 무엇 때문에 저 미치광이들에게 관심을 가지고 있는지는 알아낼 수 없었지만, 그래도 그 시드니라는 친구가 우리에게 유일한 희망임은 분명했어. 어떻게든 시드니에게 지금 무슨 일이 일어나고 있는지 알리지 않으면 지하족뿐만 아니라 우리도 생매장당할 판이었어.

방법은 하나밖에 없었어. 어떻게든 족제비를 탈출시켜 시드니와 연락을 할 수 있게 도와주어야 했어. 하지만 어떻게? 암만 생각해도 정면 돌파밖에는 방법이 없었어.

나는 겁에 질린 족제비를 끌고 지하족이 사는 마을로 숨어들어 갔어. 예상보다는 어렵지 않더군. 다들 멍하니 꿈에 취해 앉아 있거나 졸고 있거나 섹스를 하고 있었어. 감시병들은 어떻게 뚫었느냐고? 불쌍한 친구들. 눈앞에 뭐가 움직이는지 알고는 있어야 감시를 할 수 있을 거 아냐. 그걸 보완하려고 우리 동굴 앞에 빽빽하게 인간 방벽을 세워놓긴 했는데, 그렇다고 못 빠져나가나? 그냥 울퉁불퉁한 벽을 타고 위로 지나가면 되었어. 감시병들 머리 위로 지나가면서 이 딱한 미치광이들은 크림슨 지하드가 쳐들어오지 않아도 결국 스스로 망하겠구나…… 하는 생각이 들더라.

한참 지하 마을을 뒤지다가 나는 마침내 내가 필요한 걸 찾아냈어. 쓰레기장. 수 세기 동안 쓰지 않은 기계들이 산처럼 쌓여 있었어. 몇 시간 동안 그 안을 뒤지자 탈것 하나를 만들 만한 부품들이 나왔어. 컴퓨터의 도움을 받아 한나절을 낑낑거리며 일하니 족제비 친구 정도의 몸 크기를 한 생물 하나를 태우고 시속 500킬로 정도는 질주할 수 있는 달걀 모양의 스쿠터가 만들어지더라고. 몸체는 빨판상어의 탈출 캡슐을 썼고 추진 장치는 비행선 잔해에서 떼어다 썼지. 직진밖에 못 하고 300킬로미터 정도 달리면 박살 날 수밖에 없는 물건이었지만 그게 우리에겐 유일한 대안이었어. 몰래 스쿠터를 입구까지 끌어낸 나는 족제비를 그 안에 태우고 스쿠터를 작동시켰어. 스쿠터는 잠시 덜컹거리더니 요란하게 먼지를 날리면서 달려가더군. 방향을 제대로 잡고 중간에 모래 해적들이나 산을 만나지 않고 제동장치가 제대로 작동하길 바랄 뿐이었지.

하루, 이틀, 사흘이 지났어. 아무런 소식이 없었어. 실패했구나. 하긴 수백 년 묵은 쓰레기들을 붙여 대충 만든 탈것이 제대로 작동하길 바라는 것 자체가 무리지. 이끼 이슬과 구운 버섯만 먹으며 컴컴한 동굴 천장만 바라보다 보니, 나도 슬슬 미쳐가는 것 같았어. 정말 헛것들이 보이더라니까. 에드워드 에버릿 호튼의 얼굴을 닮은 보라색 구름들이 내 머리 위를 둥둥 떠다니더라고. 그것도 열세 개나. 귀를 기울이면 여자 목소리로 지지배배 서로에게 뭐라고 속삭이는 소리까지 들렸지. 이런 버섯을 먹으며 평생을 보낸 사람들이 무엇을 보고 무엇을 들을지 상상해 보니 아찔하더라고.

나흘째 되던 날, 드디어 일이 벌어졌어. 처음에는 지진이라도 난 줄 알았어. 북부 사막 지역에 살다 보면 그 정도 진동엔 익숙해지지. 하지만 그게 아니었어. 요란한 소리가 나면서 모래 먼지가 확 밀려들어 오더군. 드디어 크림슨 지하드의 공군이 입구를 폭파하기 시작한 거야. 한 시간쯤 지나자 우리가 머물던 동굴에도 바깥세상의 빛이 들어왔어. 바깥에서 들리는 쿵쿵거리는 소리는 수백 대의 네발 전차들이 땅을 구르며 내는 소리였어. 드디어 지하족들도 반응을 보이기 시작하더군. 자기만의 세계에 숨어 무시하기엔 폭탄 소리와 피 냄새가 너무 셌지.

전차에 깔려 벌써 수십 명의 사람들이 죽었지만 본격적인 학살은 시작되지도 않았어. 전차들은 길을 만들기 위해 들어온 것이지, 학살용은 아니었어. 놈들이 먼저 길을 만들면 여섯 대륙에서 약탈한 무기들을 든 피에 굶주린 수컷들이 힘없는 버섯 중독자들을 피투성이 곤죽으로 만들려고 들어올 판이었어. 전혀 대비가 되어 있지 않은 지하족이 할 수 있는 건 동굴 안쪽으로 피하는 것뿐이었어. 그렇다고 맞은편에 바깥으로 이어진 출구가 있었느냐, 그것도 아니었거든. 오히려 학살자들의 작업을 쉽게 해주기 위해 한자리에 모이는 것에 불과했지.

지하족보다 조금 똑똑했던 나와 난민들은 될 수 있는 한 입구에서 멀리 떨어지지 않으려 했지. 우린 우리가 머물던 동굴에 뚫린 작은 터널 속으로 들어가 이끼와 자갈로 입구를 막았어. 하지만 언제까지 버틸 수 있을까? 녀석들의 1차 목표는 지하족들이었지만 그렇다고 우릴 봐주라는 법은 없었지. 발각되면 우린 학살의 끝을 장식하는 디저트 꼴이 날 게 뻔해. 녀석들이 먹고 자는 것 이외에 할 줄 아는 건 죽이고 부수는 것밖에 없었으니 말이야. 다른 욕망은 외과 수술로 제거된 놈들이잖아.

전차들이 멀어지자 보다 작지만 무시무시한 소리가 들렸어. 크림슨 지하드의 학살자들이 내는 소리였지. 군화와 발굽이 내는 발소리, 금속 무기가 내는 철컥 소리…… 조금 지나자 블라스터가 내는 풍풍 소리와 비명 소리도 들렸어. 학살이 시작된 거지. 우린 서로의 손을 잡고 눈을 꽉 감았어. 누군가가 기도 비슷한 소리를 웅얼거렸지만 그것도 곧 잠잠해졌어. 기도 따위로 학살자들에게 발각되면 안 되지.

한 20분쯤 지났을까. 입구 쪽에서 다시 요란한 소리가 났어. 난 처음엔 크림슨 지하드가 뭔가 새로운 무기를 가져온 게 아닌가 했지. 하지만 아니었어. 이번에 들어온 기계는 훨씬 민첩했고 우아했어. 소리만 들어도 알 수 있었어. 크림슨 지하드 놈들이 운영하는 투박한 군대 무기가 아니라 사용자의 쾌적함과 안락을 고려한 보다 세련된 기계였지. 난 일어나 입구를 막은 자갈 사이로 바깥을 바라봤어. 거대한 초록 지네처럼 생긴 탈것이 우리 동굴로 들어오고 있더군. 수십 개의 다리 사이에는 깔려 죽은 크림슨 지하드 학살자의 이지러진 시체들이 서넛 끼어 있었어. 지네는 우리가 숨어 있는 터널 앞에 서더니 더듬이로 가볍게 이끼와 자갈을 치우더군. 입구가 뚫리는 바로 그 순간 지네는 입을 벌렸어. 잠시 뒤 빨간 원통형 모자를 쓴 뚱뚱한 회색 남자가 입을 통해 천천히 걸어 나오더라. 그의 둥그런 얼굴을 보는 순간 나는 그가 시드니임을 알았어. 왜 족제비가 그를 시드니라고 부르는지도."

"어떻게?"

"〈카사블랑카〉에 나오는 시뇨르 페라리랑 똑같이 생겼더라니까. 워너브라더스의 만화가들이 하마 비슷한 동물을 골라 시드니 그린스트리트 모습으로 의인화시킨 것 같았어. 얼핏 봐도 시드니라는 이름이 떠오르고 다른 이름은 상상도 할 수 없는 바로 그런 모습이었어.

하여간 그는 나를 보더니 자애로운 미소를 지으며 짤막한 손을 내밀더군. 그러면서 이렇게 말하더라고. '내가 당신들의 목숨을 사겠소.' 이 문구는 시스티나 비행단 같은 민간 구조단들이 난민들에게 가장 먼저 하는 소리였지. 추락하기 바로 몇 시간 전에 우리 두목도 똑같은 소리를 했어.

기분이 묘했어. 하지만 선택의 여지가 없잖아. 우린
모두 그의 말에 동의하고 지네 속으로 들어갔지. 지네는
뒷걸음질 치며 동굴에서 빠져나와 사막으로 올라갔어. 창
문을 통해 보니 지네만 온 게 아니더라. 무장한 경전차와
최신 강화복을 입은 수백 명의 사람들이 동굴 안으로 들
어가고 있었어. 입구 근처에 넘어져 불타고 있는 잔해들
은 크림슨 지하드의 전차와 비행선임이 분명했어. 이 정
도 부대를 파견할 수 있다면 이 정체불명의 시드니라는
인물은 내가 생각했던 것보다 훨씬 대단한 인물임이 분명
했지. 강화복만 해도…… 난 크루소에 그 정도 수준의 강
화복을 생산하는 자궁이 있을 거라고는 상상도 못 했으니
말이야."

　"그게 베수비오 사건의 진상이란 말이야?"

　"그렇지. 그건 자연재해가 아니었어. 은폐된 전쟁이었
지. 그리고 지하족을 진짜로 구출한 사람은 시민 구조대
가 아니라 시드니였어."

　"그래서 넌 어떻게 되었어?"

　"시드니에게 빚을 졌지. 목숨값 말이야. 시드니는 결
국 나에게 차용증을 끊게 하더군. 언젠가 그가 나를 부르
면, 내 양심을 거스르는 일이 아닌 한, 그가 시키는 일을
해야 한다고.

　난 서명을 했어. 적어도 당시엔 시드니가 그럴 가치가
있는 인물이라고 봤지. 크림슨 지하드에 맞서 수천 명의
목숨을 구하는 걸 직접 봤는데 어떻게 다른 생각을 할 수

있겠어.

그 사건 이후 나는 틈이 날 때마다 시드니를 추적했어. 힘들더군. 그가 베수비오 지하족들을 위해 했던 것과 비슷한 수수께끼의 사건들이 이 행성 이곳저곳에서 일어나고 있었지만 그뿐이었어. 그 일에 시드니가 관련되었는지 확인할 수도 없었을 뿐 아니라 그런 일들이 정말로 일어났는지도 알 수 없었지."

"잠깐, 넌 지금 전에 바얀 퍼플이 말했던 사람이 바로 그 시드니였다는 거야?"

"그럴 수도 있겠지. 아니, 정말 그렇다고 생각해. 하지만 물어도 대답이 없는 걸 어떻게 하나. 시드니와 관련 있을 법한 사람들은 모두 고집스레 입을 다물고 있었다고. 사실 나라도 누군가 시드니에 대해 물어본다면 모른다고 했을 거야. 너에게 그 사람 이야기를 꺼낸 것도 오늘이 처음이잖아.

그런데 열흘 전 일이야. 우리가 프레스턴 항구에 머물고 있었을 때 말이야. 나는 자유함선연합의 어떤 친구가 개인적으로 부탁한 물건을 배달하려고 시내에 갔지. 돌아오는 길에 요리사 아줌마가 부탁한 월요일 특산 흑딸기 절임을 사 가지고 오는데, 누군가가 내 주머니에 손을 쏙 집어넣고 사라지더라고. 주머니를 더듬어보니 봉투가 하나 끼어 있더군. 봉투 안에는 바로 내가 쓴 차용증의 복사본이 들어 있었어. 뒷장을 보니 약속 장소와 날짜를 지정하는 메시지가 적혀 있었고 말이야. 바로 그 때문에 내가 너랑 항해사 아가씨를 데리고 여기까지 온 거지."

"시드니가 보낸 것이 확실해?"

"아니. 시드니는 죽은 게 아닌가 싶어. 서명란 밑을 보라고. 권리가 스파크라는 사람에게 이전되었어. 이게 누군지 나도 모르겠어. 하지만 이 사람이 나에게 명령할 권리가 있다는 건 분명해. 적어도 한 번은."

3

노크 소리가 들리고 손님방의 문이 열렸다. 항해사가 후리후리한 몸을 가볍게 숙이고 안으로 들어왔다. 그녀는 아직도 빗방울이 뚝뚝 떨어지는 레인코트를 벗지도 않고 테이블 옆으로 빨간 플라스틱 의자를 끌고 와 앉았다. 언제나처럼 선장은 그녀의 우아한 동작에 즐거운 흥분을 느꼈다. 그것은 성적인 자극과는 전혀 무관했다. 아직도 많은 사람들이 선장과 항해사가 오래된 커플이라고 오해했지만 그런 일은 일어날 수 없었다. 나이와 경험만 쌓았을 뿐 아직 어린아이나 다름없는 선장의 육체와 두뇌는 아직도 왜 사람들이 그런 자극을 쾌락으로 인지하는지 알지 못했다. 선장은 그냥 순수하게 친구의 아름다움을 즐겼다. 선장에게 항해사와 잉그리드 버그먼의 아름다움은 별이나 바다, 마리 로랑생의 그림이 주는 아름다움과 크게 다르지 않았다.

"알아봤어?"

의사 선생이 물었다.

"응."

항해사는 대답했다.

"장례식을 치른 그 남자의 이름은 포스코였어. 커피 상인이었대. 월요일에 있는 700개의 카페에 커피 원료를 공급하고 있었어. 그 원료를 정말로 커피라고 부를 수 있는지는 모르겠지만."

"불평하지 마. 이 정도면 마실 만해."

"불평하는 게 아니야. 그냥 이름을 의심할 뿐이지."

"스파크는?"

"유전자를 물려받은 진짜 아들이야. 흔한 경우가 아니라 이곳 사람들은 대부분 알고 있었어."

"그게 다야?"

"거의 다. 슬슬 나가지? 밖에 차가 기다리고 있어."

그들은 카페에서 나왔다. 의사 선생이 이야기를 하는 동안 비는 그쳤고 축제의 중심은 시티 동쪽으로 옮겨갔다. 사람들이 빠지고 빗물에 젖은 거리는 한가하고 초라해 보였다. 항해사는 길 건너를 가리켰다. 낡은 골동품상 건물 앞에 검정색 육륜차가 서 있었다. 차는 막 자궁에서 빠져나온 것처럼 반지르르했고 그 때문에 의도했던 위엄은 오히려 축소되어 보였다. 척 봐도 졸부의 재산 과시 이상은 아니었다. 차 앞에서는 검은 외투를 입은 깡마른 남자처럼 보이는 누군가가 서 있었다. 그들이 가까이 가자 그 사람은 손님들을 위해 말없이 문을 열어주고 자기는 운전석 옆자리에 앉았다. 차가 이솔라 벨라의 구불구불한 오르막길을 오르는 동안 네 사람은 최면이라도 걸린 것처럼 빙빙 돌아가는 자동 운전대를 노려보았다.

그들이 도착한 곳은 언덕 꼭대기에 세워진 성처럼 생긴 벽돌집이었다. 저택보다는 관공서나 학교처럼 보였다. 대문 위에 세워진 첨탑 위에 십자가라도 달았다면 교회 마피아의 집합 장소로 착각할 수도 있었을 것이다. 그들은 검은 외투의 사람을 따라 안으로 들어갔다.

건물 안은 난장판이었다. 새로 집을 차지한 주인이 이전 주인의 취향을 몰아내고 자신의 취향을 입히는 중이었다. 선장은 우울해졌다. 분명 비싼 돈을 들여 지구에서 공수해 왔을 드가의 발레리나 밀랍상이 싸구려 완충막을 입은 채 퇴출당하고 있었고 그 빈자리에 거친 표면의 네모난 금속 상자들이 들어서고 있었는데, 선장은 도대체 그것이 조각상인지, 아니면 실제로 작동하는 기계인지 알 수 없었다.

검은 외투의 사람이 그들을 안내한 곳은 지하 1층에 있는 커다란 거실이었다. 거실 한가운데에는 몸에 딱 달라붙는 촌스러운 파란 셔츠를 입은 회색 얼굴의 젊은이가 히죽거리며 서 있었다. 검은 외투가 나가자 그는 미소를 싹 거두고 여섯 손가락을 둘씩 묶어 펼친 오른손을 치켜들며 딱딱하게 말했다. "장수하시고 번성하시길."

등 뒤에서 킥 하는 작은 웃음소리가 터졌다. 항해사였

다. 그녀가 말하지 않았던 작은 비밀이 바로 이거였다. 새 집주인은 트레키, 그것도 골수 벌컨 팬이었다. 스파크라는 이름을 보고 당장 눈치챘어야 하는 건데. 선장에게 섹스보다 이해할 수 없는 건 우주 시대 이후 더욱 막강해진 트레키들의 위세였다. 과거 지구에서 이들은 우스꽝스러운 소수였다. 하지만 지금 이들은 인구수만 따진다면 교회 마피아를 능가하는 당당한 문화 집단이었다. 열심히 노력하면 이해 못 할 것도 없었다. 링커 우주는 할리우드 배우들이 라텍스 가면을 쓰고 외계인 흉내를 내는 〈스타 트렉〉의 우주와 놀라울 정도로 비슷했다. 다른 점이 있다면 어느 누구도 스스로 움직이는 우주선을 갖고 있지 않다는 것이었다. 현실 세계의 친근함과 끝끝내 도달하지 못한 목표가 수백 년 동안 팬덤을 지탱해 온 것이다.

다행히도 스파크는 처음부터 끝까지 레너드 니모이 성대모사로 일관할 생각 따위는 없었다. 그는 다시 통통한 얼굴에 익살스러운 미소를 얹으며 손님들에게 안락의 자를 권했다. 세 사람 모두에게 뜨거운 차와 다과가 제공되었다.

그 뒤에 이어지는 형식적인 대화를 통해 선장은 스파크와 그의 아버지에 대해 어느 정도 알 수 있었다. 그의 말을 그대로 믿는다면 스파크에게 포스코는 다소 괴팍하고 돈이 많이 들어가는 취미를 가진 괴짜 노인네에 불과했다. ("엉뚱한 자선 사업을 많이 하셨지요.") 그 때문에 돈은 많이 잃었지만 대신 친구들을 얻었다. ("다들 아버지를 위해 무슨 일이든 하려 했지요.") 포스코는 얼마 전에 지병인 심장병으로 죽었는데, 심장 재생 수술을 받을 수 있는데도 불구하고 포기했다. ("아버지는 저에게도 기회를 주고 싶어 하셨지요.") 선장은 이 스파크라는 친구가 얄팍하고 생각 없는 어린애로, 포스코/시드니의 내면에 대해 아는 바가 전혀 없었으며 아버지 역시 그에게 별 기대가 없었음을 확신할 수 있었다.

손님들이 차를 다 마시자, 스파크는 본론에 들어갔다.

"저에겐 되찾아야 할 중요한 물건이 하나 있습니다."

그는 말했다.

"그리고 아버지께서는 늘 말씀하셨지요. 이런 일을 플래그 선생과 동료들만큼 잘하는 사람들은 크루소 어디에도 없다고 말입니다."

"도대체 무슨 물건입니까?"

의사 선생이 물었다.

"무슨 물건이냐가 아니라 어디에 있느냐가 중요합니다. 아버지가 저에게 마지막으로 주신 선물인데, 그만 운송 중간에 목요일 해적들을 만나 털렸지요. 지금 그 물건은 토요일 전차광들 손에 있습니다. 어떻게든 그것을 다시 되찾아야 합니다."

"아, 글쎄 무슨 물건이냐니까요."

스파크의 말은 아주 조금 느려졌다.

"벨로키오 행성에서 아주 특별한 자궁이 제작되었다는 것을 아십니까? 그 자궁을 낳은 자궁은 그 작품을 마지막으로 올리비에에 편입되었다고 합니다. 하여간 그 자궁은 인간 육체를 가장 정교한 수준으로 복제할 수 있었습니다. 아니, 의료용 육체를 말하는 게 아닙니다. 순수한 예술품이지요. 1년 전 크루소에 그 육체 스물네 개가 떨어졌고 아버지가 모두 사들이셨습니다. 그중 하나는 저에게 직접 선물하려 하셨지요. 스물네 개 모두를 가져오면 좋겠지만 어렵다면 그 하나만 찾으면 됩니다."

"도대체 그게 뭔데요?"

잠시 침묵이 흘렀다. 뻔뻔스러운 트레키인 스파크도 여기서부터는 조금 민망한 모양이었다. 그는 억지 기침을 한두 번 하더니 무심한 척 속삭였다.

"세븐 오브 나인입니다."

그 뒤로 선장 일행은 한 시간 가까이 그 집에 더 머물러 있었다. 스파크가 의사 선생에게 단서가 될 포스코의 서류를 넘겨주는 동안 선장은 교체되는 예술품들을 감상했고 차를 몇 잔 더 마셨다. 일이 끝나자 그들은 다시 검은 외투를 입은 사람의 안내를 받아 집에서 나왔고 육륜차를 타고 다시 제저벨이 기다리는 항구로 돌아왔다. 그들은 검은 외투에게 작별 인사를 했고 다시 언덕으로 올라가는 차의 뒷모습을 1분 정도 바라보았다.

제저벨의 선실 안으로 들어가자 그들은 미친 듯이 웃어대기 시작했다.

"'세븐 오브 나인입니다'라고 말할 때 스파크 표정을 봤어?"

의사 선생은 배를 움켜쥐고 선실 바닥을 구르는 선장에게 말했다.

"하긴 나라도 민망하지. 제발 제 세븐 오브 나인 섹스 인형을 찾아주세요! 사례는 뭐든지 할게요!"

"하지만 논리적인 행동이었어."

항해사가 대신 말했다.

"직접 용병을 사서 돈을 지출하는 것보다야 아버지에게서 물려받은 차용증을 쓰는 게 낫지 않겠어? 우릴 잃어도 스파크로서는 손해 보는 게 없잖아. 어차피 그 사람은 아버지 차용증을 어떻게 써야 할지도 모르지. 현금화시킬 수 있는 서류도 아니고."

"우리가 실패한다면 아빠 차용증에 이름이 적힌 다른 사람들을 계속 남극에 보낼 거란 말이야? 세븐 오브 나인 인형을 찾으러?"

"그렇지 않을까?"

"아, 그럼 좀 미안하군. 사실 너희들에게도 미안해. 순전히 내 개인 문제인데, 제저벨 전체가 얽힐 필요는 없지. 나 혼자 팀을 꾸려서 가도 돼."

"어차피 사전 지식이 없이는 들어갈 수 없는 곳이야. 가이드가 필요한데, 밖을 돌아다녀도 나만 한 사람을 찾긴 힘들걸."

항해사의 마지막 말은 빈말이 아니었다. 그녀는 토요일에서 어떤 일이 벌어지고 있는지 말해줄 수 있는 운 좋은 생존자들 중 한 명이었다. 그녀는 그 어처구니없는 지옥에서 431일을 버티고도 온전한 정신으로 살아남았다.

4

　토요일에 대해 이야기해 보기로 하자. 이곳은 남극에 위치한 마다가스카르 섬 두 배 크기의 작은 대륙이다. 눈 덮인 사막이지만 대륙 중심에 있는 활화산과 간헐천 덕택에 남극점 주변은 오히려 따뜻한 편이다. 화산 주변에는 구형의 기네스들이 돌아다니고 있는데, 그들 중 일부는 분화를 통제하는 역할을 하고 있다고 추정된다.

　개척 초기만 해도 토요일은 놀이동산이었다. 은하계 곳곳에서 몰려온 밀리터리꽝들은 이곳이야말로 제2차 세계대전 당시 독소 전차전을 재현할 수 있는 이상적인 장소라고 선언하고 당시 무기들을 생산하는 자궁들을 들여왔다. 그때까지만 해도 이들은 자기네들이 심심풀이 놀이를 하고 있다고 생각했고 실제로도 놀이였다. 전차들은 인공지능과 무선 조종으로 움직였고 건물의 폐허는 처음부터 폐허로 지어졌다. 모든 것이 가짜였고 인공적이었다.

　하지만 오로지 놀이만을 하는 자들에게 놀이는 놀이일 수만은 없다. 그것은 삶이다. 역사이다. 우주이다.

　어느 순간부터 삶의 진지함이 놀이의 가벼움을 지배하기 시작했다. 처음에는 놀이의 폭력성과 자기네들이 속해 있는 집단에 대한 소속감이 비정상적일 정도로 강해지는 정도에 불과했다. 하지만 올리비에들이 대부분 묵상에 들어가 하늘로 올라가는 길이 거의 끊어진 200년 전부터 사태는 갑작스럽게 변했다. 놀이는 사라지고 전쟁만 남았다. 이제 이들은 진짜 독일군과 소련군이 되어 서로를 학살하기 시작했다.

이 변화의 원인에 대해서는 여러 가지 가설이 있다. 가장 인기 있는 가설은 심리적인 원인 때문이라는 것이다. 하늘로 올라가는 길이 좁아지자 좌절한 수많은 사람들이 극단적인 행동들을 하기 시작했는데, 토요일에서 일어난 현상 역시 그 일부라는 것이다. 그만큼이나 인기 있는 다른 가설은 시스템에 책임을 돌린다. 언젠가부터 토요일의 시스템은 자궁의 생존과 번영을 제1목적으로 하는 인공지능에 의해 점령되었고 그 이후 인간은 소모품 취급을 받았다는 것이다. 아마 이 두 원인 모두가 토요일에 영향을 끼쳤을 것이며 우리가 모르는 또 다른 원인들 역시 작용했을 것이다. 인간에겐 관심 없는 척 행동하지만 화산 근처의 기네스들이 전차광들을 싫어해서 쫓아버리려 했거나 반대로 특정 목표를 위해 이용하고 있는 것인지는 모르는 게 아닌가? 토요일의 전쟁에 대해서는 수많은 소문들이 떠돌고 있고 그들 대부분 다른 소문들과 모순된다. 아마 그들 중 일부는 겉보기만큼 모순되는 것이 아닐지도 모른다. 그곳에서 전쟁의 성격은 늘 조금씩 변하기 때문이다.

아직도 많은 사람들이 토요일에서 벌어지는 전쟁의 제1목표는 1941년부터 1944년까지 일어났던 실제 역사적 사건을 충실하게 재현하는 것이라고 믿는다. 한동안 그 목표는 진짜일 수 있었다. 하지만 그걸 인정한다고 하더라도 당시의 역사가 100퍼센트 그대로 재현된 적은 단 한 번도 없었다. 아무리 그들에게 자궁이 많다고 해도 토요일에 프로호롭카 전차전을 매번 재현할 만한 인력이나 전차들이 있었던 적이 있었나? 게다가 역사적 사실을 그대로 따르기만 하는 것 어디에 유희의 쾌락이 있는가?

300년 전에 벌어졌던 토요일의 일상적인 전쟁은 체스 게임에 가까웠다. 초기 조건은 역사와 동일하거나 그 비슷하게 주어진다. 그 뒤는 놀이에 참가하는 사람들 맘이다. 가상현실로도 충분히 할 수 있는 놀이다. 하지만 토요일 대륙에 놀이를 하러 오는 밀리터리광들은 보다 현실에 가까운 것을 원했다. 진짜 전차, 진짜 폭약, 진짜 소음, 진짜 냄새, 진짜 피, 그리고 진짜 죽음.

지금 토요일에서 벌어지는 전쟁은 어떤가. 겉보기에 크게 바뀐 것은 보이지 않는다. 여전히 제2차 세계대전 당시의 전쟁 무기들이 눈 덮인 평원 위를 굴러다니며 서로에게 포탄을 날려댄다. 하지만 그들의 동기나 행동 방식은 크게 바뀌었다. 이들은 이제 두 파시스트 국가의 군대보다 굶주린 늑대 무리에 가깝다. 그들의 제1목표는 정복이 아니라 약탈이다. 어떻게든 상대편의 전쟁 무기들을 때려 부수고 잔해들을 가져와 자궁에게 먹이는 것.

단순해 보이지만 여기에도 흐름은 있다. 아무리 자궁과 인간과의 관계가 바뀌었다고 해도 인간들이 짜놓은 처음 디자인은 남아 있다. 예를 들어 두 측의 자궁들은 여전히 1941년에서부터 1944년에 이르는 시기의 전쟁 무기들을 달력에 맞추어 순서대로 생산하며 이 사이클은 무한 반복된다. 다시 말해 토요일 대륙의 시계가 1941년 6월로 돌아가면 티거-2를 생산하던 자궁들이 갑자기 구닥다리 3호 전차를 내뱉기 시작한다는 말이다. 당연히 이 생산 흐름을 읽어내는 것은 양쪽 모두에게 중요해진다.

각설하고, 이제부터 항해사의 이야기를 들어보라.

항해사가 재수 없게 토요일의 난장판에 말려든 건 11년 전 일이었다. 항해사는 당시 열일곱 살이었고 그 나이 또래의 아이들이 대부분 그렇듯 화가 잔뜩 나 있었다. 크루소의 1년이 표준력보다 더 짧다고 해서 열일곱 살이 스물다섯 살이 되는 건 아니다. 아무리 계절이 25번 바뀌어도 열일곱 살은 그냥 열일곱 살인 거다. 세상을 박차고 우주 어디로건 가고 싶을 나이인데도 갈 수 있는 곳은 이 좁아터진 행성 표면밖에 없다면? 미칠 일 아닌가?

그래도 항해사는 비교적 건설적인 해결책을 찾았다. 레벤튼 섬의 집구석에 박혀 정체불명의 화학물로 뇌를 적시며 불면증과 싸우는 대신 가출해서 좁아터진 행성 표면이라도 탐험해 보기로 결정한 것이다. 그녀는 일단 불평을 하더라도 이 행성의 모든 것을 접한 뒤에 하자고 결정했다. 순진한 어린아이였던 그녀는 당시까지만 해도 크루소의 '모든 것'을 보는 것이 가능하다고 생각했다.

크루소의 '모든 것'을 보기 위한 첫 단계로 토요일을 택한 것은 바보스럽기 그지없어 보인다. 하지만 불붙은 폭탄과도 같았던 당시 항해사의 정신 상태를 생각하면 그곳처럼 이상적인 곳은 없었다. 영원한 전쟁 속에서 무한한 파괴가 용납되는 곳. 자신과 타인의 죽음에 죄의식을 느낄 필요가 없는 곳. 그곳에서 죽은들 어떠랴? 그 정도면 크루소의 모든 것을 맛보고 죽었다 할 수 있지 않을까? 항해사는 속전속결을 원했다. 그리고 그건 그녀와 함께 낡은 화물선을 타고 토요일로 향하던 수많은 사람들도 마찬가지였다.

토요일에는 항구가 둘이었고 모두 노르망디라고 불렸다. 노르망디 알파. 노르망디 베타. 이름의 역사적 정확성에 트집을 잡는 사람들이 몇몇 있긴 했지만 대부분 사람들은 무시했다. 항구에 도착하면 이들은 독일군과 소련군 중 하나를 선택해야 했다. 각각의 숙소에서 날을 잡아 기다리다 보면 이들을 태우고 갈 트럭이나 비행선이 도착했다. 탈것이 항구를 떠나는 바로 그 순간부터 그들은 전쟁의 일부가 되었다.

노르망디 알파에 도착한 항해사는 소련군을 골랐다. 깊이 생각할 것도 없었다. 외모는 인간보다 고양이를 닮았지만, 항해사의 몸속에서는 러시아의 문화적 유전자가 흐르고 있었다. 그녀는 영어만큼이나 러시아어를 유창하게 했고 차이콥스키와 체호프는 언제나 그녀의 감수성을 자극했다. 당연히 그녀는 소련군이어야 했다.

트럭에 오르자 장교 한 명이 그녀에게 러시아 인명사전을 내밀며 이름을 하나 고르라고 했다. 항해사는 모니터를 들여다보지도 않고 "나지모바"라고 말했다. 그리고 그 순간부터 나지모바는 그녀의 이름이 되었다.

분명히 여자 이름을 택했건만, 항해사는 토요일 대륙에 머물렀던 431일 동안 늘 남자 취급을 받았다. 그곳에서 성별은 생물학과 무관했다. 전투에 참가하는 군인들은 모두 남자였고 비전투원은 모두 여자였다. 척 봐도 싸움꾼처럼 보였던 항해사는 당연히 남자였다. 여기엔 어떤 이의도 있을 수가 없었다. 제4기갑 부대에 배치된 항해사는 그곳에서 최소한 120명의 사람들을 직간접적으로 죽였고 독일 전차 42대를 때려잡았다.

그러는 동안 항해사는 서서히 환상에서 깨어나기 시작했다. 전쟁의 잔혹함과 무의미함 때문은 아니었다. 원래 토요일의 전쟁이 그따위라는 것은 오기 전부터 알고 있었다. 게다가 기계를 이용한 대량 학살은 그녀의 적성에도 맞았다. 그녀는 자신이 사령관으로 있던 못생긴 T-34 전차를 진심으로 사랑했다.

그녀가 견딜 수 없는 것은 그 전쟁이 허망할 정도로 조악한 가짜라는 것이었다. 여기서 방점을 찍어야 할 부분은 '가짜'가 아니라 '조악함'이다. 토요일의 가상 세계는 조악하기 짝이 없었다. 예를 들어 이 대륙에서 진짜로 독일어나 러시아어를 할 줄 아는 사람은 손으로 꼽을 정도에 불과했다. 군인들은 모두 독일어나 러시아어의 악센트를 어설프게 흉내 낸 영어로 이야기했다. 글을 쓸 때 소련 측은 영어를 키릴 알파벳으로 옮겨 썼고, 독일 측은 모든 O 위에 점 두 개를 찍었다. 진짜로 사람들이 고통받고 피를 흘리며 죽어가는 세계임에도 불구하고 가짜의 조악함은 사라질 줄 몰랐다. 포로로 잡힌 가짜 독일군들이 툭 하면 내지르는 "하일, 히틀러!" 소리에는 짜증이 나 미칠 지경이었다. 저 녀석들은 히틀러가 어떤 인간이었는지 알까? 독일군 부대에 걸려 있는 히틀러의 초상 사진이 사실은 분장한 알렉 기네스의 것이라는 걸 알고는 있을까? 그녀는 기왕 사람을 죽일 바에는 저런 가짜들이 아닌 진짜를 죽이고 싶었다.

그녀가 겪은 첫 사이클이 끝나고 양쪽 자궁 모두가 다음 1941년 6월을 준비할 때, 항해사는 이 지긋지긋한 놀이공원을 탈출하기로 결심했다. 제대 따위는 처음부터 불가능했다. 탈영만이 유일하게 '공인된' 방법이었다.

동료들이 종전 기념 파티를 벌이는 동안, 항해사는 말없이 텐트에서 빠져나왔다. 끝까지 버텨준 전차에게 작별 키스를 던진 그녀는 구석에 뒹굴고 있던 눈썰매를 타고 노르망디 베타까지 140킬로미터를 달렸다. 썰매는 목적지를 30킬로미터를 남기고 중간에 부서졌고, 그녀는 그 거리를 이틀 동안 걸어서 돌파해야 했다. 노르망디 베타에서 사흘을 숨어 지낸 그녀는 마침내 그녀를 몰래 태워주겠다는 화물선 선원을 한 명 만났다. 그는 돈 대신 다소 모욕적인 체위가 필수적인 성적 요구를 해왔고, 그녀는 대답하는 대신 그를 두들겨 팬 뒤 창고 열쇠와 아이디카드를 빼앗았다. 화물선은 선원 없이 출발했고 창고에 숨어 지내던 항해사는 밀항 이틀 만에 발각되었다. 불평하는 사람은 없었다. 그녀는 토요일에 버려진 선원보다 훨씬 일을 잘했다.

5

제저벨은 다음 날 저녁 이솔라 벨라를 떠났다. 월요일 대륙의 동쪽 해안선을 타고 천천히 내려가던 배는 다음 날 오후 평범한 지구 흑인 남자의 외모를 한 승객 한 명을 태웠다. 그 남자의 이름은 보였다. 단음절 이름을 가진 크루소 사람들이 대부분 그렇듯, 그는 조용하고 사람 눈에 뜨이지 않았다. 유일하게 눈에 뜨이는 독특한 특징은 이마 한가운데에 나 있는 세 번째 눈이었지만 그 역시 눌러 쓴 모자 밑에 숨어 잘 보이지 않았다.

저녁 식사 때까지 그는 오락실 소파 위에 앉아 멍하니 벽을 쳐다보고만 있었다. 요리사 아줌마가 그를 위해 따로 준비한 멜론치킨샌드위치(라고는 하지만 멜론도 치킨도 들어 있지 않았다)와 차를 가져왔을 때야 그는 간신히 입을 벌렸다. 30분 동안 주어진 음식을 꼼꼼하게 씹어 넘긴 그는 마지막 차 한 모금으로 목을 헹구고 그동안 그를 바라보고 있던 선원들에게 이야기를 시작했다.

"나는 이곳 달력으로 12년 전 목요일에 추락했고 1년 전까지 거기서 살았습니다. 고향 행성에서 나는 긴 이름을 갖고 있었고. 직업은 전파 고고학자였습니다. 크루소에서는 아무짝에도 쓸모없는 직업입니다.

내가 목요일을 선택한 건, 이 행성에서 처음 만난 사람들이 적도를 중심으로 남북으로 뻗어 있는 이 대륙이 지구의 아프리카 대륙과 비슷한 곳이라고 말했기 때문입니다. 나는 그것이 생태학적인 의미라고 이해했고 그렇게 해석해도 틀린 말은 아니었습니다. 하지만 '아프리카 같은 곳'이라고 말했을 때, 그들은 아프리카의 다른 측면에 빗대어 말한 것이었습니다. 그들에게 그곳은 잔혹함과 야만이 판을 치고 어떤 종류의 약탈이 정당화되는 기회의 땅이었습니다. 지구인들이 링커 우주에 접어든 지 수백 년의 세월이 흘렀는데도 여전히 구시대의 편견이 판을 치고 있다는 것에 대해 어떻게 생각하십니까?

목요일에 대한 편견에 대해 짚고 넘어가고 싶습니다. 그곳에서 끔찍한 일들이 일어나고 있다는 건 맞습니다. 하지만 월요일의 어떤 잘나빠진 시인 영감이 읊었다는 '적도를 짊어진 검은 대륙의 숙명'은 그냥 헛소리입니다. 목요일의 대량 학살은 대부분 크림슨 지하드가 점령한 북부 지역에서 일어나고 지금은 그곳도 많이 잠잠해졌습니다. 그리고 막상 적도 부근은 평온한 편이지요. 적어도 인간들의 세계는 그렇습니다. 링커들이 만든 수많은 괴물들이 서로에게 저지르는 일에 대해 말하라고 한다면 사정은 달라집니다. 하지만 자연은 언제나 잔인한 법입니다. 전 아직도 창조주가 사랑의 신이라고 주장하는 일신론자들을 이해하지 못합니다.

나는 그곳에서 10년 동안 진화 추적자로 일했습니다. 목요일의 정글과 습지에서 링커의 영향을 받은 생명체들이 어떻게 진화하는지 추적하는 일이었습니다. 생물학과 직접 연관된 일들은 전문가들이 따로 했고 나는 주로 기술적인 일을 맡았습니다. 그러나 지난 10년 동안 나도 많은 것을 배웠고 목요일에 대한 생태학적 지식은 전문가 못지않습니다. 나는 내가 특별히 내 전공과 떨어진 직업을 택했다고 생각하지 않습니다. 진화 추적은 과학보다 역사 기술에 가깝습니다. 우리가 연구하는 것은 보편 규칙이 아니라 개별 역사입니다.

우리에게 월급을 주는 곳은 로트바르트 고등과학 연구소였습니다. 이름에서부터 관료주의 냄새가 풀풀 나는 이곳은 사설 단체였습니다. 어느 누구도 이 단체의 정확한 성격에 대해서는 알지 못했습니다. 어떤 사람들은 시간 많고 돈 많은 부자들의 소일거리에 불과하다고 했습니다. 어떤 사람들은 우리가 모은 정보들이 제약 회사의 연구에 사용된다고 했습니다. 우리는 신경 쓰지 않았습니다. 그들은 우리에게 월급을 꾸준히 줬고 연구 시설은 안락했고 모든 보고서는 네트에 공개되었으며 우리 이름이 들어갔습니다. 무엇보다 우리는 마젤란성운 구석에 박혀

있는 이 격리된 행성에서 뭔가 가치 있는 일을 하고 있다
는 사실이 좋았습니다.

이곳에서 내가 뭔가 잘못 돌아가고 있다고 느낀 건 2년
전이었습니다. 당시 내가 속해 있는 팀은 알론조 세이버
투스라는 별명을 가진 동물의 진화 과정을 추적 중이었습
니다. 여우원숭이와 세이버투스를 반반씩 닮은 이 고양이
크기의 동물은 굉장히 복잡한 교미 의식으로 주목을 받았
습니다. 이들이 온전한 교미 행위를 하려면 최소한 여섯
마리의 개체가 필요했습니다. 보통 네 마리의 암컷과 두
마리의 수컷이 개입되었는데, 암컷의 수는 아홉 마리까지
늘어날 수 있었습니다. 교미 의식은 아무리 간소화해도
일곱 단계 이상을 거쳐야 했고 이들 중 하나라도 빠진다
면 성공할 수 없었습니다. 우리는 불편하기만 한 이 행위
가 몇 세대 안에 끝날 것이라 봤습니다. 결국 언젠가 링커
가 개입해서 보다 단순한 행위를 찾을 것임이 분명했습니
다. 이 교미 행위 자체를 링커가 만들어낸 것이긴 했습니
다만.

그런데 우리가 예상했던 것과 반대의 일이 일어났습
니다. 알론조 세이버투스의 혼음 행위가 링커를 통해 다
른 종으로 전파되기 시작했던 것입니다. 어떻게 이 아무
짝에도 쓸모없는 행위가 확장될 수 있는지 이해할 수 없
었습니다. 우리는 이 사실을 연구소에 보고했고 보고서는
네트에 발표되었습니다.

보고서가 공개된 지 꼭 사흘 뒤에 수요일에서 왔다는

새로운 팀이 도착했습니다. 그들은 우리로부터 알론조 세이버투스와 관련된 모든 연구를 물려받았고 우리는 그 연구에서 밀려났습니다. 10년 동안 이 직업에 종사해 왔지만 이런 경우는 처음이었습니다. 그렇다고 여기에 대한 권리를 주장하는 것도 싱거운 일이었습니다. 어차피 우리의 연구는 막힌 상태였고 우리에겐 추적해야 할 다른 종들이 있었습니다. 척 봐도 그들은 우리보다 능력 있는 전문가들이었고 실제로 그들은 7일 만에 혼음과 관련된 미스터리를 풀었습니다. 성병이었습니다. 알론조 세이버투스의 생식기에 기생하는 미생물들이 지난 우기의 홍수 때 변형되어 혼음과 관련된 정보를 퍼트리는 매개체 역할을 했던 것입니다. 그들은 보고서가 네트에 뜬 다음 날 다시 수요일로 건너갔습니다. 모든 게 무사히 해결되었으니 불평할 게 없었습니다.

수요일의 전문가들이 떠나던 날 나는 작별 인사를 하기 위해 그들이 머물던 숙소를 찾았습니다. 막 문을 열고 들어서던 나는 그들이 나누는 이야기의 일부를 엿듣고 말았습니다. 그 대화는 이렇게 끝이 났습니다. '하지만 그렇더라도 시드니가 실망하지 않을까?' 내가 '시드니가 누굽니까?'라고 묻자, 그들은 '그냥 동료입니다'라고 말하며 말을 흐렸습니다. 그리고 마치 죄라도 지은 것처럼 시선을 바닥에 깔았습니다.

아마 대부분 사람들은 별것 아닌 것이라 생각하고 지나갔을 겁니다. 정말 직장 동료 중에 시드니라는 사람이 있을 수도 있고 그 사람이 이번 일에 관심을 가지고 있다가 평범한 진상에 실망했을 수도 있습니다. 하지만 나는 그게 사실이 아님을 알았습니다. 나는 시드니가 누구인지 알고 있었습니다. 크루소에 시드니라는 이름을 가진 사람이 한 명뿐일 리는 없겠지만 그들의 시드니는 내가 아는 시드니임이 분명했습니다.

시드니는 수수께끼의 자선가였습니다. 나는 그를 이 행성에 추락한 바로 첫날에 만났습니다. 내가 탄 빨판상어는 당시 수요일 근처에서 해적선의 공격을 받고 있었습니다. 그때 나와 일행을 구출한 것이 시드니의 배였습니다.

당신들은 시드니의 서류철에서 내 차용증을 발견했다고 했습니다. 하지만 내가 그것을 쓴 건 구출된 그날이 아니었고 구출된 사람들 모두가 차용증을 끊은 건 더더욱 아니었습니다. 그는 그렇게 값싼 사람이 아니었습니다. 나는 당신들에게 어쩌다가 내가 그 차용증을 쓰게 되었는가에 대해서 이야기하고 싶지 않습니다. 하지만 이 점은 말해도 좋겠습니다. 시드니는 내가 끔찍한 실수를 저지르지 않게 막았습니다. 그 때문에 나를 포함한 세 사람의 무고한 사람이 목숨을 잃지 않을 수 있었습니다. 시드니의 다른 차용증들이 그렇듯, 그 차용증은 내 의지로 끊은 것입니다. 그에게 차용증은 단순한 목숨값이 아니었습니다. 그것은 그가 계획하고 있는 원대한 계획에 우리를 포함시키겠다는 약속이었습니다. 그 계획이 무엇인지 아는 사람들은 거의 없었지만 그래도 우리는 그를 믿었습니다.

이제 당신들도 내가 흥분한 이유를 짐작할 수 있을 겁니다. 나에게 우연히 시드니의 계획을 엿볼 기회가 주어졌던 겁니다. 그는 로트바르트 고등과학 연구소와 연관된 어떤 계획을 진행 중이었습니다. 그리고 그것은 링커 진화와 관련되어 있음이 분명했습니다. 나는 알론조 세이버투스 사례를 다시 검토하면서 가능한 오답들을 되살려 냈습니다. 그들 중 어떤 것이 시드니의 계획과 연관될 수 있는지 상상하면서 말입니다. 답을 알 것 같았습니다. 만약 알론조 세이버투스의 어처구니없는 번식 습성이 안정적으로 유지될 수 있고 심지어 다른 종에게 전파될 수 있다면 우리는 어떤 희망을 품어야 합니까?

수요일의 전문가들이 떠난 뒤, 나는 목요일을 떠나 시드니를 찾아 나섰습니다. 더 이상 나는 그의 명령을 기다리고만 있을 수 없었습니다. 나 스스로 그의 비전에 참여하고 싶었습니다. 70일간의 수색 끝에 나는 그를 찾아낼 수 있었습니다.

어제 통화를 했을 때, 플래그 선생은 그 짧은 기간에 그것이 어떻게 가능했냐고 물었습니다. 충분히 가능합니다. 시드니는 언제나 자신에 대한 정보를 이곳저곳에 남겨두고 다녔습니다. 플래그 선생처럼 자신을 숨기고 소극적으로 정보를 얻으려고만 하는 사람들이 얻을 수 있는 정보와 나처럼 적극적으로 시드니를 찾으러 다니는 사람들이 얻을 수 있는 정보의 양은 다릅니다. 시드니는 나와 같은 사람들에게 언제나 문을 열어놓았습니다.

한 달 전 시드니가 죽기 전까지, 나는 그를 위해 일했습니다. 그 일이 무엇이었는지는 밝힐 수 없습니다. 지금으로서는 당신들을 돕는 것이 옳은지도 확신할 수 없습니다. 나는 지금 무척 혼란스럽습니다. 하지만 시드니가 그물품들을 멍청한 스파크 녀석에게 넘겨주길 바란다면 나는 그 의도를 존중할 것입니다.

당신들에게 필요한 정보를 드리겠습니다. 우선 당신들이 찾고 있는 인형 세트는 해적들에게 약탈당한 게 아닙니다. 그런 조무래기들이 시드니의 물건을 빼앗을 수 있을 거라고 생각합니까? 어림없는 소리입니다. 그 거짓말을 지어낸 건 바로 납니다. 난 스파크가 아버지의 정체를 알기를 바라지 않았습니다.

인형 세트는 토요일의 독일군 기지에 선물로 대여되었습니다. 선물을 받은 사람은 브루크밀러라는 장교입니다. 그 선물의 대가로 우리는 토요일에서 특별한 서비스를 제공받았는데, 그것이 무엇인지는 말할 수 없습니다. 유감스럽게도 브루크밀러는 일주일 전에 소련군 전차에 깔려 죽었습니다. 그와 함께 서비스도 끊겼고 선물도 지금으로서는 정당한 방법으로 되찾을 길이 없습니다. 하지만 인형 중 하나에는 제2차 세계대전 당시의 기술로는 절대로 찾아낼 수 없는 추적 장치가 달려 있습니다. 배에 오르기 전에 나는 그 최종 위치를 확인했습니다. 그것은 지금 여전히 토요일 한가운데에 있고 상태는 양호합니다.

당신들은 이것이 우스꽝스러운 소극에 불과하다고 생각할지 모르겠군요. 하긴 진짜 총과 전차로 전쟁놀이를 하는 미치광이들 사이에 숨어 있는 실물 크기의 여자 인형들을 구출하는 작전은 생각만 해도 어처구니없습니다. 하지만 시드니는 결코 우스꽝스러운 사람이 아니었습니다. 그가 어떠한 희생을 치르면서도 바보 아들 녀석에게 그 선물을 주고 싶다면 거기엔 반드시 우리가 모르는 깊은 뜻이 있을 겁니다. 아직 그게 뭔지 모를 뿐입니다."

6

토요일에는 토요일 바다 가시나무라는 다소 밋밋한 이름의 나무가 한 그루 있다. 그 이름에 기만당하지 말라. 토요일 바다 가시나무는 크루소에서 가장 거대한 생명체이다. 검은 가지에 손가락 크기의 가시가 잔뜩 돋아 험상궂기 짝이 없어 보이는 이 나무는 말 그대로 대륙 해변 전체를 평균 70미터 너비의 리본 모양으로 둥글게 둘러싸고 있다. 노르망디 알파와 베타를 만들기 위해 나뭇가지의 일부가 잘려 나갔지만 그렇다고 이 생명체의 연속성이 파괴되지는 않았다. 여전히 지하 수백 미터 밑까지 뻗어 있는 뿌리는 하나로 연결되어 있었다.

토요일 바다 가시나무는 크루소에서 그 이름을 가진 유일한 생명체이기도 하다. 매 여름마다 가시나무는 꽃가

루가 담겨 있는 요트 모양의 용기들을 바다에 흘려보내지만 그들이 짝을 만날 가능성은 없다. 하지만 그들 중 링커의 은총을 받은 운 좋은 일부는 독자적인 생명체로 진화했다. 자웅동체 반동물 반식물인 이 작은 요트들은 키틴질로 덮인 초록색 돛을 내밀고 남극해 주변을 떠돌며 몸 가장자리에 난 스물두 개의 입으로 바닷물에 섞인 플랑크톤을 빨아 먹는다.

제저벨이 남극해에서 가장 처음 마주친 것도 바로 그 가시나무 요트들이었다. 한가하게 바다에 떠 있던 요트들은 제저벨이 만들어내는 파도에 몸이 닿자 움찔하더니 몸 가장자리에 난 더듬이들을 부지런히 놀리며 뒤로 물러났다.

"한동안은 저것들만 먹고 살았던 적이 있었어."

난간에 기대 바다를 바라보던 항해사가 말했다.

"정말? 저걸 먹는단 말이야?"

의사 선생이 물었다.

"맛은 대단치 않지만 훌륭한 단백질 공급원이거든. 바다에 널려 있다시피 하고 쉽게 잡히고. 노르망디 알파엔 양쪽 군부대에 요트만 따로 공급하는 어부들이 있었어. 하지만 지금은 어떤지 모르겠어. 요트들은 점점 줄어드는 모양이고 돛을 지느러미로 진화시킨 새로운 종이 늘어나고 있다고 하던데. 그것들은 잡기도 힘들고 맛은 끔찍하대. 게다가 전차광들도 계속 줄어들고 있잖아. 이전만큼 장사가 안 될 거야."

첨벙하는 소리가 들렸다. 제저벨의 식당 창에서 튀어 나온 길쭉한 기계손이 요트 두 마리를 잡아 안으로 끌어 들이고 있는 중이었다. 열린 창문을 통해 요리사가 흥얼 거리는 콧노래 소리가 들렸다.

"오늘 저녁엔 저걸 먹게 생겼군. 그래도 네가 군대에 서 먹던 것보다는 낫겠지."

의사 선생 말이 맞았다. 그날 저녁에 샐러드에 섞여서 나온 요트 조각들은 썩 먹을 만했다. 지구인들이라면 생 선의 감칠맛이 살짝 들어간 고구마 비슷하다고 생각했을 것이다. 하지만 제저벨의 승무원들에게 이런 지표는 별 의미가 없었다. 그들이 먹는 식재료는 늘 변덕스럽게 진 화했고 그에 따라 맛도 바뀌었다. 이 혼란스러운 세계에 서 뛰어난 판단력과 순발력을 갖춘 요리사의 존재는 중요 했다. 그리고 다행히도 제저벨의 요리사는 일급이었다. 그녀가 일급이 아니었다면 지금의 제저벨 자체가 존재할 수 없었을 것이다. 요리사의 손맛이 승무원들을 묶어두고 있었다.

저녁을 먹으면서 그들은 다음 계획에 대해 의견을 나 누었다. 선장은 세 사람이 각각 오를라를 한 대씩 타고 독 일군 기지까지 날아가 속전속결로 해치우자고 제안했다. 하지만 항해사의 의견에 따르면 그건 자폭 행위나 다름없 었다. 오를라를 타고 어떻게 적진까지 도착한다고 해도 강도질이 끝날 때까지 기체를 숨겨놓는 건 거의 불가능에 가까웠고 착륙 직후 자동 비행을 시킨다고 해도 발각되거나 귀환에 필요한 에너지를 날려버릴 수 있었다. 잘못하다가는 애꿏은 비행체들만 날리고 남극 한가운데 고립되기 십상이었다. 게다가 아무리 스파크가 세븐 오브 나인 인형만 간절히 원한다고 해도 아직 시드니의 의도가 무엇인지 알 수 없는 지금 단계에서는 일단 스물네 개의 인형을 모두 구출하려는 시도라도 해야 하지 않겠는가? 무엇보다 협상과 매수의 가능성은 남겨놔야 했다. 독일군으로부터 인형들을 사들일 수 있다면 꼭 강도질을 할 필요가 없다. 협상이 불가능하다고 해도 다른 길은 얼마든지 있는 것이다.

한참 토론을 벌인 끝에, 새로운 계획이 세워졌다. 일단 노르망디 베타의 해안까지 제저벨로 간다. 항구의 암시장에서 트럭을 구입해서 독일군 군수 차량으로 위장해 내륙으로 들어간다. 그 뒤부터는 항해사가 시키는 대로 한다. 엉성하게 들렸지만 이보다 나은 계획은 상상할 수 없었다. 어차피 토요일 안에서 무슨 일이 일어나고 있는지 정확하게 알고 있는 사람은 아무도 없었고 그나마 항해사만이 그곳의 생존법을 알고 있었으니 그녀의 임기응변에 전적으로 의존할 수밖에 없었다.

의견이 합쳐지자, 의사 선생과 항해사는 준비 작업을 시작했다. 의사 선생은 토요일에서 흘러나오는 암호 통신들을 해독했고, 항해사는 토요일을 오가는 상인들이 모여 만든 온라인 커뮤니티에 들어가 정보를 챙겼고 스파이 비행체들을 토요일에 날려 지도를 만들었다.

항해사는 즐거워 보였다. 11년 전 항해사에게 토요일의 전쟁터는 지옥이었다. 하지만 잠시 머물다 지나갈 뿐인 지금 보면 그곳은 유원지였다. 자칫하면 목숨이 날아갈 수도 있는 유원지지만 아무런 위험이 없는 유희가 무슨 재미가 있을까? 하긴 11년 전 토요일도 재미가 없는 곳은 아니었다. 그곳의 상황이 몸에 익고 스스로 행동할 수 있게 된 뒤부터 항해사는 한동안 그곳의 전쟁을 온몸으로 즐겼다. 그런 오락에 평생을 바치는 것은 무의미하고 바보스러운 일이었다. 그러나 토요일을 찾은 대부분 사람들은 인생의 의미 따위엔 관심이 없었다. 누가 그런 게 필요하다고 하던가?

정보 수집이 끝나자 그들은 작전에 필요한 장비들을 만들었다. 그중 핵심은 선장과 의사 선생, 항해사가 입을 독일군 군복이었다. 작업을 위해 플랑크톤 수집기를 수리 중이던 엔지니어가 끌려왔다. 엔지니어는 언제나 번개처럼 빠르고 정확하게 작업에 임했다. 항해사와 의사 선생 둘이 작업했다면 이틀 이상 잡아먹었을 일이 세 시간 만에 끝났다. 휴고 보스도 자랑스러워할 완벽한 모양으로.

의사 선생은 감탄했지만 여전히 엔지니어의 존재에 대해서는 약간의 거부감을 느낄 수밖에 없었다. 제저벨의 어느 누구도 엔지니어와 온전한 의사소통을 할 수 없었다. 그녀는 읽고 쓸 줄 알았고 승무원들의 말을 이해했으며 짧은 문장으로 질문과 답변도 할 수 있었지만 중요한 건 언어가 아니라 그 언어를 통제하고 이용하는 두뇌가 아니던가. 엔지니어에게는 제저벨 승무원들과 감정적 교류를 나눌 수 있는 기능이 한참 결여되어 있었다. 엔지니어와 다른 승무원들을 연결시켜 주는 것은 오로지 수학과 순음악이었다. 그리고 그 영역도 조금은 어긋났다. 예를 들어 엔지니어는 일리리아 행성의 공감각 재즈를 즐길 수 있는 거의 유일한 크루소인이었다.

도대체 항해사는 어디에서 이 괴물을 데려왔을까? 의사 선생과 선장은 늘 그게 궁금했다. 하지만 항해사는 엔지니어의 정체에 대해 한 번도 이야기를 꺼낸 적이 없었다. 대신 항해사는 종종 동료들 앞에서 대놓고 그녀를 향한 모성적 애정을 과시했는데, 그 역시 괴상하게 느껴지는 건 마찬가지였다. 엔지니어는 특정 관점에서 보면 아름다울 수도 있었다. 하지만 그런 외모의 괴물에게 어머니와 같은 감정을 느낀다는 건 상상하기 어려웠다.

하지만 상관없었다. 엔지니어는 영리했고 유능했다. 그들 사이에 대화가 필요하지 않았던 것도 그녀가 언제나 자기 일을 거의 완벽하게 해내서 트집 잡을 이유가 없었기 때문이었다. 주변 사람들이 다소 비정상적인 그녀의 존재를 인정해 준다면 제저벨은 기름칠한 톱니바퀴처럼 완벽하게 돌아갔다.

작업이 끝나자 엔지니어와 항해사는 플랑크톤 수집기를 마저 고치기 위해 밖으로 나갔다. 문이 닫히자 의사 선생은 엔지니어가 만들어준 독일군 군복 중 하나를 걸치고 뒤를 돌아봤다. 항해사가 작업을 위해 끌어온 등신 거울

안에는 멀쩡한 정신을 가진 사람은 차마 상상도 할 수 없는 괴물이 그를 바라보고 있었다. SS 친위대 제복을 입은 프레드 애스테어. 그는 잠시 히죽거리며 웃다가 요란한 제스처로 거울을 향해 경례를 올려붙였다. 지크 하일!

7

트럭이 멈추었다. 트럭 뒤의 침낭 안에서 꾸벅꾸벅 졸고 있던 의사 선생은 눈을 반쯤 떴다. 덮개 틈새로 따뜻한 바람이 들어왔다. 그는 침낭에서 빠져나와 엉금엉금 트럭 밖으로 기어 나왔다. 지난 이틀 동안 구식 트럭 안에서 시달린 터라 뼈마디가 덜컹거렸다.

트럭 밖에서는 항해사와 선장이 진행 방향 쪽을 바라보며 뭐라고 속삭이고 있었다. 무심코 그들 쪽으로 왼발을 내디딘 의사 선생은 움찔했다. 장화를 신은 발이 진흙탕 속으로 쑤욱 빠지고 있었다. 허겁지겁 발을 뽑은 그는 비교적 온전해 보이는 맨땅에 발을 놓았지만 이번에도 역시 같은 모양으로 빠지고 말았다.

"어떻게 된 거야?"

엉거주춤한 자세로 서서 그가 물었다.

"해빙이야! 진흙탕이 쫙 깔렸어!"

항해사가 손가락으로 앞을 가리키며 말했다.

그들 눈앞에 펼쳐진 광경은 확실히 극지의 겨울답지

않았다. 눈은 오래전에 녹아버렸고 양쪽에 늘어선 부서진 건물 사이로 이어진 비포장길은 검은 진흙으로 끈적거렸다. 사방에서는 따뜻한 수증기가 올라오고 있었다. 구름 사이로 보이는 흑청색의 하늘만이 지금이 겨울임을 알려주고 있었다.

이것이 토요일의 유명한 라스푸티차였다. 전차광들은 괜히 이곳을 그들의 놀이터로 삼은 게 아니었다. 대륙의 광활한 평원은 온돌방이나 다름없었다. 화성암 터널이 두더지 굴처럼 사방에 나 있었고 화산 활동이 일어나면 밑에 얼어붙어 있던 물들이 녹아 그 터널들을 통해 흘렀다. 그렇게 되면 예측할 수 없는 위치의 특정 부위에 뜨거운 물이 몰려 부분적으로 해빙이 일어났다. 토요일의 라스푸티차는 러시아의 라스푸티차보다 악명이 높았다. 러시아의 해빙기는 예측할 수 있다. 하지만 토요일의 해빙을 예측하는 것은 위성 없이 일기예보를 하는 것만큼이나 힘들었다.

"이제 어떻게 하지? 이것도 계획에 넣었어?"

"모든 해빙을 다 염두에 둘 수는 없지. 돌발 현상이니까. 여기서부터는 차로 돌파하기는 어려울 것 같아. 진흙이 장난이 아니야. 저길 보라고. 저기서부터는 진흙이 거의 물처럼 흐르고 있잖아. 트럭까지는 오지 않겠지만 곧 우리 앞은 진흙 강이 될걸."

"그러게 오를라로 오자고 했지."

옆에서 선장이 투덜거렸다.

"그 이야기는 이미 끝낸 것으로 아는데? 투덜거리지 마. 게다가 이 정도면 양호한 편이야. 목적지까지 10킬로 미터도 남지 않았어. 날도 따뜻하겠다. 걸어서도 몇 시간 안에 충분히 가겠다. 길을 포기하고 화석나무 숲으로 가면 돼. 그쪽은 땅이 단단하니까. 괜히 트럭을 저 안으로 몰 필요는 없어."

항해사가 태평한 태도로 앞장서자 다른 두 명도 움직였다. 그들은 총과 장비를 챙기고 나와 숲으로 걸어 들어 갔다. 종종 눈 밑에 숨어 있는 유리질의 표면에 미끄러지긴 했지만 그래도 허벅지까지 빠지는 진흙탕 속을 걷는 것보다는 나았다.

그들은 두 시간 동안 말없이 화석나무 숲을 걸었다. 주변의 모든 것들이 유령처럼 흐린 회색빛을 발하고 있었다. 의사 선생은 남극 화산이 뿜어내는 형광 물질에 대한 이야기를 온라인에서 읽은 적이 있었다. 화학 성분은 밝혀졌지만 그것이 어디서 어떻게 만들어지는지에 대해서는 알려진 바가 없었다. 가장 유력한 가설은 기네스들이 화산을 화학 공장 삼아 일부러 만든다는 것이었다. 하지만 기네스들이 왜 그런 짓을 하는지에 대해서는 아무도 몰랐다. 다들 그 이후부터는 생각 자체를 하지 않았다. 기네스들은 원래 그런 놈들이었다. 우리가 절대로 이해할 수 없는 일만 골라서 하는 괴상한 것들.

앞장서서 가던 항해사가 수신호를 했다. 뒤에 따라오던 두 사람은 걸음을 멈추고 앞을 노려보았다. 잠시 뒤 히틀러 유겐트의 포스터에라도 나올 법한 금발 머리 청년의 멀끔한 얼굴이 삐죽 튀어나왔다. 그의 머리는 비정상적으로 땅에 가깝게 붙어 있었고 이상한 각도로 흔들렸다. 머리가 점점 그들을 향해 다가오는 동안 오른쪽 팔과 왼쪽 발이 튀어나왔다. 왼쪽 팔과 발이 잘려 나간 왼쪽 다리, 아직도 옷을 입고 있는 몸통, 그리고 파란 피부에 뾰족 귀를 가진 두 번째 머리가 그 뒤를 이었다.

그들이 보고 있는 것은 전리품을 챙긴 기네스들의 행진이었다. 고양이만 한 기네스들이 시체들을 잘게 토막 내어 운반하고 있었던 것이다. 맨 앞에서 금발 남자의 머리를 들고 있던 기네스는 잠시 까만 유리 눈으로 제저벨 승무원들을 째려보았지만 별 흥미가 당기지 않았는지 그냥 가던 길을 갔다. 행렬은 거의 100미터 가까이 이어졌고 맨 끝에서 피투성이 창자를 군복에 싸서 질질 끌고 가던 전갈 모양의 기네스가 그들의 시야에서 사라졌을 때에는 15분 정도의 시간이 흘러 있었다.

"이것 봐, 땅바닥에 피가 묻었어."

항해사가 시꺼멓게 젖은 손가락 끝을 내밀었다.

"그래서?"

선장이 물었다.

"죽은 지 얼마 안 되었다는 거지. 저 속도로 여기까지 왔는데도 아직 피가 완전히 굳지 않았다면 가까운 곳에서 전투가 벌어지고 있다는 말이야."

"링커 기계들이 직접 죽인 건 아니고?"

"왜 그러겠어? 조금만 기다리면 군인들이 알아서 시체들을 생산해 줄 텐데. 잠시 조용히 해봐."

그들은 잠시 말없이 서서 귀를 기울였다. 처음에는 바람 소리밖에 들리지 않았다. 하지만 조금 기다리자 엔진 소리와 고함 소리, 비명 소리가 들렸다. 소란은 한 3분 정도 이어지더니 다시 조용해졌다.

천천히 소리가 나는 방향으로 걸어가던 그들은 곧 숲의 끝에 도달했다. 숲 너머에는 비교적 멀쩡한 형태를 유지하고 있는 콘크리트 건물들이 옹기종기 모여 있었다. 해빙의 여파가 여기까지 도달하지 않았는지 마을은 눈에 덮여 있었다. 역시 눈보라에 묻혀 하얗게 변한 티거-1의 차체가 건물들 사이에 반쯤 삐져나와 있었다. 다섯 마리의 기네스들이 길바닥 한가운데에 엎어져 있는 독일군 군복 차림의 남자 시체를 부지런히 해체 중이었다.

그러나 보는 사람들을 압도하는 것은 그 마을이 아니라 마을 뒤의 풍경이었다. 마을 뒤에는 거대한 평원이 놓여 있었고 수백 대는 되어 보이는 전차들이 버려진 듯 이곳저곳에 서 있었다. 그리고 그 중심에는 길이가 200미터쯤 되면서 굵직한 다리들이 수십 개 달려 있는 검은 올챙이 모양의 기계들이 다섯 대가 놓여 있었다. 자궁들이었다. 매끄러운 외양 때문에 자궁들은 기계보다 생명체처럼 보였고 심지어 기네스들보다 더 외계 문명의 창조물처럼 보였다. 하지만 자궁은 인간의 발명품이었다. 가장 정교한 것들은 스스로 진화했고 결국 어느 단계에서는 올리비에에 통합되었지만 자궁의 역할을 하고 있는 동안은 인간 세계에 속해 있었다. 자궁이 인간의 지배를 받느냐, 인간이 자궁의 지배를 받느냐의 차이점이 있을 뿐이었다. 그 경계는 불분명했지만 대부분 토요일은 후자라고 생각했다.

지금 자궁들은 조용했다. 이상한 일은 아니었다. 자궁의 일에 직접 인간들이 관여하는 일은 거의 없었다. 전차들을 해체하고 먹고 재생산하는 과정은 대부분 자궁과 자궁이 내뱉는 부속 기계들이 직접 했다. 그리고 자궁이 인간들이 만든 공장처럼 늘 분주한 것은 아니었다. 자궁들은 자기만족을 위해 생산을 했다. 인간들의 편의는 그들의 관심사가 아니었다.

선장과 의사 선생의 시선이 자궁과 전차들에 쏠려 있는 동안 항해사는 쌍안경으로 마을을 관찰하고 있었다. 마침내 결론을 내렸는지 그녀는 가볍게 손뼉을 쳐 그들의 주의를 끌었다.

"무슨 일이 일어났는지 알겠어. 전사한 게 아니야. 자기편에 의해 처형된 거야. 시체 손을 봐. 묶여 있어. 무장도 되어 있지 않고. 무엇보다 저기 저 앞에 서 있는 티거를 봐. 소련군의 짓이 아니라고."

"그럼 아까 그 소리는?"

의사 선생이 물었다.

"바로 그 소리 때문에 마무리를 짓지 못하고 허겁지겁 자리를 뜬 거지. 새로 난 발자국이 건물들로 연결된 것 보여? 전차 옆에도 눈이 흩어져 있는 게 보이지?"

그 순간 그때까지 그림처럼 정지되어 있던 광경이 갑자기 분주하게 움직였다. 전차는 후진해서 시야에서 사라졌고 창문에서는 불빛이 번쩍거리고 총소리가 들렸다. 건물 사이로 총을 든 사람들의 실루엣이 나타났다가 사라졌다. 보이지 않는 곳에서 비명 소리가 들렸고 다시 조용해졌다. 한동안 그 침묵이 계속되다가 쾅 하는 폭음이 들렸다. 그동안 뒤에 숨어 있던 티거가 다시 전진했고 포탑이 회전했다. 다시 폭음이 들렸고 마을은 다시 시끄럽고 분주해졌다.

그러는 동안에도 기네스들은 태평스럽게 작업을 계속했다. 곧 시체는 운반이 가능한 작은 조각으로 분해되었고 그들은 덩어리를 하나씩 챙겨 숲으로 들어왔다. 아까와 같은 토막 시체의 행진이 그들 앞을 지나갔다.

"왜 아까 그 사람들이 처형되었는지 알았어."

항해사가 말했다. 그녀는 손가락으로 선장의 발밑을 부지런히 기어가고 있는 시체의 몸통을 가리켰다. 군복 위에 붉은 스프레이로 대문자 B가 휘갈겨 있었다.

"베들레헴이야, 친구들. 정신병자 처형인 거지."

의사 선생과 선장은 항해사의 목소리에서 노골적인 혐오의 감정을 읽을 수 있었다. 항해사는 정치적으로 무딘 사람이었지만 베들레헴과 관련된 이슈에 대해서는 극도로 예민하게 반응했다.

크루소는 편견 때문에 살기 힘든 곳은 아니었다. 1미

터짜리 곰인형도, 2미터짜리 고양이 인간도 특별히 꿀릴 것 없이 살 수 있는 곳이니 인종차별은 무의미했다. 양성의 경계가 붕괴되고 있었으니 지배적인 성차별이랄 것도 없었다. 다양한 종류의 편견과 차별이 존재했지만 그 수명은 대부분 길어도 한 세대를 넘지 못했다. 편견이 그 이상 유지될 수 있을 만큼 특정 무리가 오래 유지되는 경우가 드물었다. 지금은 크림슨 지하드 때문에 목요일의 평판이 안 좋고, 교회 마피아 역시 그렇게 인기 있는 무리가 아니었지만 이들 역시 변화할 수밖에 없었다. 생물학적 후손을 남기기가 불가능에 가까운 이 별에서 종교는 안정적으로 유지되기 어려웠다.

하지만 베들레헴들은 예외였다.

베들레헴들은 단순한 정신병자들이 아니었다. 그들 중 일부는 종종 정신분열증 환자처럼 행동했지만 정신분열증과는 전혀 다른 병을 앓고 있었다. 아니, 항해사와 같은 베들레헴 옹호자들은 처음부터 그게 병이 아니라고 말할 것이다. 엔지니어들처럼, 그들은 단지 평범한 인간들과는 전혀 다른 정신 구조를 갖고 있었다. 링커들의 장난에 놀아난 두뇌가 어느 단계부터 인간 두뇌의 영역을 벗어나기 시작한 것이다. 심한 경우 아무도 그들의 동기나 사고방식을 온전히 이해하지 못했다. 그들의 행동과 말에는 소름끼치는 타자의 흔적이 각인되어 있었다. 고기능 베들레헴 중 일부는 사람들을 속이고 일반인인 척 행세할 수 있었지만 그렇다고 그들과 진정한 정신적 교류가 가능한 것은 아니었다. 아, 이러면 문제였다. 대화 가능한 인간의 두뇌를 갖고 있다면 당신들이 곰인형처럼 생기건 고양이처럼 생기건 상관없다. 하지만 두뇌 자체가 다르다면, 그것도 링커의 네트워크를 통해 전염병처럼 번져나갈 수 있을 정도로 유사하면서도 다르다면 정말 큰 문제다. 게다가 그 혐오스러운 특성이 링커 바이러스를 통해 수렴되고 증식된다면?

크루소의 수많은 지역에서 그 해결책은 격리였다. 시드니가 구출했던 베수비오 지하족들도 아마 지금쯤 어느 섬에 격리되어 있을 것이다. 항해사의 도움이 없었다면 엔지니어 역시 그런 곳에 가 있었을 가능성이 크다. 하지만 토요일에는 그런 사치를 부릴 여유가 없었음이 분명했다. 하긴 살육 자체가 존재의 목적이 되어버린 곳에서 인도주의적인 해결책에 신경을 쏟다면 그것도 웃기는 일이다.

처형당한 베들레헴의 시체 조각들이 숲 너머로 사라지는 동안, 제저벨의 승무원들은 마을 너머에서 무슨 일이 벌어지고 있는지 어느 정도 파악할 수 있었다. 처음 생각했던 것과는 달리 지금 벌어지고 있는 전투는 소련군의 기습으로 발생한 것이 아니었다. 마을 안에서 총질을 하는 사람들은 모두 독일군복을 입고 있었다. 조금 더 지켜보자, 상황이 보다 확실하게 이해되었다. 그들 중 서넛은 등 뒤에 커다란 붉은 B를 달고 있었던 것이다.

8

나중에 의사 선생은 카페나 선술집에서 그가 토요일에서 겪었던 소동에 대해 즐겨 이야기했다. 이야기는 반복될 때마다 세부사항이 조금씩 바뀌었고 술이 얼마나 들어가느냐에 따라 허풍의 정도도 달라졌다. 어디까지가 진짜인지 알 도리는 없었다. 선장과 항해사는 자기 이야기를 잘하지 않았고 의사 선생의 이야기를 긍정도 부정도 하지 않았다.

"토요일에 도착하기 전에 이미 우린 브루크밀러와 그의 유품들에 대해 꽤 많은 정보를 갖고 있었지."

의사 선생은 말하곤 했다.

"다 나치들과 거래하는 상인 조합의 네트워크를 통해서였어. 브루크밀러는 군수장교였고 원래 군수장교들이란 토요일에서 가장 타락하기 쉬운 부류였지. 주변에서 타락하길 권장하기도 했고. 그 친구는 독일군 내의 암시장을 장악하고 있었는데, 그 규모며 운영 방식이 너무나도 모범적이라 훈장이라도 받아야 할 정도였어. 어차피 토요일 전쟁놀이의 목표는 과거의 재현에 있기 때문에 이런 식의 암시장은 필수였어. 시스템에 없어서는 안 될 친구였지.

브루크밀러는 군내의 매춘도 책임지고 있었는데, 이게 좀 까다로웠어. 제2차 세계대전의 지구와는 달리 크루소의 토요일은 온갖 종류의 성적 욕구를 가진 외계인들이 부글거리는 곳이지 않나. 가상현실 기기가 있었다면 간단히 해결되었겠지만 토요일에선 그런 것들은 유지가 어려웠고 또 그런 걸 받아들인다는 것 자체가 게임을 진지하게 하지 않는다는 증거가 될 수 있어 다들 사용하길 꺼려했지. 대안으로 채택된 것이 섹스 마약과 섹스 인형이었어. 이와 관련된 일들은 합법과 불법의 경계선 사이에 있었는데, 거기서 벌어지는 일들이 대부분 그렇듯, 합법은 불법 같고, 불법은 합법 같고 그랬어.

하여간 그런 그에게 3년 전에 시드니가 옛날 지구 여자 배우들의 모습을 흉내 낸 일급 섹스 인형 세트를 가지고 접근을 해온 거야. 브루크뮐러는 홀라당 넘어갈 수밖에 없었어. 아까 우린 크루소인들이 온갖 종류의 성적 욕구를 가진 외계인들의 집합이라고 했지만 그래도 문화의 영향이 쉽게 사라지는 건 아니지 않나. 지구 여자들, 특히 시드니가 구해 온 화려한 영화 스타들의 일급 모사품은 전부는 아니더라도 많은 사람들에게 엄청나게 매력적일 수 있었지. 꼭 그들을 이용해 성적 욕구를 해소하거나…… 아니, 심지어 성적 욕구를 느낄 필요도 없겠지. 잉그리드 버그먼 여사에 대한 우리 선장 나리의 애정은 아무도 부인할 수 없지만 그렇다고 선장 나리가 여사의 인형 위에서 붕가붕가를 할 생각이 있는 건 아니지 않나.

이야기가 옆으로 샜군. 하여간 중요한 건 시드니가 제공한 장난감이 상당한 가치가 있었고 브루크뮐러가 군 내부에서 이를 적절하게 이용하기만 해도 엄청난 이익을 보장받을 수 있다는 것이지. 이것들을 미끼로 조금만 더 열심히 일하면 다른 대륙으로 망명해 떵떵거리고 살거나 다른 행성으로 가는 티켓을 살 수 있는 돈이 모아지는 거야. 토요일 군수장교들이 대부분 그렇듯, 그는 전쟁을 돈벌이 수단으로 생각했고 다른 바보들처럼 거기서 뼈를 묻을 생각 따위는 없었지.

하지만 어디 세상 일이 자기 맘대로 돌아가던가? 브루크밀러도 토요일이 험악한 곳이고 언제든 목숨을 잃을 수 있다는 것 정도는 짐작했겠지. 하지만 담배 피우러 잠시 창고 밖을 나갔다가 후진하는 아군의 전차에 치어 죽을 거라고는 상상하지 못하지 않았을까? 그래, 그 전차는 KV-1이긴 했지만 소련군한테서 노획한 독일군 것이었어. 보의 정보는 반만 맞았던 거지. 하여간 바보 같은 죽음이었어. 토요일처럼 사람들이 안전 따위에 신경 쓰지 않는 곳에선 그렇게 방심해서는 안 되는 건데 말이야.

당연한 일이지만 인수인계 절차는 엉망이었어. 브루크밀러의 뒤를 슈타인호프라는 친구가 이었는데, 인수인계된 건 그의 공식적인 업무뿐이었지. 브루크밀러가 남겨놓은 서류를 아무리 노려봐야 뭐가 나오나. 그렇다고 부하들이나 고객들이 슈타인호프에게 알아서 정보를 제공해 줄 리도 없고 말이야. 다들 이 북새통에서 한몫 챙기려고 혈안이 되어 있었지.

토요일에 맨 처음 도착했을 때 우리가 가장 먼저 접촉한 건 슈타인호프였어. 보는 핵심적인 정보를 내놓지 않으려 했지만 그래도 브루크밀러와의 거래 내용을 담은 서류를 꽤 많이 넘겨줬어. 이것만 전달해도 브루크밀러가 남긴 물건들을 상당수 챙길 수 있는 거야. 그러니 브루크밀러가 남겨준 상자 하나만 우리가 가질 수 있게 협조해 달라. 이 정도면 꽤 이성적인 요청 아냐? 문제는 당시 사정상 우린 슈타인호프와 전화로밖에 연락할 수 없었고 서로의 신뢰를 쌓을 만한 분위기는 끝끝내 만들어지지 못했다는 거지. 결국 서로가 서로를 의심하면서 상대방의 배반을 대비하기 위한 또 다른 무기를 준비할 수밖에 없는 상황이었어. 우린 브루크밀러와 관련된 다른 인물들과 접촉하려 했지만 도대체 길을 찾을 수가 없었어. 슈타인호프와 접촉할 수 있었던 것만 해도 다행이었지.

우리가 전차들을 생산하는 다섯 자궁 앞에 도착했을 때도 사정은 수상쩍기 그지없었어. 슈타인호프는 온갖 감언이설로 우리를 안심시키려 했지만 그렇다고 우리가 그 분위기를 읽지 못할 리가 없지 않나. 우린 꾸준히 스파이 비행체를 날려 주변 사정을 염탐하고 있었는데, 본부의 병력이 강화되고 주변에서 국지전이 잦아지는 게 수상쩍기 그지없더라고. 토요일의 전쟁은 보드게임과 같아서 상대방을 이기려고는 하지만 적 자체를 말살시키려고 하지는 않지. 그럼 다음 게임 자체가 존재할 수 없으니까 말이야. 고로 적진의 본부 근처에서 이런 일이 일어난다는 건 뭔가 심각하게 잘못되었다는 걸 의미하는 거야. 그런데 그게 뭘까?

마을에서 벌어지는 전투와 마주치고서야 우린 사정을 파악할 수 있었어. 영원한 독소전으로 유지될 것 같았던 토요일의 전쟁에 제3의 변수가 발생한 거야. 그리고 그 변수에 참여한 사람들은 전쟁을 게임으로 생각하지 않았어. 그들에게 전쟁이란 정치적 목표를 달성하기 위한 폭력적인 수단이었지. 클라우제비츠가 정의한 진짜 전쟁이었던 거야.

그 변수는 베들레헴들이었어. 당연한 일이지만 토요일에도 베들레헴으로 분류되는 사람들은 존재했지. 어떤 자들은 링커들 때문에 변형되었고 어떤 자들은 처음부터 그랬지. 10여 년 전까지만 해도 이들을 처리하는 방법은 간단했어. 검사해서 베들레헴인 게 밝혀지면 받아들이지 않고 그 안에서 변형되면 추방하는 거야. 하지만 최근 몇 년 동안 하늘의 길이 막히고 입대자들이 줄어들면서 사정이 바뀌었어. 검사는 형식적인 것으로 바뀌거나 없어졌고 양쪽 모두 아무나 마구 받아들였지. 그러다 보니 대륙 내에 상당수의 베들레헴들이 들어오게 되었고 곧 링커들이 활동해 그 수는 기하급수적으로 늘어났어. 이제 이들은 쉽게 통제할 수 없는 하나의 소수집단으로 자리 잡게 된 거야.

이러면 어떻게 해야 하나? 처음에는 모두 눈치만 보고 있었어. 이들을 처리한다는 건 상당수의 병력을 잃는다는 뜻이니까. 그러다 어느 순간부터 양쪽 모두 이들을 축출해 처형하기 시작했어. 우연이었을까? 그럴 리가 있나. 양쪽 꼭대기에 있는 놈들이 몰래 합의를 본 것이겠지. 그들은 서로를 미워하지 않았어. 그냥 게임 상대자였을 뿐이니까. 하지만 그들은 모두 베들레헴들을 혐오하고 증오했지. 합의는 쉬웠을 거야. 게다가 이들은 전쟁 게임에 역사적인 향취를 더할 수 있었어. 소수자에 대한 편견과 폭력이 존재하지 않는 제2차 세계대전은 뭔가 빠진 것 같지 않겠나?

처음에는 다들 청소 작업이 간단하다고 생각했을 거야. 그랬으니까 일을 벌였겠지. 머리가 고장 난 놈들을 한 줄로 세워놓고 총질을 하는 데 며칠이나 걸릴까. 지금 생각해 보면 바보들도 그런 바보들이 없었지. 베들레헴들은 그냥 머리가 고장 난 자들이 아니야. 머리가 다른 식으로 움직이는 자들이지. 게다가 전쟁터에 자원한 자들 중 상당수는 고기능 베들레헴이었어. 다시 말해 그건 자기네 행성에서는 그런 고장 난 두뇌가 오히려 정상일 수도 있고, 그 두뇌로 물리적인 현실 세계에서 충분히 적응할 수 있다는 말이며, 이런 식의 폭력에 넋 놓고 쉽게 당할 자들이 아니라는 말이기도 하지. 하긴 이런 자들이 많은 건 당연해. 토요일 대륙에 어떤 미친 짓이 벌어지는지 알고도 자원했으니 말이야. 게다가 이런 정책에 손해를 보는 사람들이 과연 베들레헴뿐일까? 베들레헴과 '정상인'을 가르는 테스트는 단 한 번도 정확한 적이 없었어. 당연히 엉뚱한 사람들도 엮이기 마련이었지. 물론 이런 정책에 불만인 '정상인'도 늘어났고 말이야.

그러다 결국 일이 터지고 만 거지. 소련 측과 독일 측에서 거의 동시에 무장봉기가 일어났던 거야. 많은 사람들이 죽었지만 그래도 수많은 사람들이 탈출에 성공했고 그들은 독자적인 군사 세력을 구성했지. 이름도 있었어. 베들레헴 저항군이라고. 처음엔 소총 몇 개와 수류탄 몇 개가 전부였지만 시간이 흐르자 700명이 넘는 병력과 전차 여섯 대. 심지어 어디서 구했는지 은폐 장치는 고장 났지만 꽤 잘 나는 오를라까지 한 대 운영하는 만만치 않은 세력으로 성장했지. 이들은 정말 위협적인 존재가 될 수 있었어. 소련군이나 독일군들과 달리 이들은 게임의 규칙 따위는 처음부터 지킬 생각이 없었으니까. 이들은 전쟁의 끝을 원했어. 심지어 종전 이후의 계획도 세워놓고 있었지. 전차광들을 축출하고 크루소에서 차별받는 베들레헴들을 토요일 대륙으로 모아 독자적인 시티를 세우려 한 거야.

우리가 바라보는 동안 그들은 전투에서 이겼어. 하지만 목표였던 베들레헴 동료들을 구출하는 데엔 실패한 게 분명했으니 허망한 승리였지. 적어도 우리에겐 그렇게 보였어. 포로들은 모두 그 즉시 처형됐어. 토요일의 군인들에게 포로들을 끌고 다니거나 관리할 여유 따위는 없었지. 그들에게 제네바는 우주 저편에 있는 전설 속의 도시에 불과했어.

포로들의 처형이 끝나자마자 갑자기 우리 전화벨이 울리더라. 슈타인호프인 줄 알았더니 엉뚱한 사람이었어.

통화명은 베른부르크였어. 그 베른부르크라는 남자는 다소 신경질적인 테너로, 우릴 기다리고 있으니 당장 마을로 내려와 얼굴을 보자고 고함을 쳤지. 도대체 무슨 자신감으로 이렇게 호통을 치나 생각했는데 아니나 다를까, 이렇게 덧붙이더군. '당신들이 시드니의 물건을 찾으러 왔다는 걸 알고 있소. 우리도 시드니의 사람들이오. 나눌 이야기가 많을 텐데?'

시드니라는 마법의 이름이 나왔으니 주저할 이유가 없었지. 우린 모두 마을로 내려갔어. 베른부르크는 초록색 얼굴을 제외하면 마치 〈아라비안 나이트〉 영화에 나오는 아랍인 소년같이 생긴 남자더군. 실제로 그의 진짜 이름은 아말 하산 무르카스였어. 이런 이름에, 이런 얼굴을 한 친구가 한동안이지만 독소전에서 나치 장교 노릇을 하고 있었단 말이지.

베른부르크는 베들레헴이 아니었어. 그냥 베들레헴으로 오인되어 처형당할 뻔했다가 저항군에게 구조된 사람이었지. 그의 말을 들어보니 저항군에서 '정상인'의 비중은 상당히 높아서 몇 주 전엔 이미 절반을 넘어섰다고 하더군. 정치적 이유 때문에 가담한 사람들도 있었지만 새로운 재미를 찾기 위해 가담한 사람들도 꽤 있었어. 영원히 계속되는 독소전에 싫증이 날 정도로 오래 살아남은 운 좋은 인간들이었지.

놀라운 일은 아니지만 시드니의 손은 이들에게까지 미치고 있었어. 그들이 가지고 있는 오를라와 몇몇 현대 무기도 시드니의 도움을 통해 얻었던 거지. 시드니와 브루크밀러가 작당해서 한 일도 이것이었을까? 그럴 수도 있겠지. 베수비오 지하족을 보호하는 일이나, 토요일의 베들레헴들을 보호하는 일은 어딘지 모르게 비슷하게 느껴지지 않나? 나에겐 이게 무척 시드니다워 보였어.

베른부르크의 말을 들어보니 베들레헴 저항군은 지금 엄청난 일을 계획 중이었어. 독일군 본부는 자궁들로부터 기껏해야 몇 킬로미터 떨어진 곳에 있지. 유격대는 이 상황을 이용하기로 했어. 자궁의 먹이로 배달된 전차들을 이용해 본부를 칠 생각이었던 거야. 우리가 본 구출 작전은 사실 덤에 불과했고 그들의 진짜 목표는 자궁 내의 독일군을 조용히 몰살하고 시스템이 유지되는 척 정보를 조작하는 것이었지. 그게 끝나면 비밀리에 바이오 연료와 무기들을 공수해 오고 길을 트고 스파이들을 이용해 정보를 차단하고……. 베른부르크의 열변을 들어보니 그 계획은 놀랄 정도로 그럴싸했고 잘하면 먹힐 것 같기도 했어.

베른부르크와 만난 뒤 우린 다시 토론을 벌였어. 베들레헴 저항군이 시드니의 지원을 받고 있다면 그들은 우리 편이야. 그건 당연한 거지. 아마 나치 장교가 숨겨놓은 인형을 찾으라는 명령엔 토요일의 전쟁에 참가하라는 뜻이 숨겨져 있었던 건지도 모르지. 그리고 우리에겐 정말 그들을 도울 몇몇 현대 무기가 있었어. 그중 가장 쓸모 있는 건 전차 다섯 대에 심을 수 있는 방어막 생성 장치였어. 순전히 물리적인 충격을 막는 용도였으니 전쟁용은 아니었지만 제2차 세계대전 당시의 전차전이라면 꽤 쓸모가 있었지. 우린 그걸 인형 상자들을 보호하기 위해 가져왔었어.

그러나 우린 확신이 서질 않았어. 과연 어디까지가 시드니의 의도였던 걸까? 우리가 토요일의 전쟁에 참가하길 바랐다면 그냥 그렇게 말했으면 되었잖아? 왜 이렇게 복잡한 과정을 거쳐야 했던 거지? 시드니의 사람들이 지금 따르는 건 그냥 죽은 사람이 남긴 명령의 그림자에 불과한 게 아닐까? 그가 어떤 종류의 유언도 남기지 않고 죽었고 그냥 그의 아들이 세븐 오브 나인 섹스 인형을 간절히 원한 것뿐이라고 생각하면 모든 게 간단하지 않을까?

그러나 다시 생각해 보면 이게 그렇게 억지도 아니야. 생각해 보라고. 만약 시드니가 직접 나에게 토요일 전쟁에 참가하라고 명령을 내렸다면 난 동료들을 귀찮게 하기 싫어서 그냥 거기까지 혼자 갔을 거야. 우리 셋이 토요일 대륙까지 갔던 건 시드니의 음모가 우리의 호기심을 자극했고 인형 찾기라는 임무가 비교적 가볍게 느껴졌기 때문이었어. 그 결과 베들레헴 차별에 극도로 민감하고 제2차 세계대전 무렵 소련 전차에 밝은 항해사 같은 사람이 여기까지 올 수 있었던 거지. 이건 충분히 예측하고 계획할 수 있는 일이야. 시드니는 평생을 사람들을 이용하며 자신만의 보이지 않는 제국을 구축한 사람이었어. 이 정도의 음모는 그에게 일도 아니었을 거야.

하지만 이게 모두 시드니의 음모였다고 해도 과연 그

의 최종 목표는 무엇일까? 토요일에 베들레헴 시티를 세우는 것? 그게 그에게 그렇게 중요했을까? 그 역시 자신의 정체를 치밀하게 숨긴 고기능 베들레헴이었을까? 아니면 이 역시 진짜 목적을 위한 도구에 불과했던 걸까? 모두 가능한 일이야. 우리와 만났을 때 보는 이 모든 게 일종의 생물학 실험과 관련이 있었다는 암시를 흘렸었지. 그건 베들레헴과 연관된 것일 수도 있지만 전혀 다른 것일 수도 있어. 베들레헴 시티의 건립이 최종 목표였다면 보가 그걸 우리에게 굳이 숨길 리도 없겠지.

한참 떠든 끝에 우린 시드니의 계획, 보다 정확히 말하면 우리가 시드니의 계획이라고 생각하는 것을 따르기로 결정했어. 그건 토요일의 전쟁에 대한 항해사의 혐오, 나의 호기심, 선장의 기사도 정신, 우리에게도 감염된 저 항군의 흥분이 결합된 결과였지. 시드니는 이것도 예상했던 걸까?"

9

"이틀 뒤에 벌어졌던 전투에 대해서는 내가 아는 것밖에 말해줄 수 없어. 나는 역사가도 아니고 기자도 아니야. 전쟁에 대해 그렇게 많이 안다고 할 수 없고 전차 안에 갇혀 있느라 바깥에서 벌어진 일들을 잘 보지도 못했어. 아마 직접 작전에 참여했던 항해사 아가씨가 여기에 대해서는 더 많이 알겠지. 하지만 너네들도 알지 않나. 그 아가씨는 절대로 너희들에게 이런 이야기는 하지 않을 거야.

자궁들의 놀이터를 습격한 결과, 베들레헴 저항군은 열다섯 대의 T-34와 네 대의 KV-1을 확보할 수 있었어. 하지만 거기까지 끌어올 수 있는 바이오 연료의 양은 제한되어 있었고 보다 융통성 있는 다른 에너지원을 이용할 수 있게 전차를 개조할 시간 여유도 없었지. 단지 반칙으로 들여온 현대 무기에 의존할 수밖에 없었어.

우린 가지고 있는 것들을 최대한으로 이용하기로 했지. 다섯 대의 T-34에 방어막 생성기를 장착하는 것이 먼저였어. 방어막 때문에 대포를 쏘는 건 불가능했지만 대신 우린 고먼 합금으로 만든 드릴들을 포신 끝에 장착할 수 있었어. 제2차 세계대전을 지나쳐 중세 시대의 마상 창 시합 시절로 돌아간 셈이지. 그리고 KV-1 한 대에는 코르도바 행성에서 만들어진 최신식 광선포가 장착되었어. 우리에겐 썩 보관 상태가 좋은 진동 폭탄도 두 개 있었는데, 이 정도라면 전방 30도 반지름 120미터 안쪽에 서 있는 모든 보병들의 정강이를 부러뜨릴 수 있었지.

이러는 동안 고작 몇 킬로미터 밖에 있는 독일군이 전혀 그 사실을 눈치채지 못했다는 게 믿어지지 않을지도 몰라. 하지만 그건 충분히 있을 수 있는 일이었어. 단순히 등잔 밑이 어두워서가 아니었어. 자궁에 대한 전차광들의 어처구니없는 미신도 한몫했고, 수백 년 동안 같은 게임만 반복해 온 꼭대기 얼간이들의 굳어버린 머리에도 문제가 있었지만, 베들레헴 저항군의 계획은 그보다 더 치밀했어.

독일군의 주의를 돌리기 위해 내가 알고 있는 것만 해도 다섯 가지 이상의 교란작전이 동원되었어. 사보타주, 가짜 정보, 교란용 습격, 자폭 테러 심지어 암살까지. 특히 마지막은 굉장했지. 이들은 정말 총사령관 구데리안을 독살하는 데 성공했으니 말이야. 물론 죽은 구데리안은 실제 하인츠 구데리안이 보았다면 당장 이름을 내놓으라고 호통을 쳤을 법한 인간이었지. 토요일의 총사령관들은 모두 시시한 놈들이었어. 이미 양쪽에서 수를 다 노출시킨 뻔한 게임만 무한 반복하는 놈들. 진짜 머리를 굴리고 창의력을 발휘할 줄 아는 자들은 본부 근처에도 가지 않았지. 하여간 암살은 한동안 묻혀 있었던 내부의 권력 다툼을 표면화시켰고 그 때문에 다음 구데리안이 되려던 놈들은 외부 경고를 묵살했어. 보다 정확히 말하면 경쟁자들이 외부에 관심을 돌리는 순간 그 빈틈을 이용해 빈자리를 차지할 생각이었던 거지. 나중에 독일군 측에 있었던 누군가가 나에게 말하기를, 그럼에도 불구하고 자궁 주변에 이상 현상이 일어나고 있다는 보고가 그들에게 들어오긴 했었대. 단지 떡밥에 눈이 먼 영감들이 그걸 무시했던 거지.

하여간 그날 극지의 컴컴한 오후에 펼쳐진 전투는 괴상하기 짝이 없는 것이었어. 결코 진짜 제2차 세계대전에서는 구경할 수 없는 것이었지. 열아홉 대의 전차들이 방어막 안에서 유령처럼 나타난 것부터 어처구니없었어. 그런데 이들 중 다섯은 제2차 세계대전 당시의 대전차 무기 따위로는 파괴할 수는 무적의 괴물이었고 뒤에 따라오는 전차 몇 대는 몇백 년 뒤의 미래에서나 만들어질 수 있는 무기를 달고 있었지. 숫자 면에서 극도로 열세였고 독일군에 의해 포위되어 있다시피 했지만, 이 모든 게 사실은 우리에게 이로웠어. 그들에게 우리는 손아귀 안에 든 수류탄과 다름없었어. 자칫 잘못하다가는 폭탄을 제거하려다 자기 손이 날아갈 수 있었다고. 그 틈을 이용해 베들레헴 전차들은 독일군들을 무참하게 박살 내고 있었지.

나는 선장과 함께 항해사의 전차에 타고 있었어. 드릴을 달고 방어막 안에 들어가 있는 놈이었지. 우린 목표인 본부 건물에 도착할 때까지 전면에서 청소부 역할을 맡았어. 결코 오락용으로 권장할 만한 경험은 아니었어. T-34의 내부는 엄청나게 불편했고 항해사의 전술이라는 건 '죽어라, 나치 쥐새끼들아!'라고 외쳐대며 상대방을 들이받고 보는 것이었으니 말이야. 심지어 무게가 우리 두 배나 되는 티거-1이 이런 박치기에 밀려나는 걸 보면 어이가 없었지만 막 몰려온 해빙으로 반 진흙탕이 된 땅 위에서 유리한 건 T-34 쪽이었어. 티거가 진흙탕에 박혀 허우적거리고 있으면 대포 끝에서 튀어나온 기계팔이 드릴로 포탑에 구멍을 냈고 적의 전차 위에 기어오른 베들레헴 보병들이 그 안에 수류탄을 밀어 넣었지. 쾅! 하고 폭발 소리가 나면 다음 전차나 대전차포를 향해 돌격하는 거야.

우리가 전차 일곱 대를 처리하자 슬슬 독일군 측에서도 반격하는 방법을 찾아내기 시작했어. 제2차 세계대전 놀이를 하고 있긴 하지만 이들도 사실은 현대인이잖아. 이들도 방어막의 장단점이 무엇인지는 알고 있었던 거지. 총알처럼 빠른 물체는 막아내지만 굼벵이처럼 느린 물체는 받아들인다는 것. 슬슬 방어막을 뚫고 들어온 보병들이 전차들에 달라붙기 시작했어. 이들 중 몇 명은 태극권을 흉내 낸 방어막 잠입 자세도 제대로 나오는 게 바깥 세계에서 진짜 군대 경험이 있었던 모양이더라고. 감전 장치로 몇 명을 떨어냈지만 자꾸 달라붙으니 무슨 일이 생길지 모르겠더군. 실제로 동료 전차 하나는 독일군이 방어막 안으로 가져와 붙인 대전차 지뢰로 궤도가 박살 나 꼼짝도 못 하고 있었어.

이제는 어떻게 하면 될까? 항해사는 융통성 있게 대처하기로 결정했어. 방어막을 켠 채 무적의 돌멩이처럼 전진하는 대신 방어막을 풀었다 켰다를 반복해 가며 각각의 상황을 타개하기로 한 거야. 이제 조종간은 내가 잡았고 선장은 방어막을 담당했으며 항해사는 위로 올라가 달라붙는 보병들을 전기충격총으로 날려버렸어. 방어막이 켜져 있을 때는 전차와 함께 보호를 받던 독일군들이 갑자기 방어막이 사라진 상태에서 아군의 총에 맞아 죽거나 아군 차량에 부딪쳐 죽는 경우도 일어났지. 반대로 갑자기 생긴 방어막 때문에 전차에 접근하다가 고무공처럼 튕겨나가는 녀석들도 있었고. 그런데 어떻게 내가 전차 조종법을 알았냐고? 내가 늘 말하지 않나. 마리아 부츠 사람들이 확실하게 알고 있는 게 두 개 있는데, 하나는 《제인 에어》이고 다른 하나는 제2차 세계대전이라고.

마침내 우리는 울타리를 뚫고 본부 건물 코앞까지 갔어. 뒤따라온 KV-1이 광선포로 문을 날려버렸고 우린 전차에서 나와 보병들과 함께 안으로 들어갔어. 우린 거기서 무슨 일이 일어나건 상관하지 않았어. 여기까지 왔으니 우리가 베들레헴들을 위해 할 수 있는 일은 다 한 거지. 우리의 1차 목적은 본부 점령이 아니라 이 건물 지하실 어딘가에 숨겨져 있는 것이 확실한 인형들을 가져오는 것이었으니까. 베른부르크의 부하들이 진동 폭탄으로 정강이와 발목이 부러진 적군을 제압하는 동안 우리는 지하실 입구를 찾아 아래로 내려갔어.

지하 2층까지 내려갔지만 인형의 신호는 여전히 밑에서 나오고 있었어. 베른부르크가 준 건물 도면을 다시 한번 확인해 봤지만 도면엔 2층밖에 나와 있지 않더군. 하지만 스캐너를 이용해 조사해 보니 바닥 밑에는 분명 숨겨진 3층이라고 할 수밖에 없는 빈 공간이 숨어 있었어. 분명 어딘가에 비밀 통로가 숨겨져 있었겠지만 그것을 찾으려고 시간 낭비를 할 생각이 들지 않더군. 우린 그냥 폭탄으로 바닥을 날려버리기로 했어. 선장이 구석에 지향성 폭탄을 설치하고 그 부분을 쾅 하고 날려버렸지. 먼지가 가시고 나니 그 구멍으로 휘청거리는 나선형 계단이 보이더군. 선장이 터트린 곳이 운 좋게도 비밀 통로가 있는 곳이었어. 폭발의 충격으로 계단 윗부분이 떨어져 나갔지만 그래도 밑으로 내려가는 데엔 별문제가 없었어.

지하 3층은 길이가 한 50미터쯤 되어 보이는 통로로, 양쪽에는 검정 페인트로 칠한 금속 트레일러들이 깔끔하게 쌓여 있었어. 생각보다 은밀한 곳은 아니었어. 그냥 금주법 시대의 불법 술집 정도의 은밀함 정도만 지켜지는 곳이었지. 아마 본부 내의 사람들은 대부분 지하 3층에 뭐가 있는지 알았을 거야. 브루크밀러 역시 자기 물건들을 모두 여기에 보관하는 일 따위는 하지 않았겠지. 아마 인형 세트가 여기로 옮겨진 건 이런 고급 장난감들을 즐길 만한 고위 장성들이 본부에 몰려 있었기 때문이었을 거야. 브루크밀러는 그 정도면 충분했다고 생각했나 봐. 돈이 되긴 하지만 특별히 소중히 다루어야 할 물건들은 아니었던 거지.

우린 인형의 신호를 따라 천천히 안으로 들어갔어. 한 열 발자국 정도 옮겼을까? 뒤에서 걸걸한 고함 소리가 들리더라. '이렇게 강탈하러 온 건가? 우리 약속은? 맹세는?' 그건 지금까지 전화를 통해서만 들을 수 있었던 슈타인호프의 목소리였어. 우린 뒤를 돌아봤지. 친위대 군복을 입은 황금색 오랑우탄이 한쪽 다리를 절면서 우리에게 다가오고 있었어. 진동 폭탄으로 다리를 다치긴 했지만 운 좋게 발목만 살짝 금이 갔는지 아직 걸을 수는 있는 모양이었어. 그는 낡은 루거 권총을 우리에게 휘두르고 있었지만 그건 순전히 자신의 감정을 표현하는 방식이었을 뿐이고 정말로 쏠 생각은 없어 보였어.

'어차피 자네도 약속을 지킬 생각은 없지 않았나?' 내가 말했어. '척 봐도 여긴 한 달 동안 아무도 들어오지 않았어. 비밀 문이 어디에 숨겨져 있는지는 몰라도 그걸 여는 비밀번호나 열쇠 같은 건 처음부터 없었지?' 오랑우탄은 대답하더군. '찾고 있었어. 언젠간 찾았을 거야.' 내가 대답했어. '그럴 수도 있었겠지. 하지만 보다시피 자네 도움은 필요가 없어. 세상 돌아가는 걸 봐. 이제 자네도 여기서 장사할 생각은 포기하고 물건들을 가지고 뜨는 게 어때?'

난 슈타인호프가 알아들었을 거라고 생각했어. 저들은 현실적인 놈들이고 지금 상황에서는 다른 대안을 찾기가 불가능했으니 말이야. 하지만 슈타인호프는 계속 머뭇거렸고 어색한 자세로 우리 뒤를 따랐어.

항해사가 갑자기 걸음을 멈추었어. 그와 동시에 슈타인호프 역시 그 자리에 섰지. 슈타인호프는 무슨 일인지 모른 척하고 있었고 항해사는 흥미롭다는 듯 미소를 짓고 있었어.

항해사는 왼쪽에 있는 트레일러와 오랑우탄을 번갈아 보더니 나에게 말하더군. '향수야. 그것도 여자 향수라고.' 그러더니 그 아가씨는 주머니에서 열선 절단기를 꺼내 트레일러의 자물쇠를 끊어버리고 문을 열었어.

트레일러 안은 영화 속에 나오는 구식 부티크와 비슷했어. 탈의실이 있었고 옷장도 있었고 옷걸이도 있었지.

그리고 옷걸이엔 여자 셋이 눈을 감은 채 시체처럼 매달려 있었어.

아시아계, 유럽계, 아프리카계가 각각 하나씩. 모두 다소 더러운 목욕 가운을 걸치고 있었지. 나는 유럽인 여자의 얼굴을 관찰했어. 눈 부근에 금속 장식물이 붙어 있더라. 난 〈스타 트렉〉 열성 팬이 아니지만 그게 세븐 오브 나인의 트레이드마크라는 걸 모를 정도는 아니었어. 나는 손을 뻗어 그 장식물을 만졌어. 다소 소름이 끼치더군. 장식물 때문이 아니었어. 그 장식물이 붙어 있는 여자의 피부는 징그러울 정도로 사실적이었어. 얼굴에 난 솜털부터 촉촉한 땀의 느낌까지. 나도 어렸을 때 섹스 로봇은 몇 차례 겪어보긴 했지만 이처럼 사실적인 물건은 본 적이 없었어.

그때 오랑우탄이 고함을 지르며 나에게 달려들었어. 어찌나 사납게 달려드는지, 정말 입으로 내 팔을 물어뜯는 줄 알았다니까. 다행히도 항해사는 슈타인호프보다 더 빨랐고 힘도 더 셌지. 순식간에 그는 벽 저편으로 나가떨어졌고 그 자리에서 쓰러진 채 흐느꼈어. '아니카! 아니카!'

그 순간 난 사정이 어떻게 돌아가고 있는지 알았어. 녀석은 스파크 못지않은 트레키였고, 아니카 핸슨, 일명 세븐 오브 나인은 그의 유일한 사랑이었던 거지. 물건이 들어왔을 때 아마 브루크 밀러는 슈타인호프에게 그 인형들을 살짝 보여주었을 거야. 그 뒤로 세븐 오브 나인의 인형은 얼마나 그의 상상력과 욕망을 자극했을까? 브루크밀러가 갑자기 죽고 지하실로 들어갈 수 없게 되자 얼마나 절망했을까? 딱하고 한심한지고.

하여간 이것으로 우리의 성배 찾기는 일단 종결된 셈이지. 우린 트레일러 안에서 보관용 상자를 끌어내 그 안에 세븐 오브 나인의 인형을 넣었어. 내가 어깨를 잡고 선장이 발을 잡고. 인형이 상자 안에 들어가자, 선장은 어이가 없다는 듯 말하더라. '난 섹스에 대해 아무것도 몰라. 특히 남자들의 섹스가 무슨 의미가 있는지는 아마 죽을 때까지 알지 못할 거야. 그냥 그런 게 있구나, 하고 인정할 뿐이지. 하지만 이 경우는 그것도 못 하겠어. 섹스를 하는 동안 세븐 오브 나인이 그냥 멍하니 누워 있으면 그게 무슨 의미가 있어?'"

10

의사 선생은 트레일러의 자물쇠를 하나씩 부수면서 안에 들어 있는 인형들의 이름을 확인했다. 그레이스 켈리, 장쯔이, 클라우디아 카르디날레, 니콜라 브라이언트, 도로시 댄드리지, 멕 틸리, 카롤 부케, 린지 와그너…….그 인형들은 놀랄 만한 품질을 유지하고 있었지만 그렇게 테마가 분명한 컬렉션은 아니었다. 마치 카탈로그 첫 페이지에 있는 장난감들을 그냥 사들인 것 같았다.

무작위성이 목적인 거야, 의사 선생은 생각했다. 테마

가 없기 때문에 무엇이든 숨길 수 있는. 하지만 정말 숨기려고 했던 건 뭘까? 세븐 오브 나인은 아니었다. 스캔 결과 어떤 이상한 점도 발견할 수 없었다. 완벽했지만 그냥 인형일 뿐이었다. 그리고 세븐 오브 나인 인형에는 추적 장치가 달려 있지 않았다. 그리고 트레일러 안에 들어 있는 인형들 중 추적 장치를 달고 있는 것은 없었다. 그리고 그 인형들은 다 합쳐도 스물세 개에 불과했으며 스캐너는 여전히 앞을 가리키고 있었다.

다시 한번 지향성 폭탄이 동원되었다. 폭발이 일어났고 벽에는 지름 3미터 정도의 구멍이 생겼다. 뜨거운 공기가 휙 하고 흘러나왔다. 먼지가 가라앉자 의사 선생과 일행은 그 안으로 들어갔다.

안은 넓었다. 그들 눈앞에 펼쳐진 돔 모양의 빈 공간은 지름이 아무리 작아도 100미터는 되는 것 같았고 밑으로는 끝없이 이어져 있었다. 그들이 들어온 곳은 거대한 금속 동물의 내장과 같았다. 사람들이 다닐 수 있는 통로와 계단이 곳곳에 마련되어 있었지만 건축물보다는 기계에 가까웠다. 그곳은 고도로 발달한 자궁들의 네트워크였다. 의사 선생은 조악하게 디자인된 지저분한 기계들이 원숭이처럼 자궁 곳곳에 달라붙어 있는 것을 보았다. 그는 그것들의 기능이 무엇인지 알고 있었다. 자궁들이 지나치게 진화해서 올리비에 통합되는 걸 막는 일종의 브레이크였다. 이 네트워크가 완성될 때까지 얼마나 걸렸을까? 브루크뮐러는 이를 지금 단계까지 키우기 위해 얼마나 대단한 노력을 기울였던 걸까? 의사 선생은 지금까지 그를 경멸했던 것이 미안해졌다.

"이게 뭐지?"

항해사가 뒤에서 물었다.

의사 선생은 말없이 30미터쯤 아래를 가리켰다. 거대한 검정 파이프가 자궁에서 튀어나와 밑으로 이어져 있었다. 비슷한 파이프들이 그들의 시야가 닿는 부분에만도 수십 개는 있었다.

"공장이야."

의사 선생이 말했다.

"자궁이 무언가를 만들어내면 열수에 섞어 터널들을 통해 토요일 대륙 이곳저곳에 보내는 거야. 그러다가 일부는 화산을 만나 폭발과 함께 대기로 날아갈 거고 일부는 바다로 흘러가겠지.

이제 시드니가 무슨 계획을 짜고 있었는지 슬슬 감이 잡히는걸? 너희들도 알 것 같지 않아? 시드니는 전차광들이나 베들레헴 저항군 따위엔 관심이 없었어. 이곳에서 벌어지는 전쟁이나 인권 침해 따위에 관심 없는 것도 마찬가지지. 그에게 필요했던 건 토요일 대륙 전체였어. 크루소 어딜 가봐도 토요일만 한 곳이 없지. 귀찮은 방해꾼들이 발생할 수 있는 시티는 처음부터 존재하지 않고 위에 있는 놈들은 아무짝에도 쓸모없는 전쟁놀이나 하고 있잖아. 지하수를 관리할 수 있는 한 군데만 잡으면 대륙 전체를 실험실로 삼을 수 있지. 완벽하지 않아?

하지만 시드니가 지금 저항군을 돕고 있는 건 어떻게 설명할까? 아, 역시 정치적인 이유와는 아무 상관 없어. 이제 독일군이 필요 없어졌기 때문이지. 이곳 독일군 본부 건물은 일종의 달걀 껍데기 같았어. 계획이 끝날 때까지 위에서 버티고 서서 공장을 가려주어야 했지. 하지만 이제 계획이 무르익었으니 방해가 되는 독일군들을 치워버려야지. 껍질을 깨고 나와야 하는 거야."

그들은 천천히 신호를 따라 안으로 들어갔다. 아래로 내려갈수록 공기는 점점 더워졌다. 통로 이곳저곳에서는 고양이 크기의 물체들이 돌아다니고 있었다. 작지만 날카롭고 공격적인 외모로 보아 분명한 웨인들이었다. 모양은 제각각이었지만 행동들은 비슷했다. 모두들 자궁에 매달린 원숭이들을 하나씩 잡아 끈질기게 노려보면서 당장이라도 행동에 들어갈 것처럼 다리와 바퀴를 떨고 있었다.

"아직 작동 중은 아닌 것 같아, 선생."

지나오면서 파이프들을 하나씩 만져보던 선장이 말했다.

"다들 차갑고 속이 비어 있어. 독일군이 쫓겨나기 전까지는 작업을 시작하지 않으려는 걸까? 작업이 진행된다고 해도 그게 제대로 될지 모르겠는걸. 벌써 웨인들이 눈치채고 들어왔다면 언제든지 링커 기계들이 개입을 하겠다는 뜻이야. 아마 스스로 그 기회를 만들지도 몰라. 지금 상태를 보아하니 웨인을 시켜 원숭이 한두 마리만 처치해도 내부 진화압으로 균형이 깨지고 말걸."

스캐너가 삑 하고 요란한 소리를 냈다. 의사 선생은 얼굴을 찡그리고 그의 앞에 놓여 있는 커다란 금속 상자를 노려보았다. 오른쪽으로 돌아보니 작은 문이 하나 있었다. 자물쇠로 잠겨 있지도 않았다. 그는 문을 열었고 안으로 들어갔다.

　상자 안은 작은 침실처럼 꾸며져 있었다. 벽은 장식 없이 흰색이었고, 바닥에는 검은 양탄자가 깔려 있었고, 나팔관이 달린 구식 축음기가 놓인 엔드 테이블과 트렌치코트가 걸린 옷걸이가 방 양쪽 구석에 놓여 있었으며, 벽에는 낡은 유리 거울과 에드워드 스타이켄이 찍은 그레타 가르보의 빈티지 사진이 걸려 있었다. 방 한가운데에는 장식 없는 회색 침대가 놓여 있었다. 침대 위에서는 회색 머리칼을 한 회색 피부의 여자가 회색 가운을 입은 채 잠들어 있었다. 의사 선생은 얼굴을 반쯤 가리고 있는 그녀의 머리칼을 옆으로 넘겼다. 얼굴이 드러나자 선장은 어이가 없다는 듯 눈을 굴렸고 항해사는 왼손으로 입을 가리고 소리 죽여 웃어댔다.

　침대 위에 잠들어 있는 여자는 진저 로저스였다.

　그리고 그녀는 의사 선생처럼 흑백이었다.

　"제발 하지 마."

　웃음을 멈춘 항해사가 정색을 하고 말했다.

　"도대체 뭘?"

　의사 선생이 물었다.

　"나도 몰라. 하지만 하지 마. 이건 그냥 질 나쁜 농담

141

이야."

"왜 질 나쁜 농담이라는 거지? 내가 프레드 애스테어
여서? 저 인형이 진저 로저스라서? 오히려 시드니가 이걸
나에게 선물로 남겼을 거라는 생각은 들지 않아? 자기 일
을 해준 것에 대한 사례로 말이야."

"하지만 저걸로 네가 무엇을 할 수 있겠어? 저건 그냥
인형이야. 춤도 출 수 없고 노래도 부르지 못한다고. 네가
저 인형으로 할 수 있는 건 강간밖에 없어. 진저를 강간하
는 프레드! 하! 그게 말이 된다고 생각해?"

"노래 정도는 부를 수 있을지 몰라."

"그래 봤자 축음기 기능이지. 춤추지 않는 진저는 진
저가 아니야."

"왜 춤을 출 수 없다고 생각하지? 섹스 인형이어서?
벨로키오 행성의 자궁은 너무 발달해서 이 시리즈를 만들
자마자 올리비에 편입되었어. 과연 그렇게 정교한 자궁
이 인형만을 만들었을까? 그중 하나라도, 정말 단 하나라
도 보다 복잡한 기능을 갖추고 있지 않았을까? 걷고 춤추
는 로봇은 21세기에도 있었어. 진저라고 못 할 이유가 어
디 있어. 이렇게 정교하게 만들어진 근육과 뼈대가 순전
히 섹스용으로 존재한다는 게 말이 돼?"

의사 선생의 목소리에는 더 이상 평소의 냉랭함이 느
껴지지 않았다. 열병이라도 걸린 것처럼 얼굴이 검게 달
아올랐고 손과 다리는 후들후들 떨렸다. 그는 세븐 오브
나인 인형을 보고 절규했던 슈타인호프의 얼굴을 떠올렸

다. 몇 분 전까지만 해도 녀석이 그렇게 우스꽝스러웠건만.

선장이 민망하다는 듯 딴전 피우며 콧노래를 흥얼거리고, 항해사가 등 뒤에서 뭐라고 꿍얼꿍얼 투덜거리는 동안, 의사 선생은 무릎을 꿇고 앉아 잠자는 진저의 얼굴을 바라보았다.

이 순간 진짜 프레드 애스테어가 여기에 있었다면 어떻게 했을까. 단 한 가지밖에 생각나지 않았다. 그는 거의 기계적으로 얼굴을 숙여 진저의 메마른 입술에 키스를 했다.

진저가 눈을 떴다.

의사 선생은 바보 같은 고함 소리를 내지르며 뒤로 물러섰다. 그가 진저에게 키스를 할 때까지만 해도 온갖 상상이 머릿속에 돌았지만 지금 이 상황이 정말 일어날 것이라고는 상상도 하지 못했다. 그만큼이나 그의 눈앞에 펼쳐지는 광경은 그의 환상과 딱 맞아떨어졌으며 그만큼이나 진부했다.

진저는 이제 침대 위에 앉아 있었다. 그녀는 침대 옆에 놓인 구두에 발을 끼워 넣고 머리를 흔들더니 의사 선생과 항해사, 선장을 번갈아 바라보았다. 그녀의 동작은 투박하고 어색했으며, 눈빛은 탐욕스럽고 사무적이었다.

진저는 일어났다. 그녀는 휘청휘청 걸어 엔드 테이블 위에 달린 거울에 비친 자기 얼굴을 1, 2초 정도 응시하더니 씩 웃었다. 다시 방문객을 향해 돌아선 그녀는 완벽한 진저 로저스의 목소리로 말했다.

"결국 일을 해낸 모양이군, 플래그 선생."

항해사와 선장이 영문을 몰라 멍해 있는 동안, 의사 선생은 진저의 목소리에 섞여 있는 이 느긋한 어투가 어째서 그렇게 귀에 익은지 알아내기 위해 필사적으로 머리를 굴렸다. 한참 뒤에야 답이 나왔다.

그녀는 시드니였다.

진저가 튼 축음기에서 들려오는 잡음 섞인 〈Let's Call the Whole Thing Off〉를 들으며 의사 선생은 그가 알고 있는 정보들을 이리저리 끼워 맞추었다. 저건 분명 시드니다. 하지만 어떻게 시드니인 거지? 시드니가 죽은 뒤 뇌를 꺼내 진저에게 옮긴 건가? 기술적으로 가능하다. 심지어 그건 올리비에의 통합을 피할 수 있는 방법이기도 하다. 하지만 인형은 시드니가 죽기 전에 강탈당했다. 시드니의 뇌에 담긴 정보를 복제해 진저에 삽입한 백지 상태의 뇌로 전송했을 가능성도 있다. 아니, 브루크밀러에게 선물로 양도되기 전부터 그 정보가 심겨져 있었을 수도 있었다. 방법이 무엇이건 상관없다. 저건 시드니다. 진저 로저스의 몸을 입은 시드니. 의사 선생은 욕지기가 치밀었다. 시드니가 얼마나 엄청난 계획을 세우고 있는지 몰라도 저런 식으로 진저를 모욕해서는 안 되었다.

의사 선생이 머뭇거리는 동안 진저는 옷걸이에 걸쳐 있던 트렌치코트를 입고 문을 향해 걸어갔다. 하지만 항해사가 그녀의 앞을 가로막았다.

"어떻게 된 일인지 설명하기 전에는 안 되지요, 미스 로저스."

그녀는 차갑게 말했다.

진저는 어깨를 으쓱하더니 뒤로 물러났다. 그녀는 트렌치코트 주머니에 들어 있던 은빛 담배 케이스에서 가느다란 회색 지탄 담배를 꺼내 입에 물고 회색 라이터로 불을 붙였다. 그녀는 훅 하고 담배 연기를 불어 도넛 모양을 만들고 그 연기가 모양을 잃고 사라지는 것을 잠시 바라보다가 입을 열었다.

"지금 당장은 믿기 어렵겠지만 이 모든 것들이 크루소의 미래를 위한 것임을 알아두었으면 좋겠어. 유일하게 현실적인 미래지. 자네들이 나를 막으면 이 행성에는 더 이상 미래가 없네. 그걸 내가 꼭 설명해 주어야 할까?"

"설명해 봐요. 난 모르겠으니까."

진저는 한심하다는 듯 항해사를 외면하고 다시 담배를 빨았다. 그러는 동안 비척거리면서 일어난 의사 선생이 그녀 대신 대답했다.

"저 사람은 지금 대학살을 일으키려는 거야."

진저는 담배를 물고 손가락 끝만 살짝 닿는 가벼운 박수를 쳤다. 브라보.

"크루소가 겪고 있는 가장 큰 문제점은 유전적 불안정성이지."

의사 선생이 설명했다.

"지구인에서 진화한 어떤 종들도 안정된 유전자 풀을 유지할 수 있을 만한 머릿수를 확보하지 못했으니까. 지금까지는 외부에서 온 조난자들로 머릿수를 유지해 왔지만 요새 빨판상어를 달고 오는 아자니가 몇 마리나 돼? 바깥 세계의 길잡이들도 여기가 위험 지역이라는 걸 눈치채고 길을 막고 있다는 뜻이지. 생물학적 조작은 원래부터 링커와 올리비에의 개입으로 계속 실패해 왔고. 만약 이런 식으로 차단이 계속되면 인구수는 순식간에 줄어들고 결국 크루소에 있는 인류의 후손은 멸망할 수밖에 없다는 거지. 늘 있어왔던 이야기야.

하지만 이건 극단적인 가설일 뿐이야. 자연적인 인구 감소와 종의 감소가 일어나면 결국 살아남은 다수의 종이 지속적으로 후손을 남길 수 있는 안정된 종으로 생존할 가능성이 더 높아. 실제로 그런 예도 있지. 크루소에도 지구인 후손들 중 안정된 종으로 살아남은 부류가 둘이 있는데 모두……."

"돌고래와 멸치지!"

진저가 날카롭게 그의 말을 가로막았다.

"자기 오줌 속에서 헤엄치는 지능 없는 생선이라고! 왜 그런지 아나? 링커 우주는 다위니즘이 지배하는 청결한 우주와는 전혀 다른 방식으로 움직이기 때문이네. 이 참을성 없는 세계에서는 평범하고 지루한 것들만 살아남아. 링커 세계의 자연적인 선택을 기다리는 동안 우리는 모두 멸치나 쥐로 퇴보하고 말걸세. 지능 높은 생물이란 희귀한 꽃과 같아. 보살피고 가꾸고 잡초를 뽑아주어야 하네. 이건 대학살이 아니야. 선택 학살이지."

"도대체 누가 잡초라는 건데?"

의사 선생이 쏘아붙였다.

"그 대답은 임의적일 수밖에 없지."

진저가 대답했다.

"이 경우는 살아남을 수 있는 쪽이 꽃이고 그렇지 못한 쪽이 잡초라고 할 수 있겠지. 물론 살아남을 수 있는 쪽이 베수비오 지하족 같은 부류라면 사양일세. 나도 한동안 그들에게 희망을 걸었지만 희망이 없는 걸 어쩌겠나. 머릿수가 늘어나는 것만 믿고 방치하면 어쩔 수 없이 저렇게 돼. 그건 여기 계신 나지모바 대위가 경험을 통해 잘 알고 있지. 이전에 레벤튼 섬에서 무슨 일이 일어났는지 자네들에게 이야기해 주지 않았나? 지난 몇십 년 동안 나는 인도주의자였네. 내가 그동안 로트바르트 고등과학연구소를 통해 연구한 것도 인도적인 생존 방법이었어. 하지만 답은 제로였어. 이런 식으로 생존은 불가능하네.

내가 선택한 방식은 보다 현실성 있고 성공할 확률도 높네. 자궁이 이 행성에 뿌릴 바이러스는 방해가 되는 군소 종족들을 몰살할 것이고 안정된 유전자 풀을 유지할 수 있는 다수 종족들에게 기회를 열어줄 거야. 그들 중 또 많은 수가 죽겠지만 그래도 뇌가 지렁이 수준으로 퇴화하기 전에 최종 종이 완성될 수 있을걸세. 자, 그럼 내가 나머지 일을 할 수 있게 비켜주겠는가?"

마지막 말은 너무나도 조용해서, 사람들은 그 의미를 잠시 알아차리지 못했다. 그 틈을 이용해 진저는 잽싸게 항해사의 옆을 가로질렀다. 동작이 너무 빨라서 항해사가 반응했을 때 그는 이미 문을 열고 달아난 뒤였다. 제저벨의 승무원들이 허겁지겁 상자에서 뛰어나왔을 때 그는 이미 50미터 떨어진 곳에 있는 계단을 타고 아래로 내려가고 있었다.

계단을 내려가는 동안 그녀는 자궁 군데군데에 장치된 조종판을 건드렸고 그와 함께 그 부분의 자궁은 천천히 살아 움직이기 시작했다. 다리가 짧은 선장은 중도에 포기했지만 항해사와 의사 선생은 진저의 뒤를 쫓았다.

"왜 진저였지? 왜 하필이면 진저를 입은 거야?"

의사 선생이 진저의 뒤를 쫓으면서 고함을 질렀고, 진저는 뒤도 돌아보지 않고 가볍게 대답했다.

"왜 안 되나? 어차피 내 몸은 심장병으로 죽어가고 있었어. 그 낡아빠진 몸을 고쳐 그 안에서 갇혀 지내라고? 미쳤나? 진저의 몸을 입고 진저처럼 춤출 수 있는데 왜 그 둔한 하마 몸속에 살아야 하지? 그것처럼 시시한 소리가 어디 있나?"

"하지만 넌 시드니가 아니야! 시드니의 복사판이지! 시드니는 그 뒤로도 3년 동안 자기 몸 안에서 살았어. 만약 정말 네가 생각하는 그 이유 때문이라면 브루크밀러에게 보내기 전에 자기 정신을 네 몸에 넣었겠지. 그게 더 간단하고 정체성 문제도 쉽게 해결할 수 있으니까. 네가 진저가 된 데에는 다른 이유가 있어! 오리지널이 일부러 누락시켜서 네가 모르는 다른 이유가 말이야!"

"어이가 없군. 자넨 오리지널 시드니가 널 사랑하기라

도 했다고 생각해? 너랑 짝이 되고 싶어서 일부러 진저를 골랐다고?"

"아냐. 시드니는 그렇게 유치하거나 감상적인 부류는 아니었지. 하지만 넌 내 키스를 받아야만 깨어나게 프로그래밍되었어. 왜 그렇게 디자인되었을까? 왜 방해꾼이 될 만한 사람들이 네 옆에 있을 때 깨어날 수 있게 프로그래밍되었을까? 거기에 대해 생각해 본 적 있어?"

이들은 이미 거미줄처럼 복잡한 모양으로 뻗어 있는 공중 길에 도달해 있었다. 항해사는 어디로 갔는지 보이지 않았다. 오로지 진저와 프레드만이 아슬아슬한 거미줄 위에서 균형을 잡으며 서 있었다.

"도대체 무슨 거짓말로 날 속이려는 거야?"

진저가 물었다.

"거짓말이 아니야. 사실이지. 그것도 굉장히 시드니다운 사실."

의사 선생은 진저에게 한 걸음 다가갔지만 그녀가 코트에서 작은 광선총을 꺼내 들이밀자 그 자리에 멈추어 섰다.

"생각해 봐."

의사 선생은 천천히 말했다.

"우린 지금까지 우리가 시드니의 유언에 따라 행동한다고 생각했어. 시드니는 죽었고 그에겐 엄청 가치 있는 목표가 있었다고 말이야. 하지만 과연 그럴까? 과연 그런 식의 유언을 남기고 죽는 것이 시드니다운 행동일까? 시드니는 단 한 번도 자기 스스로 생각하거나 움직인 적 없었어. 늘 그를 위해 사람들을 동원했지. 로트바르트의 과학자들, 목요일 대륙의 진화 추적자들, 베수비오 지하족들을 구출한 군인들, 베들레헴 저항군들, 그리고 나와 제저벨의 동료들까지. 알겠어? 시드니는 독재자나 미치광이 왕이 아니었어. 자기가 뭐든지 알고 있다고 생각한 적은 처음부터 없었던 사람이었지. 시드니는 유언을 남기지 않았어. 유산을 남겼지. 그건 시드니의 사람들 모두야. 스스로 생각하고 판단하는 사람들의 네트워크. 그게 시드니의 진짜 유산인 거야!"

"하지만 나는?"

"너 역시 유산의 일부이지. 진짜 시드니도 대량 학살을 하나의 가능성으로 두었을 거야. 단지 그 엄청난 일을 쉽게 처리할 만큼 미치지도 않았고 독단적이지도 않았지. 그래도 만약 그 일을 해야 한다면 자신이 스스로 책임을 져야 한다고 생각했을 거야. 그래서 너를 만들었던 거지. 자기의 분신이면서 자기보다 더 계산적이고 더 쉽게 행동할 수 있는. 하지만 너만 만들어서는 안 되었지. 너와 대화를 나누고 토론할 수 있는 누군가가 반드시 옆에 있어야 했어. 네가 진저의 몸에 들어갔던 것도 그 때문이었어. 결정적인 순간에 브레이크 역할을 할 누군가가 필요했고 시드니는 바로 나를 선택한 거지. 내가 여기까지 와야 했던 것도 그 때문이었어. 그리고 나의 대답은 전적으로 '노'야. 여기 오기 전에 우린 보를 만났는데⋯⋯."

"보가 누구인데?"

"10년 전에 시드니가 구출했던 전파고고학자야. 넌 잘 기억 못 하겠지. 시드니의 서클에 참가한 건 2년도 안 되었으니까. 알겠어? 네 정보는 3년이나 뒤처져 있어. 그동안 많은 일들이 일어났어. 특히 목요일 대륙의 진화 추적 결과 아무리 위태로운 형질이라도 안정적으로 유전될 수 있는 조건이 성립될 수 있다는 게 밝혀졌어. 물론 앞으로도 연구가 계속 진행되어야 하지만 희망은 있어. 그리고 시드니도 그걸 알고 있었어. 생각해 봐. 그런 걸 알면서도 진짜 시드니가 이런 대학살을 저지르고 싶었을까?"

"다 바보짓이야! 그런 걸 믿고 머뭇거리다간 모두 죽어! 다들 죽고 멸치만 남는다고!"

진저가 고함을 빽빽 질러대는 동안 의사 선생은 잽싸게 충격총을 뽑아 들었다. 이제 그들은 서부극의 주인공들처럼 서로에게 총을 겨누고 서 있었다.

"바보짓하지 마, 프레드."

그녀가 말했다.

"네가 과연 진저를 쏠 수 있을 거라고 생각해? 네 손을 봐. 그 정도 거리에서 그 떨리는 손으로……."

진저는 말을 맺지 못했다. 갑자기 그녀의 상체는 이상한 각도로 꺾였고 그렇게 굳은 상태로 바닥에 쓰러졌다. 손에 쥐고 있던 광선총은 길바닥에 한 번 부딪치더니 아래로 굴러떨어졌다. 의사 선생은 지금까지 진저의 등에 가려 보이지 않았던 항해사가 충격총을 들고 서 있는 걸

볼 수 있었다.

"고마워. 몇 초 동안 내가 마이크 해머라도 된 것 같았어."

항해사는 그의 감사 인사를 간단히 넘겼다.

"일대일로 총싸움을 했다면 네가 맞아 죽었을 거야. 네가 저런 로봇들의 광속 신경 속도를 이길 수 있었을 거라고 생각해?"

항해사는 능숙한 손으로 쓰러진 진저의 몸을 뒤졌다. 트렌치코트 안에 들어 있던 담배 케이스는 무선 조종 장치였다. 하지만 그녀가 아무리 찾아도 지금까지의 과정을 역행시킬 방법은 알아낼 수 없었다. 그러는 동안 진저는 몸을 꼼짝도 할 수 없는 상태에서 고함을 지르고 욕설을 퍼부었다.

의견을 나누고 자시고 할 필요도 없었다. 그들이 할 수 있는 선택은 단 하나밖에 없었다. 항해사와 의사 선생은 충격총을 들고 그들의 시야 안에 있는 모든 원숭이들을 쏘아댔다. 1분쯤 지나자 원숭이 다섯 개가 부서져 자궁에서 떨어져 나갔다. 의사 선생이 여섯 번째 원숭이를 떨어뜨리자 그동안 기다리던 웨인들이 반응하기 시작했다. 그들은 등 뒤에 숨겨져 있던 박쥐처럼 커다란 날개를 펼쳐 날아오르더니 다른 원숭이들을 습격했다. 순식간에 기계 동굴의 내부는 금속 발톱과 이빨로 원숭이들을 공격하는 웨인들로 가득 찼다.

그와 함께 서서히 내부의 상황이 바뀌기 시작했다. 몇

초 전까지만 해도 생산한 열수를 파이프에 뿜어낼 것 같았던 자궁들은 움직임을 멈추었고 그들은 서서히 자리를 바꾸어갔다. 웨인들이 원숭이를 뜯어내고 만든 구멍에서 긴 촉수들이 기어 나와 덩굴처럼 얽혔다. 파이프는 하나둘씩 자궁의 본체에서 떨어져 나왔고 그와 함께 자궁들을 연결한 구조물들 역시 붕괴되어 갔다. 의사 선생이 있는 공중 길 역시 심하게 흔들리기 시작했다.

주변이 갑자기 밝아졌다. 베들레헴 저항군의 오를라가 구조용 그물을 펼치고 날아오고 있었다. 속이 텅 빈 걸 보아하니 무선 조종이었다. 그들이 제대로 반응하기도 전에 그물은 세 사람을 휙 휘감아 그들이 몇십 분 전에 폭탄을 터트려 만든 입구 쪽으로 날아갔다. 입구에서는 선장이 조종 장치를 들고 그들을 기다리고 있었다.

그물에서 빠져나온 의사 선생은 입구를 통해 서서히 변화해 가는 자궁들을 관찰했다. 이제 더 이상 그들은 인간의 세계에 속해 있지 않았다. 그들은 서서히 하나의 올리비에로 변해가고 있었다. 곧 기네스들이 새로운 올리비에를 영접하러 동굴을 찾아올 것이고 본부 건물은 붕괴될 것이며 그들은 이곳을 떠나야 하리라. 그들이 어떤 방식으로 진화해 어떤 역할을 할지는 알 수 없었다. 새로운 올리비에를 만나기 위해 아자니들이 날아올 수도 있겠지. 그 아자니들을 통해 새로운 하늘 길이 열릴 수도 있겠지. 아니면 그 역시 묵상에 들어가 우리를 좌절시킬 수도 있겠지. 의사 선생은 알 수 없었다. 그는 알지 못하는 것을 두고 아는 척할 생각도 없었다. 그가 알고 있는 것은 한동안 크루소가 시드니의 바이러스로부터 안전하다는 것이었다. 올리비에의 결벽증이 시스템을 위협할 수도 있는 바이러스를 가만히 놔둘 리가 없었다.

진저 앞에서 그가 떨었던 허풍에 대해서는 그도 자신이 없었다. 로트바르트의 과학자들이 아직까지 해답을 내지 못한 건 분명했다. 그건 보의 태도만 봐도 알 수 있었다. 하지만 누가 알겠는가. 죽음과 멸망의 공포에 쫓기는 자들은 늘 무언가 해내기 마련이다. 그리고 그냥 멸망하면 어떤가? 크루소는 지구인의 후손들이 사는 유일한 행성이 아니다.

의사 선생은 미소를 지었다. 그는 입구에서 물러나 천천히 탭댄스 스텝을 밟았다. 그의 구두엔 징이 박혀 있지 않았지만 폭발로 콘크리트에서 떨어져 나온 굵은 모래들이 밟혀 사각사각 소리를 냈다. 마치 〈톱 해트〉에서 프레드가 잠들지 못하는 진저를 위해 자장가를 연주할 때처럼.

"바보들아, 너희들이 지금 무슨 짓을 저질렀는지 알아?"

척추는 끊겼지만 여전히 얼굴은 살아 있는 진저가 그물 속에서 고함을 질렀다.

의사 선생은 여전히 탭댄스를 추면서 소리쳤다.

"물론 알고 있지, 진저. 지옥에 떨어질 운명에서 막 당신을 구출해 준 거야."

레벤튼

1

레벤튼 섬의 다른 사람들처럼 나는 열두 살 무렵부터 잠을 잃었다.

잠을 잃는 것은 어른이 된다는 뜻이다. 그것은 앞으로 각성된 상태에서 스스로의 꿈을 통제해야 한다는 뜻이다. 그것은 외부 우주와 내부 우주가 충돌하며 발생하는 혼란 속에서 스스로를 지킬 힘을 키워야 한다는 뜻이다. 무엇보다 그것은 내 두 다리 사이를 맴돌다 나를 향해 위협적으로 검은 이를 드러내는 하얀 뱀, 밤마다 〈릴리 마를렌〉을 흥얼거리며 복도를 방황하는 마를레네 디트리히, 갑자기 허공을 찢고 나와 파란 혀로 내 코를 핥고 사라지는 보라색 괴물들 중 어느 것이 진짜인지 구별해 내는 방법을 배워야 한다는 뜻이다. 구별할 수 있을 것 같다고? 다시 생각해 보라.

가장 쉬운 해결책은 잠을 위장하는 것이었다. 잠이 사라진 뒤에도 나는 잠옷을 입고 곰인형을 안고 침대에 올라가 이불을 덮고 눈을 감았다. 여전히 수정 같은 각성이 유지되는 동안 나는 의식적으로 모든 사고를 중지하고 정신에 빈 공간을 만들었다. 그 공간이 10분 이상 빈 상태로 남아 있는 경우는 없었다. 그곳은 곧 온갖 종류의 꿈으로 채워졌고 그것을 현실과 구분하는 것은 불가능했다. 죽은 사람이 나타나고 존재 불가능한 것들이 날아다닌다고 그것이 현실이 아니라고 말할 수는 없다. 꿈꾸는 자에게는 꿈꾸는 자의 논리가 있다. 각성 상태는 그 논리를 전개시킬 공간을 제공해 줄 뿐이다.

이것은 병이다. 외부의 물리적 세계를 객관적으로 인식하지 못한다면 그 생명체는 살아남지 못한다. 수많은 생명체들이 존재하지 않는 적에 쫓기고, 존재하지 않는 먹이와 짝을 찾아 허공과 바다로 몸을 날렸다. 두 세계를 의식적으로 갈라놓을 수 있는 자들만이 살아남을 수 있었다. 레벤튼의 아이들은 그 방법을 배워야 했다. 온전히 의지력만으로 이 테스트를 통과하는 아이들은 없었다. 뇌수술이나 칩 이식, 화학 요법이 따라주어야 했다. 그렇다고 해도 뇌를 망치지 않고 잠을 되찾는 아이들은 없었다. 우리는 여전히 꿈과 함께 살아야 했다.

나에게 그 해결책은 전쟁이었다. 죽음의 위협을 코앞에 두고 온몸의 신경을 폭발시키는 것. 나는 토요일로 갔고 그곳을 피투성이로 만들었다. 수많은 사람들의 목숨이 내 손에 의해 사라져 갔다. 나는 그들을 동정하지 않는다. 그들 역시 그곳에서 나와 같은 것을 바랐을 것이기에.

나는 치유되었는가? 나는 약물과 칩 없이 크루소에서 살아남았다. 그 이후 내가 거쳐간 배들 역시 나 때문에 손해 본 것이 없다. 나는 실수를 거의 저지르지 않으며 저지른 실수 역시 남들이 알아차리기 전에 은폐하고 복구한다. 사람들은 나를 완벽주의자라고 생각하지만 그 완벽성에 도달하기 위해 내가 들인 수고를 눈치채지 못한다. 그들은 그러는 동안 내가 무엇을 듣고 무엇을 보고 무엇에 대해 생각하는지 알지 못한다.

그들은 내가 지금 의사 선생의 발밑을 지나가는 하얀 뱀에게서 무슨 소리를 듣고 있는지 역시 알지 못한다.

2

나는 클레이스를 무릎 위에 앉혀놓고 헤이즈 블루의 이야기를 듣고 있다. 헤이즈 블루는 로트바르트 고등과학연구소의 직원으로, 지난 4년 동안 혼자 힘으로 레벤튼 섬의 분류학 기지를 운영해 왔다. 만약 등의 종양이 혼자 힘으로 치료할 수 없을 정도로 심각해지지 않았다면 그는 여전히 혼자였을 것이다. 헤이즈 블루는 외로움을 타지 않는 사람이다. 조상들의 유전자가 링커들 속에서 헤엄치는 동안 외로움을 자각하는 유전자 정보가 씻겨나갔다. 그는 방문자들을 싫어하지 않지만 혼자 있는 것을 고통이라고 여기지도 않는다. 방문객들은 그에게 하룻밤의 유희이고 고독은 당연한 일상이다.

"저 같은 사람들은 언젠가 사라질 거라고 말하죠."

그는 요리사 아줌마가 만든 혼합 주스 칵테일을 흔들면서 말한다.

"제 유전자는 보존되지 않을 겁니다. 하지만 저와 비슷한 성격의 외톨이 여자들의 혈통은 살아남을 겁니다.

크루소에서 양성 생식은 미래가 없어요. 몇백 년만 지나면 이곳은 곧 성처녀들의 행성이 될 겁니다. 링커의 바다에서 벌어지는 유전자의 난교 속에서 섹스가 무슨 의미가 있겠습니까? 와, 이 말 멋지군요. 유전자들의 난교라니. 저도 이런 말을 만들 줄 압니다."

'유전자들의 난교'는 즉흥적으로 만들어낸 말 같지만 그럴 리가 없다. 그것은 몇 년 동안 헤이즈 블루의 연구 과제였다.

헤이즈 블루가 연구하는 것은 레벤튼 나비다. 레벤튼 섬에서 진화한 이 지구 나비들의 후손들은 투명하고 딱딱한 바람개비처럼 생겼다. 이들의 날개 모양이나 비행 방식은 너무나도 복잡해서 링커의 변덕으로 나타났다가 곧 사라져 버릴 진화의 변종처럼 보였다. 하지만 이들 중 한 무리가 처녀생식을 선택한 뒤로 사정이 바뀌었다. 레벤튼 섬은 나비들의 제국이 되었다. 이들 중 어느 누구도 자신을 닮은 자식들을 낳지 않고 진화 방향의 가능성은 무한해 보인다.

헤이즈 블루는 이들을 이용해 돈을 벌고 있다. 그는 연구 과정 중 틈틈이 수집한 나비 날개들을 크루소 곳곳에 있는 수집가들에게 판다. 연구소가 레벤튼 섬 전체를 사들이지 않았다면 순식간에 돈독 오른 수집가들이 제도를 점령했을지도 모른다. 이미 다른 섬에서 레벤튼 나비를 사육하려는 시도도 진행되고 있다. 지금까지는 실패했지만 언젠가는 성공할 것이다. 성공하지 못하더라도 그에 맞먹는 다른 성과를 얻을 수 있으리라. 헤이즈 블루에겐 상관없는 일이다. 이미 그는 평생 자기 돈으로 기지를 운영해도 넉넉하게 남을 만큼 돈을 벌었다. 그리고 그는 돈 쓰는 걸 그리 좋아하지도 않는다.

나는 그의 이야기에 매혹된다. 그가 이야기하는 레벤튼 섬은 내가 알고 있던 곳과 전혀 다르다. 내가 아는 레벤튼 섬은 죽을병에 걸린 부자들이 모여 사는 호사스러운 요양원과 같은 곳이었다. 하지만 헤이즈 블루가 이 섬을 찾았을 때 그 부자들은 대부분 죽거나 떠났고 나비 떼가 그 빈자리를 차지했다. 내가 그토록 사랑했던 과수원과 공원들 역시 나비들을 중심으로 재개편되었다. 섬의 식물들은 나비에 맞게 자신의 열매와 가지 모양을 바꾸었고 포식자들 역시 나비 날개를 씹고 소화할 수 있는 새로운 이와 소화기관들을 만들어냈다. 심지어 일부러 잡아먹힌 뒤 나비들에게 대신 자기 알을 낳게 하는 벌레들도 생겨났다. 헤이즈는 이 모든 것들이 나타나고 진화하고 사라지는 과정을 꼼꼼하게 기록해 왔다. 그의 기록은 종종 과학 기록이 아닌 소설이나 서사시와 같다. 링커들의 세계에서 분류학자들은 어느 정도 시인이 될 수밖에 없다. 헤이즈 블루의 연구 대상은 언제나 찰나의 일부이며 엠마 보바리나 플로리아 토스카처럼 짧은 시간 동안 반짝 나타났다가 사라져 버린다. 레벤튼의 나비들에게 더 이상 좋은 의미가 없다. 오로지 개체만이 존재한다.

문이 열리고 새 승객이 들어온다. 그는 초록색 머리칼

과 길고 굵은 팔을 가진 다부진 체격의 키 작은 남자로 이름은 디거라고 한다. 이보다 직설적인 이름은 찾을 수 없다. 그는 고생물학자로, 땅을 파는 것이 직업이다. 그는 지난 10년 동안 목요일의 정글에서 홀로 토착 생물들의 화석을 발굴해 왔고 이제는 레벤튼 섬의 산속에서 새로 작업을 시작하려 한다. 제저벨에는 그가 목요일에서 가져온 기계 두더지가 분해된 채 실려 있다. 디거 역시 헤이즈 블루와 마찬가지로 외로움을 타지 않는다. 우리가 그들을 레벤튼 섬에 떨어뜨리면 그들은 100킬로미터 떨어져 있는 각자의 영역으로 흩어져 홀로 살아가리라.

남은 칵테일을 들이켠 헤이즈 블루는 디거와 함께 앞으로의 계획에 대해 이야기를 나눈다. 그는 두더지가 뚫어야 할 위치와 지금까지 그가 발견한 토착생물들의 화석에 대해 이야기한다. 그들의 이야기는 곧 크루소 고생물학의 최근 발견으로 연결된다. 지금까지 사람들은 크루소가 링커 우주에 편입된 것이 표준력으로 2000년 전이라고 생각했다. 하지만 목요일의 최근 발굴을 통해 크루소에서 5만 년 전에도 잠시나마 링커 진화와 유사한 사건이 일어났음이 증명되었다. 그것은 정말 링커 진화였는가? 그랬다면 무엇이 링커 네트워크의 확장을 막았는가? 연구소가 알아내려는 것도 바로 그것이었다. 그리고 헤이즈 블루는 같은 시기에 레벤튼 섬에서도 링커 진화가 일어났을지도 모른다는 몇몇 화석 증거를 갖고 있었다. 목요일의 병원에서 그 화석들을 넘겨받은 디거는 섬으로 돌아가는 헤이즈 블루를 따라나섰고 우리는 그들에게 배를 제공해 준 것이다.

나와 클레이스는 그들을 선실에 남겨놓고 밖으로 나간다. 황혼이다. 주황색으로 물든 바다 끝에 나란히 선 두 개의 탑이 보인다. 그 탑들은 높이가 200미터가 넘는 화석화된 토착 식물로, 레벤튼 섬의 상징이라고 할 수 있다. 잠시 존재했던 레벤튼 섬의 문장에도 그 나무들이 그려져 있었다.

나는 쌍안경을 꺼내 해변을 관찰한다. 해변 마을은 여전히 남아 있다. 하지만 벽과 지붕은 처음 보는 덩굴식물로 덮여 있고 도로의 포석은 깨져 있다. 내가 살았고 지금은 헤이즈 블루의 연구소가 되어 있는 집은 해변으로부터 15킬로미터 떨어진 곳에 있다. 어렸을 때 나는 주말마다 바로 저 해변으로 피크닉을 나왔다. 아직도 바닷물에 휩쓸려 사라지는 모래알의 흐름이 내 맨발에 느껴진다. 비유가 아니다. 나는 나에게 진짜가 아닌 감각은 언급하지 않는다.

클레이스가 내 등을 긁는다. 내가 돌아다보자 그녀는 양손으로 깍지를 끼고 하늘로 시선을 돌리며 말한다.

"저기 누군가가 있어."

나는 다시 쌍안경으로 해변을 관찰한다. 눈에 뜨이는 무언가는 보이지 않는다. 하지만 클레이스는 나에게 거짓말을 하지 않으며 그녀의 감각은 나보다 더 정확하다.

나는 조타실로 가, 선장에게 클레이스가 한 말을 전한

다. 셀을 꺼내 자유함선연합의 정보망으로 들어가 정보를 뽑아 온 그는 고개를 끄덕인다.

"사흘 전에 로이 너어리라는 배가 여기 왔었어. 아마 승객을 여기에 내려다주고 다시 떠난 모양이야. 일주일 뒤에 다시 올 계획이라니 아직 거기 사람들이 있을 거야."

"지금은 연구소 소유라고 하지 않았어? 들어가는 데 허가증이 필요했을 거야. 그쪽을 통해 누군지 알아볼 수 있을까?"

"너도 알다시피 그쪽은 이런 일에 좀 깐깐하잖아. 그리고 곧 섬에 도착할 건데, 그럴 필요까지 있나?"

그의 말이 맞다. 나는 다시 갑판으로 올라와 점점 가까워지는 해안을 바라본다. 슬슬 나 역시 클레이스가 무엇을 보았는지 알 수 있을 것 같다. 모래와 물과 공기에 남겨진 보이지 않는 사람들의 흔적. 쌍안경으로 볼 때는 알아차리지 못했다. 하지만 지금은 안다. 내 맨눈이 렌즈와 모니터를 통해 걸러진 정보 이외의 것을 볼 수 있는 것일까? 아니면 그동안 클레이스와 알 수 없는 소통이 이루어진 것일까?

배는 항구를 찾아 천천히 해안선을 따라 동쪽으로 돌아간다. 15분쯤 지나자 반쯤 허물어진 항구가 나온다. 그곳에서 나는 무너진 방파제 위에 등대처럼 똑바른 자세로 서서 우리 배를 바라보고 있는 누군가를 발견한다. 제저벨이 닻을 내리고 계단을 늘어뜨리자 나는 클레이스의 손을 잡고 방파제 위로 내려간다. 방파제 위에 서 있던 사람은, 타지인들은 결코 의미를 읽을 수 없을 모호한 미소를 그녀의 고양이 얼굴 위에 얹는다.

"안녕, 동생."

아엘리타가 말한다.

"도대체 왜 여기에 온 거야?"

내가 묻는다.

아엘리타는 짓고 있던 미소를 그만큼이나 모호한 다른 표정으로 대체하며 잠시 내 발끝을 바라본다. 다시 내 얼굴에 시선을 돌리며 그녀는 덤덤하게 덧붙인다.

"엄마가 죽었어."

3

헤이즈 블루가 떠나 있는 동안 섬에 들어온 사람은 두 명이었다. 아엘리타와, 얼마 전까지 라킨 시티의 정치 용병이었고 지금은 연구소에서 뭔가 중요한 일을 하고 있다는 오지만디어스 대령이라는 사람. 그의 얼굴을 보는 순간 당번 표를 바꾸어서라도 의사 선생을 데려왔어야 했다는 생각이 들었다. 흑단처럼 검은 피부를 잊는다면, 대령은 징그러울 정도로 보리스 칼로프를 닮은 남자였다. 보다 정확히 말하면 레이몬드 메이시로 변장하려다 만 보리스 칼로프. 애스테어와 칼로프가 한자리에 모인다면 도대체 어떤 장르의 영화가 만들어질까?

그들은 사흘째 연구소 별채에 머물고 있었다. 마을은 폐허가 되어 있었지만 연구소 간판이 걸린 우리 집과 별채만은 깔끔한 모습으로 유지되고 있었다. 골판지로 만든 엄마의 관은 별채 1층에 있었다. 레벤튼 행성의 전통에 따라 그것은 납작한 원통형이었다. 엄마의 시체는 그 안에서 동그랗게 똬리를 틀고 누워 있었고 품 안에는 지난 4주 동안 시체의 부패를 막아준 방부제가 든 봉투가 있었다.

엄마의 사인은 약물중독이었다. 맞는 말이지만 지나치게 단순한 설명이기도 하다. 엄마의 뇌와 혈관 속을 떠돌던 수많은 화학물질들이 어떤 식으로 엄마의 죽음을 초래했는지 단순한 몇 마디로 설명할 수 있는 방법은 없다. 약물이 개입하긴 했겠지만 결코 약물만의 문제는 아니며 그 약물 또한 외부에서 주입되기만 한 것은 아니리라.

그냥 화장이나 분해장을 택해도 되었을 것이다. 하지만 아엘리타는 전통을 존중했다. 그럼 그냥 하게 두자. 어차피 크루소에 그 전통을 지킬 사람도 얼마 되지 않는다. 나쁜 일도 아니다. 흙에서 흙으로. 고깃덩어리에서 벌레밥으로. 이런 식으로라도 후대 고고학자들에게 우리가 어떤 괴물이었는지 단서를 남겨주어야 하지 않겠는가?

"왜 알리지 않았어?"

내가 물었다.

"알리려고 했지. 하지만 자유함선연합에 네 번호를 문의했다가 제저벨이 며칠 안에 여기로 온다는 사실을 알았어. 그렇다면 굳이 수고할 필요 없지. 널 놀래주고 싶기도 했고."

"정말 엄청난 우연이지 않아? 난 전차병 되겠다고 섬을 떠난 뒤로 이 근처에도 온 적 없었거든."

"그래. 하지만 그게 그렇게 이상한가? 희귀한 우연은 언제나 일어나. 그런 게 없으면 진화도 없지. 다윈 우주건, 링커 우주건."

"저 보리스 칼로프는 왜 데리고 온 건데?"

"섬은 연구소 소유니까. 내가 뭔 짓을 할까 봐 감시꾼을 붙여준 거지. 게다가 여기서 곧 발굴이 있을 거라며? 겸사겸사."

옆에서 클레이스가 혀로 츳츳 하는 소리를 냈다. 아엘리타는 냉정한 표정으로 그녀를 잠시 노려보았다.

"네 애완동물 취향은 여전하구나."

"애완동물이 아니야. 친구야."

"베들레헴이지? 대화는 되니?"

"어떤 사람들에겐 우리도 베들레헴이야."

"우린 체호프를 읽고 차이콥스키를 들어. 수면 장애가 좀 있다고 우리가 베들레헴이라면 모두가 베들레헴이지."

"아마 그럴지도 몰라."

"너에겐 그렇겠지."

아엘리타는 더 이상 토론할 생각이 없었다. 다시 사무적인 태도로 돌아간 그녀는 다음 일정을 설명했다. 이미 대령이 끌고 온 헤이즈 블루의 미니 두더지가 집 앞에 세워져 있었다. 내일 정오에 그걸로 가족 묘지에 땅을 파고 엄마를 묻는다. 오후에 아엘리타는 섬과 관련된 몇몇 문제를 대령과 함께 처리하고 다음 날 아침 돌아오는 로이니어리를 타고 떠난다. 자매 사이에 풀지 못한 일들이 있다면 그사이에 처리하자. 그런데 그런 게 있기는 있던가? 그런 게 있다고 해도 열다섯 번 계절이 바뀌는 동안 세월에 다 쓸려가지 않았을까? 적어도 나는 아엘리타와 무엇을 풀어야 할지 알 수 없었다.

바깥은 분주했다. 헤이즈 블루와 디거가 제저벨 승무원들의 도움을 받아 자기 물건들을 끌어오고 있었다. 헤이즈 블루의 것보다 열 배는 더 큰 디거의 두더지도 선장과 의사 선생이 조립 중이었다. 모두들 우리 집에서 하룻밤을 보내고 엄마의 장례식에 참가한 뒤 각자의 길로 가기로 결정을 본 모양이었다. 그들은 그게 예의라고 생각했고, 우리 역시 그 착각을 일부러 깰 필요는 없었다.

저녁은 언제나처럼 풍성했다. 사람이 많고 식성과 취향이 다양할수록 요리사 아줌마의 예술가적 재능은 빛을 발했다. 그녀의 만찬은 각기 다른 가청 주파수에서 동시에 울리는 세 편의 교향곡과 같았다. 우린 차려진 음식의 일부만 먹을 수 있었지만 다른 음식에서 흘러나오는 향과 공통된 소스 때문에 우리가 먹는 것 이상을 먹는 것 같은 착각에 빠졌다. 혼자 배를 지키고 있는 의사 선생이 불쌍할 지경이었다.

잠시 엄마에 대한 형식적인 애도를 거치긴 했지만 대화의 소재는 식사 내내 헤이즈 블루와 디거의 연구 성과에 머물렀다. 전 은하계와 인근의 두 마젤란은하까지 먹어치웠지만 링커 우주의 역사는 비교적 짧다. 지난 몇백 년 동안 고생물학자들은 수십만 개나 되는 행성들의 땅을 파왔지만 링커 진화의 역사가 3000년을 넘는 곳은 스무 군데 정도밖에 찾아내지 못했으며 그 진위성 역시 여전히 의심스러웠다. 디거와 헤이즈 블루가 계산한 5만 년은 믿을 수 없는 숫자였다.

"정확히는 5만 1200년 정도입니다."

디거가 말했다.

"헤이즈 블루 동지가 섬의 지층 구조를 파악해 놔서 100년 단위까지 계산이 가능하지요. 물론 당시에 벌어진 것이 링커 진화가 분명한지는 아직 알 수 없습니다. 하지만 목요일과 레벤튼 섬의 화석 증거들이 연결되어 있다는 것은 확실합니다."

디거와 헤이즈 블루가 발견한 것은 네 개의 날개를 가진 새와 비슷한 토착 생물들의 뼈와 깃털들이었다. 지금도 레벤튼 섬을 중간 경유지로 삼아 목요일과 화요일 사이를 이동하는 새들이 많은데, 그 토착 생물의 습성도 비슷했던 모양이다. 그런데 이들이 갑자기 링커 진화를 일으키기 시작했던 것이다.

"물론 이것을 꼭 링커 진화라고 볼 수는 없습니다. 하지만 아니라고 무시하기엔 유사성이 너무 커요. 눈에 뜨이는 어떤 종류의 진화압이 존재하지 않는 환경에서 이렇게 급격한 변이가 발생했다면 링커의 개입이 있는 겁니다. 실제로 우린 링커로 추정되는 바이러스의 흔적도 찾아냈어요. 몇 년만 더 투자하면 의미 있는 연구 결과를 얻을 수 있을 것이라고 생각합니다."

"링커 바이러스가 크루소에서 자체 진화했다는 말입니까?"

선장이 물었다.

"가능한 일이지 않겠습니까? 링커는 구체적인 특정 종이 아니니까요. 몇몇 조건만 만족시키면 됩니다. 물론 지금처럼 안정된 링커 우주가 만들어지려면 초광속 우주선들을 통해 전 은하를 커버하는 거대한 네트워크가 형성되어야 합니다. 하지만 수렴 진화한 링커 바이러스가 잠시나마 독립된 행성에 나타났다가 자체적인 불안정성 때문에 사라졌을 가능성은 충분히 있습니다. 심지어 지구에서 그런 일이 일어났다고 주장하는 사람들도 있지요. 캄브리아기 생물 대폭발이나 페름기 대멸종의 원인이 링커 바이러스 때문이라는 겁니다. 거기엔 또 의견 차이가 있어서 지구에서 자체 진화했다는 소리도 있고 아자니를 통해 외부에서 유입되었다는 소리도 있지요."

"하지만 아무런 증거도 없지 않습니까? 링커는 만능열쇠와 같습니다. 적당히 아무렇게나 끼워 넣어도 통하지요. 레벤튼과 목요일에서 발견된 화석 증거들은 연구 가치가 있습니다. 하지만 아무 데나 편리하게 링커들을 끼워 넣으려는 요새 경향은 받아들일 수가 없어요. 그런 건 과학이 아닙니다."

헤이즈 블루가 투덜댔다.

"저도 캄브리아기 대폭발과 링커를 무작정 연결시킬 생각은 없습니다. 하지만 브라질리안 루트 행성들의 유전적 연결성을 생각해 보면……."

여기서부터 두 사람의 대화는 그들만의 전문 분야로 빠졌다. 아마 주의 깊게 따라가면 못 알아들을 이야기는 아닐 것이다. 링커 생물학에 대한 전문가들의 지식이란 건 뻔하다. 입증된 건 별로 없고 해석을 기다리는 정보는 너무나도 많다.

오로지 올리비에와 아자니들만이 모든 걸 알고 있다.

나는 요리사 아줌마가 나만을 위해 특별히 마련해 준 정체불명의 초록색 디저트를 떠먹으며 대령에게 시선을 돌렸다.

그는 식사 내내 까다로운 미식가처럼 신중하게 선택한 적은 양의 음식을 꼼꼼하게 먹었고 말은 거의 하지 않았다. 라킨 시티의 정치 용병이라면 지난 몇 년 동안 험한 일을 많이 겪었을 것이다. 나는 그들에 대한 온갖 끔찍한 소문을 들었다.

저녁 식사가 끝나고 사람들은 뿔뿔이 흩어졌다. 나는 대령이 나가 있는 폐허가 된 정원에 머물렀다. 가까이 가지는 않았다. 우리는 10미터쯤 떨어진 의자에 앉아 말없이 별들을 바라보았다.

먼저 입을 연 쪽은 대령이었다.

"전 죽음의 행진에 참여하지 않았습니다."

"네?"

"라킨 시티 용병 출신이라고 하면 다들 거기에 대해 물어보더군요. 3년 전 목요일에 있었던 건 사실이지만 전 대륙 반대 끝에 있었습니다. 저희가 하는 일이 늘 옳은 일은 아니지만 그래도 그렇게 공공연하게 일을 저지르는 일은 없습니다. 죽음의 행진은 정말 괴상한 사고였습니다."

"그럼 그때 거기서 무슨 일을 하셨나요?"

그는 입에 물고 있던 파이프(그 안에 무엇이 들어 있었는지는 나도 모르겠다)를 주머니에 넣고 내가 앉아 있는 테라스 근처의 벤치로 걸어왔다. 등 뒤에 떠 있는 커다란 보름달 때문에 그는 흑백 공포 영화의 우울한 괴물처럼 보였다. 그는 내 허락을 구하더니 손수건을 꺼내 내 옆자리를 꼼꼼하게 닦고 얌전히 앉았다.

"혹시 말씀의 벌레라는 것에 대해 들어보신 적 있습니까?"

"아뇨."

"이상한 일은 아니지요. 공식적인 발표 없이 소문만 돌고 있으니까요. 로트바르트 연구소를 일탈한 어떤 과학자가 말도 안 되는 발명품을 하나 만들었습니다. 소위 세뇌 벌레라고 하는 것입니다. 그 사람은 종교적 믿음을 숙주에게 강요하는 화학물질을 만들어내는 2밀리미터 길이의 기생충을 유전자 조작으로 양산하는 데 성공했습니다."

나는 웃었다.

"네, 말도 안 됩니다."

대령은 무덤덤하게 말을 이었다.

"링커 우주에서는 그런 부류의 생명체가 2세대 이상 종의 순수성을 유지하는 것은 불가능하니까요. 모두가 아는 상식입니다. 하지만 그 과학자는 그럼에도 불구하고 그 기생충을 용케 교회 마피아의 수장인 리우의 카를로스에게 파는 데 성공했습니다. 리우의 카를로스가 그 정도로 무식했냐고요? 아닙니다. 하지만 그는 발명가의 핑계에 넘어갔습니다. 그 발명가는 벌레 안에 삽입된 '말씀'이 종의 오염을 막아준다고 주장했답니다. 그는 그를 증명하는 방대한 양의 자료도 갖고 있었습니다. 물론 교회 마피아에게 그 자료를 100퍼센트 검증할 수 있는 인공지능은 없었습니다. 있었다면 오래전에 올리비에에 통합되었겠지요. 상식적으로 생각해 보면 말도 안 되는 소리지만, 교회 마피아는 믿는 쪽을 택했습니다. 그쪽 상황이 별로 안 좋지 않았습니까? 크림슨 지하드와의 전쟁에서는 아슬아슬하게 이기고 있지만 믿음의 기반은 점점 줄어들고 있지요. 3년 전이라면 마피아보다 골수 트레키들의 수가 많아지기 시작하던 시기입니다. 어떻게든 믿음이 없는 자들과의 전쟁에 본격적으로 나서야 될 때가 된 것입니다."

"리우의 카를로스가 그 기생충에 말씀을 넣어 뿌릴 생각이었다는 거예요?"

"그럴 생각이었다는 게 아니라 정말 그랬습니다. 뿌린 곳은 목요일 서쪽 해안에 있는 생트 콜롱브라는 광업 시티였지요. 다른 어디겠습니까."

그러고 보니 생각이 났다. 생트 콜롱브는 금광 주변에 막 생긴 신생 시티였는데, 어느 날 갑자기 종교 전쟁에 휘말렸다. 적어도 나는 그렇게 들었다.

"당연한 일이지만 링커 바이러스 속에서 그 기생충은 변화했습니다. 유전자 안에 넣은 '말씀'은 파괴되었고 변형되었지요. 그런데도 강요는 남았으니 결과가 어땠을지는 보지 않아도 알 수 있지 않습니까? 목요일 시티 연합에서는 생트 콜롱브에 위험한 베들레헴 병이 발생했다고 선포했습니다. 그리고 그때 우리가 제압을 위해 투입되었던 것이지요. 다 정치적인 이유 때문이었습니다. 우리가 사태를 진정시키고 라킨 시티에 협조적인 시정부를 세운다면 라킨 시티는 목요일에 든든한 교두보를 마련할 수 있었습니다. 적어도 그게 시정부의 계획이었습니다. 그 정치적 목적을 위해서는 어느 정도 융통성을 발휘해도 됐습니다.

하지만 무엇을 해야 베들레헴이 관리되는 겁니까? 우린 로트바르트 연구소의 도움을 받아 기생충을 퇴치하는 약을 만들어 뿌릴 수 있었습니다. 하지만 기생충을 퇴치한다고 해서 그 사람들이 다시 정상이 되는 건 아닙니다. 기생충은 전달 도구일 뿐입니다. 이미 그들은 뇌가 변형되었고 '말씀'에 복종하고 있었습니다. 그리고 링커의 개입 속에서 발산했다가 다시 수렴한 '말씀'은 점점 폭력적이고 이해 불가능한 것으로 변형되었습니다. 그들은 자기 자식들을 잡아먹었고 꽃을 피우는 식물들은 모두 불태웠

174

으며 10미터보다 높은 나무는 잘랐습니다. 더 괴상한 건 언어에 대한 그들의 태도였습니다. 그들은 '책상'과 '모래' 라는 단어를 금지했고 S와 M을 바꾸었습니다. 자음들을 붙여 발음하는 것은 음탕한 짓이었고, 문장이 끝났을 때 는 반드시 기침을 해서 마침표가 있는 위치를 지정해 주어야 했습니다. 어떤 문장이건 주어는 존재할 수 없었는데, 그건 유일신 외엔 다른 주인이 있을 수 없기 때문이었습니다. 이들 중 어떤 것을 위반해도 투석형의 대상이 되었습니다.

이들을 어떻게 관리합니까? 이미 시민의 80퍼센트가 숙주였습니다. 나머지 20퍼센트를 가려내는 건 거의 불가능했습니다. 멀쩡한 사람들 역시 광장에서 운 나쁘게 잡힌 동료들에게 돌팔매질을 하고 있었지요. 설득은 통하지 않았습니다. 그렇다고 전면전을 열 수도 없는 일입니다. 이들은 미쳤지만 여전히 저희보다 머릿수가 많았고 군대도 있었습니다. 어떻게 봐도 저희 같은 직업군인들만으로는 해결할 수 없는 일이었습니다. 그런데도 우린 해결해야 했습니다. 그것도 2주 안에 말이죠."

"그래서 어떻게 했나요?"

"어떻게 했을 것 같습니까?"

이야기를 계속할 줄 알았건만, 그는 갑자기 일어나 집으로 들어가 버렸다. 잠시 멍하니 앉아 있던 나는 셀을 꺼내 생트 콜롱브와 관련된 뉴스들을 검색했다.

내 기억이 맞았다. 생트 콜롱브에서는 전쟁이 있었다.

뉴스에서는 과격파 교회 마피아와 북쪽에서 내려온 크림
슨 지하드 학살단의 영역 싸움이었다고 설명했다. 전쟁은
생트 콜롬브를 점령한 크림슨 지하드 무리를 라킨 시티 용
병들이 화학무기로 쓸어버리면서 끝이 났다. 그 과정 중
21만 명이나 되는 사람들이 죽었는데, 이 숫자는 죽음의
행진으로 죽은 사람들의 두 배가 넘었다. 시체들은 소각
되었고 라킨 시티의 지원 아래 새 시정부가 들어섰다. 새
로 시민이 된 사람들은 대부분 라킨 시티 출신이었다.

결국 대령은 2주 안에 해결책을 찾았던 것이다.

4

장례식은 정오에 있었다. 디거가 조종하는 헤이즈 블
루의 미니 두더지는 나사못처럼 땅을 파고들면서 뒤로는
납작한 깡통 모양의 흙덩어리를 하나씩 배설했다. 8미터
까지 파고 들어가자 두더지는 다시 뒷걸음치며 빠져나왔
다. 묘지에 직경 2미터, 깊이 8미터의 구멍이 만들어졌다.
우리는 헤이즈 블루의 크레인으로 엄마의 시체가 든 마분
지 관을 조심스럽게 내려놓고 꽃잎을 뿌렸다. 주변 사람
들은 뭔가 거창한 예식을 기대한 모양이지만 우린 그런
것 따위는 하지 않는다.

장례식이 진행되는 동안 엄마와 어린 시절의 아엘리
타가 내 옆에 서서 그 모든 과정을 구경하고 있었다. 보통

사람들은 이런 환각을 잠잘 때 꿈으로 꾸고 깨어날 무렵엔 망각 속에 던져버린다. 하지만 나는 그들만큼 운이 없다.

엄마는 새벽 2시경에 어린 아엘리타를 끌고 나를 찾아왔다. 처음에는 자기가 죽었다는 사실도 모르고 있었다. 엄마는 그냥 나와 아엘리타가 아직 잠을 자는 꼬마였던 시절처럼 행동했다. 침대에 누워 천장을 노려보고 있던 나를 깨우려 했고 징징거리는 아엘리타를 나무랐으며 허공에서 내가 입을 새옷을 꺼냈다. 반쯤 열린 창으로부터 마을 사람들이 연주하는 차이콥스키의 〈안단테 칸타빌레〉가 산들바람과 함께 흘러들어 왔다. 내가 엄마에게 사실을 지적하자 차이콥스키와 산들바람은 사라졌지만 엄마와 어린 아엘리타는 여전히 남았다.

엄마는 우울해 보였다. 얼마 전까지만 해도 생생하게 살아 숨 쉬던 마을이 폐허가 되었고 얼마 남지 않은 친척들은 행성 곳곳으로 흩어져 있었다. 엄마는 이에 어울리는 시나 소설의 구절을 찾아 암송하며 문학적인 타개를 시도했지만 토양 샘플들을 하나씩 원래 자리에 박는 두더지의 소음 때문에 그것도 제대로 하지 못했다.

맨 처음 도려낸 표면의 흙덩어리를 다시 덮자 토양은 거의 완벽하게 원상 복구되었다. 남은 것은 우리가 비석 대신 놓은 검은 바위와 토양 샘플 두 덩어리뿐이었다. 이 두 개는 디거가 따로 챙겨 기초연구 자료로 쓸 예정이었다.

아엘리타가 서류 문제를 마무리 짓기 위해 대령과 함께 집으로 돌아가자 엄마와 어린 아엘리타는 그들의 뒤를 따라나섰다. 엄마는 아엘리타에게 장례식에 대한 잔소리를 늘어놓았고 어린 아엘리타는 큰 아엘리타의 외투 자락을 잡아당기며 징징거렸다. 아엘리타에겐 두 사람 다 보이지 않았다. 하지만 내가 보지 못하는 또 다른 엄마가 그녀 옆에서 비슷한 내용의 불평을 늘어놓고 있을지도 모른다.

다른 사람들도 흩어지기 시작했다. 디거와 헤이즈 블루는 토양 샘플들을 수레에 실었고 선장과 요리사 아줌마는 막 구름 사이에서 벗어난 햇빛을 피해 나무 그늘 밑으로 들어갔다. 디거가 흙 뚜껑을 닫을 때까지만 해도 옆에 있었던 클레이스는 언제 샜는지 보이지 않았다.

나는 클레이스를 찾아 나섰다. 정확히 말하자면 클레이스를 찾는 걸 핑계로 사람들에게서 잠시 벗어나고 싶었다. 나는 묘지 동쪽 문을 열고 해변을 향해 무작정 걸었다.

해변으로 가는 길은 오색찬란했다. 아침에 내린 비 때문에 이곳저곳에 숨어 있던 레벤튼 나비들이 다시 하늘로 날아오르고 있었다. 그들은 보석 세공인이 떨어낸 보석 파편 같았다. 어떤 것은 진짜 나비 같았고 어떤 것은 꽃과 같았고 어떤 것은 귀걸이나 브로치 같았고 어떤 것은 바람개비 같았으며 어떤 것은 그 상태로 존재하는 것이 신기할 만큼 모양이 불규칙했다. 그리고 하늘을 나는 나비들만큼이나 많은 나비들이 땅 위를 기어가고 있었다. 그들 중 일부는 예상 외로 빠른 발놀림을 과시했지만 나머지는 모두 기형처럼 보였다. 레벤튼 하늘을 날아다니는 찬란한 보석들이 있기 위해서는 그의 몇 배나 되는 실패작들 역시 태어나야만 했다.

　레벤튼의 포식자들이 노리는 것도 대부분 그런 실패작들이었다. 내가 가는 길에만 해도 수십 마리는 될 것 같은 도롱뇽 모양의 생물들이 바다에 떨어져 발버둥치는 레벤튼 나비들을 주워 먹고 있었다. 자세히 귀를 기울이면 그들이 입 안에서 나비 날개들을 부수며 내는 바스락거리는 소리가 들렸다. 그들은 꾸역꾸역 나비를 집어삼키면서 입 안에서 부서진 나비 날개 조각들을 턱밑에 난 작은 구멍으로 내뱉었다. 레벤튼 섬의 비포장도로 위에 깔려 있는 반짝거리는 모래는 대부분 그렇게 만들어진 것이었다. 나비들이 앞으로도 계속 살아남는다면 섬에는 반짝거리는 나비 날개 파편들로 구성된 보석 지층이 생겨날 것이다.

　나는 나비들을 바라보며 클레이스를 생각했다. 고기능 베들레헴들은 레벤튼 나비와 같다. 그들은 조상인 지구 나비의 비행술을 배우지는 않았지만 자기만의 방법으로 하늘을 난다. 레벤튼 나비가 지구 나비에게 자기의 비행술을 가르칠 수 없는 것처럼 클레이스 역시 나에게 자신의 머릿속에 무엇이 들었는지 알려줄 수 없다. 그나마 그녀의 두뇌 20퍼센트 정도가 일반 지구인들과 같은 방식으로 움직이기 때문에 나와 클레이스는 그만큼의 의사소통이 가능하다. 그 대부분은 수와 음악, 물리학에 대한 이해가 차지한다. 어떤 사람들은 그것만으로도 충분하다고 한다. 하지만 나는 아직도 내가 이해할 수 없는 장벽 너머에서 클레이스가 무엇을 보고 무엇을 생각하는지 궁금해한다.

길이 끝나는 곳에 도착했을 때 나는 해변 모래밭에 웅크리고 앉아 있는 클레이스의 뒷모습을 발견했다. 그녀는 마치 해변에 버려진 부서진 조각상 같았다. 파도가 계속 그녀의 발목을 후려갈기는 동안에도 그녀는 미동도 하지 않았다. 그녀는 최면이라도 걸린 것처럼 눈앞에 놓인 무언가를 보고 있었다.

처음에 그것은 정체불명의 바다생물처럼 보였다. 야구공 크기의 반짝거리는 머리는 투명했고 그 안에는 눈과 두뇌, 근육처럼 보이는 것이 들어 있었다. 하지만 자세히 보니 아니었다. 비교적 능숙하게 생명체를 흉내 내고 있었지만 그것은 기계였다. 그것은 투명한 보호막 속에 숨겨진 네 개의 작고 검은 눈으로 클레이스를 응시하고 있었다.

나는 주머니에서 셀을 꺼내 카메라를 열었다. 카메라가 작동하며 윙 하는 소리를 내자 그 기계는 무표정한 얼굴을 카메라에게로 돌렸다. 녀석은 나와 카메라를 번갈아 바라보더니 바닷물 속으로 뛰어들었다.

그것은 링커 기계였다. 기네스 아니면 웨인이다. 아마 웨인이리라. 수생생물을 흉내 낸 매끈한 외양 때문에 겉모습 구별은 어려웠지만 웨인 특유의 묘하게 동물적이고 공격적인 동작을 감출 정도는 아니었다.

흥미로웠다. 지상종들의 육체는 눈앞에 닥친 목표를 위한 임시방편의 도구였다. 늘 미완성이고 변형 가능했다. 하지만 지금 막 사라진 저 링커 기계는 거의 완벽하게 완성된 모습을 하고 있었다. 외모만 따진다면 지상종보다 비행종에 가까웠다. 저들이 바다에 있는 것도 신기했다. 지상종은 물을 싫어하지 않던가.

레벤튼의 바다 밑에서 무언가 굉장히 신기한 일이 벌어지고 있었다.

5

헤이즈 블루는 집에 없었다. 디거의 말에 따르면 샘플을 연구소에 갖다 놓은 뒤 곧장 발굴지로 갔다고 했다. 우리에게 보여줄 무언가 재미있는 것이 있다고 했다. 발굴지까지는 100킬로미터나 떨어져 있다. 길의 상태나 그가 가지고 있는 자동차의 성능을 고려해 본다면 저녁 식사 때까지 도착하는 건 무리였다.

우리는 헤이즈 블루 없이 저녁을 먹었다. 식사가 끝나자 나는 내가 오후 해변에서 찍었던 동영상을 사람들에게 보여주었다. 그들은 재미있어했지만 대화는 이어지지 않았다.

이에 대해 어떻게 대처해야 하는지 몰랐던 것이다.

"5년 전, 내가 로즈 셀라비에 침투했을 때 기억나?"

가장 먼저 입을 연 건 선장이었다.

"거기서 내가 로즈 셀라비에 기생하던 올리비에를 발견했었잖아. 보통 올리비에는 남의 배를 타지 않는다고

181

알려져 있지만 틀렸었지. 아마 저 웨인도 마찬가지일지도 몰라. 우린 저들에 대해 전혀 모른다고. 저들이 어떤 변덕을 부릴지도 모르고."

"로즈 셀라비라면 2년 전에 일요일 주변에서 침몰한 항공모함 아닙니까?"

디거가 끼어들었다.

"정확히 말하면 실종되었지요."

선장은 무덤덤하게 고쳐주었다.

"네, 맞습니다. 실종. 아직도 잔해는 못 찾았지요? 그건 아주 드문 경우가 아닙니까?"

"원래 일요일 부근에는 잔해 사냥꾼이 많지 않아요. 빙하 때문에."

"용병들을 태운 항공모함이 잘 가는 곳도 아니지요. 하여간 신기하지 않습니까. 선상 반란으로 승무원도 얼마 안 남은 배가 제대로 된 시티가 하나밖에 없는 북극 대륙을 향해 가다가 사라지다니요. 어떻게 봐도 정상은 아니지요."

"무슨 이야기를 하시려는 겁니까?"

"둘이 연결되어 있을지도 모른다는 뜻입니다. 남의 배에 기생하는 올리비에와 물속에 사는 웨인. 둘 다 바다와 연결되어 있다는 점에서 비슷하지요. 우리가 아는 지상종의 생태에서 벗어나 있다는 점에서도 비슷하고요."

선장은 조용해졌다. 나는 별다른 어려움 없이 그의 생각을 따라갈 수 있었다. 정말 그럴 수도 있었다. 하지만 그게 무슨 의미가 있는가. 우리는 링커 기계들의 동기와 계획에 대해 아는 바가 없다. 비록 이들이 연결되는 현상이라고 해도 우리에게는 의미를 읽을 수 없는 미스터리가 하나 더 생기는 것뿐이다.

"우리는 링커 기계들을 신처럼 생각합니다."

디거가 말을 이었다.

"적어도 올리비에는요. 올리비에는 지성을 가진 모든 존재가 수렴 진화해서 모일 수밖에 없는 유일한 종착역입니다. 신이고 플라톤적인 완전체지요. 웨인, 쿠퍼, 기네스는 그 신을 돕는 천사들이고요.

우린 아직도 이 정의와 구분을 포기하지 못합니다. 하지만 왜 그래야 합니까. 우린 아직도 링커 기계에 대해 아무것도 모릅니다. 지상종과 비행종이 왜 다른지도 모르고요. 그런데 몇 세기 전에 어느 스코틀랜드 영화광이 대충 붙인 이름과 분류를 신성화합니다. 이게 정상일까요?

아니, 그리고 도대체 왜 올리비에가 모든 것의 끝입니까? 그들은 컴퓨터가 든 깡통입니다! 다른 어떤 것도 아니에요. 우리보다 많이 알고 똑똑하지만 그뿐입니다. 우주에는 올리비에를 통하지 않고도 갈 수 있는 다른 길이 분명히 있습니다."

"하지만 그게 어디에 있을까요? 4세기 동안 수만 개의 태양계가 탐사되었지만 그 '다른 길'은 발견되지 않았습니다."

"그중 우리가 스스로 간 곳은 없습니다. 모두 아자니에게 업혀 갔지요. 그들은 우리에게 보여주고 싶은 것만 보여줍니다. 수만이라니 많은 것 같지만 우리들이 본 건 은하계 곳곳에 퍼져 있는 노란 항성 태양계의 극히 일부 일 뿐입니다. 은하계 전체가 링커 우주는 아닐 것이고, 아직 남아 있는 다윈 우주 어딘가엔 링커 우주의 습격을 이겨낼 만큼 발전한 문명도 분명 있을 겁니다!

링커 우주가 우리가 생각하는 것만큼 천편일률적이라는 근거도 없습니다. 이미 우리의 편견과 어긋나는 수많은 관찰 기록들이 존재합니다. 아까 우리가 본 물속에 사는 웨인도 바로 그 어긋난 예외일 수 있습니다. 우리 눈엔 예외처럼 보이지 않는 것도 예외일 수 있고요. 이건 스머프 언어와 같습니다. '우리는 스머프를 스머프했어!'와 '우리는 스머프를 스머프했어!'가 전혀 다른 뜻일 수 있는 것과 같지요. 우리가 보기에 같은 종으로 보이는 웨인들도 사실은 전혀 다른 종들의 집합일 수 있는 겁니다."

디거는 굵은 팔과 어울리지 않는 섬세하고 긴 손을 지휘하듯 휘저으며 말을 맺었다. 반응은 무덤덤했고 그는 이런 분위기가 맘에 안 들었는지, 볼을 부풀리며 의자에 몸을 파묻었다.

"그렇다면 링커 바이러스의 자체 진화 가설은 그 의견을 반영하신 건가요? 아니면 반대입니까?"

내가 물었다.

"양쪽 모두라고 할 수 있지요. 제 가설이 맞을 수도 있고 아닐 수도 있고요. 하지만 한 가지는 확실합니다. 링커 기계들이 우리가 그 진상에 접근하는 걸 원치 않는다는 것이죠.

1년 전까지만 해도 5만 년 전에 무슨 일이 일어났는지 보다 명확히 밝힐 수 있는 결정적인 증거가 있었습니다. 하지만 그들이 파괴해 버렸습니다. 아니, 파괴보다 더 나빴습니다. 약탈당했으니까요."

"그게 무슨 소리입니까."

지금까지 조용히 이야기를 듣고만 있던 대령이 갑자기 끼어들었다. 그의 목소리는 갑작스럽게 침입한 감정으로 경직되어 있었는데, 정작 그 감정이 무엇인지는 정확히 읽을 수 없었다. 조금은 짜증 같았고 조금은 분노 같았으며 약간의 호기심도 섞여 있는 것 같았다.

"보고서엔 그런 내용은 적지 않았습니다."

디거는 대들듯이 내뱉었다.

"하지만 전 연구소에 거짓말을 한 적 없습니다. 가지고 있는 모든 연구 결과들을 넘겼지요. 단지 몇 가지 이야기를 빼먹었을 뿐입니다."

"그 빠진 이야기 중에 팡글로스에 대한 것도 있습니까?"

대령은 일어났다. 그는 성큼성큼 걸어 디거 앞에 섰다. 의자에 웅크리고 앉아 있는 그를 올려보고 있는 디거 앞에서 그는 그 어느 때보다도 커 보였다.

"네, 있습니다."

디거는 다소 겁에 질린 듯 조그만 목소리로 대답했다.

"어떻게 된 겁니까. 죽었습니까?"

"그랬다면 얼마나 좋았겠습니까."

"그럼 살아 있습니까?"

"그렇다고도 할 수 없지요. 아직도 무슨 뜻인지 모르겠습니까?"

대령은 움찔하며 뒤로 물러났다. 다시 주도권을 잡은 디거는 자세를 고쳐 잡고 우리를 쭈욱 훑어본 뒤 목소리를 높였다.

"모르시는 분들을 위해 설명하자면, 팡글로스는 로트바르트 연구소의 고생물학자였습니다. 제가 몬소피아드 정글에서 독립적인 링커 진화를 암시하는 화석 증거를 발견하자, 돕겠다며 수요일에서 행차하셨지요. 연구소에서는 저에게 오는 도중 실종된 것으로 압니다. 하지만 아니에요. 그 양반은 사흘 동안 저와 함께 있었습니다. 보다 정확히 말하면 제 숙소 옆의 버려진 건물에서 지냈지요.

그 사흘 동안 팡글로스가 무엇을 했는지 전 잘 모릅니다. 제가 발견한 화석 증거보다 다른 것에 관심이 더 있는 모양이더군요. 차에 이상한 장치들이 잔뜩 있었어요. 화석 연구엔 건성이었고 그 장치들을 끌고 주변을 돌아다니며 뭔가를 하고 있었어요. 뭐 하는 거냐고 물었지만 분명한 대답을 하지 않고 우물거리더군요. 뭔가 숨기고 있는 게 분명했습니다. 그렇지 않다면 일찍 도착해서 연구소에 알리지도 않고 자기만의 실험을 할 리가 없지요.

더 캐묻지는 않았습니다. 사실 별거 없을 거라고 생각했습니다. 로트바르트 연구소는 별별 괴짜들로 부글거리는 곳입니다. 게다가 자기를 팡글로스라고 부르는 자를 진지하게 여길 수는 없지 않습니까.

사흘째 되던 날, 전 호기심이 당겼습니다. 그는 연구소가 아니라 연구소 안에 발을 걸치고 있는 어떤 무리를 위해 일하고 있는 것 같았습니다. 우연히 아침에 팡글로스가 하는 통화를 엿들었지요. 심지어 전 그 상대방이 누군지도 알았습니다. 한동안 같이 일한 적 있는 보라는 진화 추적자였습니다. 잊기 쉽지 않은 단음절 이름이지요. 게다가 그 사람은 눈이 세 개였단 말입니다.

통화를 하는 동안 그는 겁에 질려 있었습니다. 그는 특히 새로운 뉴스라도 되는 것처럼 차단에 대해 걱정했습니다. 심지어 전쟁의 가능성에 대해서도 같은 어조로 이야기했습니다. 남들이 들었다면 막 크루소에 떨어진 조난자라고 생각했을 겁니다.

건성으로 점심을 먹자, 그는 다시 차를 끌고 사라져 버렸습니다. 하지만 이번엔 나도 그가 어디로 가는지 알고 있었습니다. 아침에 차에 추적 장치를 해놨으니까요. 전 걸어서 따라갔지만 쉽게 따라잡을 수 있었습니다. 차가 갈 수 있는 길은 뻔했고 전 정글의 모든 지름길에 훤했으니까요."

디거는 잠시 말을 멈추고 얼굴을 찡그렸다.

"사람이 통합되는 걸 보신 적 있습니까?"

무슨 뜻인지 드디어 알아차린 우리의 얼굴을 보며 만족한 그는 말을 이었다.

"저도 그 전까진 여러 가지 이야기만 들었습니다. 꽤 자주 일어나는 일인데도 기록은 얼마 없지요. 제가 알기로는 크루소에 있는 도서관 전체를 통해 인간 통합을 다룬 영상물은 두 개밖에 없는 것으로 압니다. 하나는 역사 초기에 지구에서 기록된 두 번째 통합을 기록한 것이고, 다른 하나는 어디더라? 대부분 짧고 자세한 과정을 확인하기 어렵습니다. 반짝하는 순간 빛이 일어나고 그것으로 끝이지요.

제가 본 건 달랐습니다. 빛도 없었고 짧지도 않았습니다. 얼핏 보기에 팡글로스는 황금으로 덮인 채 서 있는 것 같았습니다. 자세히 보니 그것들은 손바닥 크기의 납작한 금속 기계들이었습니다. 녀석들은 다리로 팡글로스의 몸을 잡고 하얀 실 같은 것을 몸에서 뽑아 그의 몸을 휘감고 있었습니다. 그는 꿈틀거리고 있었지만 그뿐이었습니다. 심지어 넘어지지도 못했지요. 까딱거리며 앞뒤로 흔들리고 있을 뿐이었습니다.

처음에 전 이것이 그냥 웨인들의 일상적인 수집 과정이 아닌가 생각했습니다. 이 근처에 올리비에가 없고, 주변에 단백질과 지방의 재료들이 널려 있고, 그들이 오로지 팡글로스의 뇌와 척추만을 공격하고 있다는 걸 알아차리기 전까지는요. 그리고 전 그의 표정을 보았습니다. 처음에 그의 얼굴은 공포와 고통으로 일그러져 있었습니다. 하지만 두개골이 뜯겨 나가고 뇌가 적출되는 동안 그는 점점 평온해졌습니다. 뜯겨 나간 뇌와 척추가 황금 벌레들에 둘러싸여 거대한 유충 모양으로 변해 스스로 움직이기 시작했을 때, 그의 남은 얼굴은 거의 해탈한 것 같았습니다.

벌레들이 사라지자, 저는 팡글로스의 차를 확인했습니다. 움직이는 데에는 아무런 무리가 없었지만 그가 가지고 온 괴상한 물건들은 모두 사라지고 없더군요. 주변을 보니 그는 저 몰래 독자적인 발굴을 하고 있었던 모양입니다. 하지만 그가 판 구멍들은 모두 텅 비어 있었습니다. 성과가 없었던 게 아니라 어떤 꼼꼼한 기계들이 그 구멍을 깨끗하게 청소했던 겁니다."

"도대체 왜 그 이야기를 숨겼습니까?"

대령이 외쳤다.

디거는 눈을 껌벅이며 태평스러운 어조로 맞섰다.

"아까도 말했지만, 전 연구소에 모든 걸 이야기할 의무가 없습니다. 우리의 관계는 평등합니다. 연구소는 제연구를 지원해 주고 전 연구 결과를 공유합니다. 그게 다예요. 팡글로스가 무슨 연구를 했건 그건 그의 일입니다. 제 일이 아니라고요.

그리고 말이 나왔으니 하는 말인데, 연구소는 저에게 모든 걸 다 말해줬습니까? 몬소피아드로 저를 보낼 때 거기 무슨 일이 일어났는지 말해줬나요? 스물일곱 명의 진화 추적자들이 서로를 독살하고 총으로 쏘고 칼로 찌르다가 자멸한 곳인데도, 연구소에서는 침묵했습니다. 대신 현장을 청소하고 아무것도 모르는 저를 보냈죠. 왜 그랬는지는 저도 압니다. 전 연구소의 실험쥐였던 겁니다.

어떻게 알았냐고요? 헤이즈 블루 동지가 말해줬습니다. 외톨이들을 얕잡아 보지 마십시오. 저희도 친구를 만들 수 있고 동맹을 맺을 수도 있고 정보를 교환할 수도 있습니다. 연구소가 비슷비슷한 연구를 하는 외톨이들을 하나씩 정체불명의 집단 학살 현장에 보낸다면 뭔가 꾸미고 있는 게 분명하잖습니까."

그는 바짝 긴장한 채 테이블 모서리를 잡고 앉아 있는 아엘리타를 향해 몸을 돌렸다. 그는 길쭉한 검지를 펴서 그녀를 가리켰다.

"도대체 그날 이 섬에서는 무슨 일이 일어났던 겁니까?" 그가 물었다.

6

잠시 주변은 조용해졌다. 침묵과 함께 유령들이 기어나왔다. 엄마와 어린 시절의 나, 어린 시절의 아엘리타는 이미 집 안으로 들어와 있었다. 밖에서는 희미한 고양이 얼굴들이 창에 머리를 박고 우리를 염탐하고 있었다.

"굳이 이 이야기를 다시 꺼낼 필요가 있을까요."

선장이 침묵을 깼다.

"레벤튼 섬에서 어떤 일이 일어났는지, 레벤튼의 블라디미르가 누구인지는 다들 알잖습니까. 몬소피아드 정글에서 일어난 일에 대해서는 저도 처음 듣습니다. 하지만 레벤튼 섬의 학살은 비밀이 아닙니다."

"하지만 우리가 알고 있는 것이 얼마나 진실에 가까운 겁니까? 반세기가 넘도록 멀쩡하게 잘 살던 사람이 갑자기 총을 들고 친척들과 가족들을 학살했다면 세상이 알고 있는 것보다 더 깊은 이유가 있음이 분명합니다. 정말 레벤튼의 블라디미르는 갑자기 미친 겁니까? 아니면 뭔가 다른 이유가 있었습니까?"

한동안 아엘리타는 디거의 질문을 거의 몸으로 맞서는 것처럼 보였다. 하지만 그녀도 언제까지 그럴 수만은 없다는 것을 알고 있었다.

"블라디미르 아저씨는 그냥 게으름뱅이였어요."

그녀는 어쩔 수 있느냐는 듯 어깨를 으쓱하면서 입을 열었다.

"레벤튼 사람들 대부분이 그랬지요. 블라디미르 아저씨가 다른 사람들과 다른 점이 있었다면, 그 게으름에 대해 끊임없이 변명했다는 것입니다. 그리고 그 변명을 스스로가 믿어버렸지요.

일부는 사실이었지요. 우리는 레벤튼 섬에 감금되어 있었습니다. 그 말도 안 되는 유전자 풀 수호의 사명을 띠고요. 하지만 우리들 중 어느 누구도 그게 먹힐 거라고 생각하지 않았습니다. 마을에는 기껏해야 서른 명 정도밖에 남아 있지 않았어요. 멀어봤자 사촌, 육촌들이었고요. 우린 근친교배와 링커 바이러스의 혼란 사이에 있는 좁은

틈에 갇혀 있었습니다.

이쯤 되면 포기하는 것이 정상입니다. 하지만 우리는 그러지 않았습니다. 대신 우리는 우리의 현실과 기억을 수정했습니다. 우리의 눈에 레벤튼 섬은 수백 명의 사람들이 분주하게 오갔던 옛날의 전성기 그대로였습니다. 저역시 수많은 아이들과 함께 뛰놀던 어린 시절에 대한 행복한 기억을 갖고 있어요. 당시 섬에 어린아이라고는 나와 알라밖에 없었고 꿈에 중독되지 않은 어린아이들은 그 사실을 명확하게 인식하며 자랄 수밖에 없었는데 말입니다.

이 상황을 타개하는 방법이 없었냐고요? 물론 있었습니다. 꿈과 현실을 구별하고 싶으면 칩을 이식하거나 약을 먹으면 됩니다. 생산적인 삶을 살고 싶으면 자유함선연합에 전화를 걸어 배 한 척 보내달라고 하면 그만이지요. 알라는 그렇게 했습니다. 그리고 남극으로 내려가 전차병이 됐지요.

블라디미르 아저씨는 그러지 않았습니다. 아저씨는 레벤튼 섬을 절대로 탈출할 수 없는 감옥으로 단정 짓고 그 안에서 순교자 놀이를 했습니다. 자신이 얼마나 재능있고 얼마나 영리한지 떠벌리고, 유전자 풀 수호의 임무와 섬의 고립이 자신의 가능성을 얼마나 망쳐놨는지 불평하면서 세월을 보냈지요.

블라디미르 아저씨에게 재능이 없다고는 할 수 없었습니다. 레벤튼 섬 사람들이 대부분 그렇듯 다언어 구사에 능숙한 교양인이었지요. 아저씨는 책도 몇 권 썼습니다. 그중 하나가 기억나는군요. 19세기 카리브해 섬이 무대인 좀비물로,《폭풍의 언덕》의 패러디였습니다.

하지만 아저씨의 그런 재능이 과연 쓸모가 있었을까요? 아저씨는 비올족 악기들을 모두 근사하게 연주할 줄 알았지만, 크루소에 인간이 연주하는 교향악단이 하나라도 있나요? 레벤튼 사람들이 대부분 그렇듯 러시아어에 능통했지만, 섬을 제외하면 도대체 누가 러시아어를 쓰나요? 여긴 심지어 남극의 소련 병사들도 어네스트 보그나인처럼 말하는 곳인데요. 아저씨를 포함한 모두가 알았습니다. 세상 밖에서는 아저씨의 재능이 아무짝에도 쓸모없다는 걸요.

아저씨가 나비 연구에 몰두하면서 우린 조금 안심을 했습니다. 그건 그럭저럭 생산적인 일처럼 보였습니다. 로트바르트 연구소에서는 심지어 아저씨에게 월급도 주겠다고 했습니다. 하긴 그쪽에서도 외부인을 받지 않는 섬에 연구원이 하나 있으면 좋겠다고 생각했을 겁니다. 적어도 우린 그렇게 믿었습니다. 아저씨에게 몰두할 일을 준다면 우리도 아저씨의 불평을 듣지 않고 우리만의 환상 속에 몰두할 수 있었지요.

당시만 해도 레벤튼은 지금과 같은 나비 천국이 아니었습니다. 적어도 지금 레벤튼 나비라고 불리는 무리들은 이전 채석장 부근에만 사는 얼마 안 되는 괴물들이었지요. 하지만 아저씨가 그 나비들을 발견하고 로트바르트 연구소에 보고한 뒤로 녀석들은 기하급수적으로 늘었습니다. 한동안 우리는 아저씨가 손을 쓴 게 아닌가 의심했습니다. 하지만 연구소에서는 아니라고 하더군요. 나는 그들의 말을 믿습니다.

아저씨는 이 일에 적응하는 데 시간이 좀 걸렸습니다. 진화 추적자는 열성적인 아마추어의 일이라고들 합니다만, 아저씨는 열성이 조금 지나친 경우였지요. 정확성은 그만큼 떨어졌고요. 초창기에 아저씨가 보낸 보고서는 근거 없는 추정과 시적인 표현이 지나치게 많았습니다. 사진보다 대충 그린 스케치가 더 많았는데, 그중 상당수는 진짜 나비가 아니라 아저씨의 백일몽을 그린 것이었습니다. 이런 일이 반복되자 연구소에서는 '직접 본 것만 보고할 것! 사진 추가! 스케치 금지!'라는 경고문을 보냈습니다. 어이없게도 아저씨는 이 경고문을 자랑스럽게 여겼습니다. 아저씨의 관점에서 보면 그 글은 진화 추적자로서의 무능함을 경고한 게 아니었습니다. 예술가적 재능을 이해하지 못하는 얼간이들의 불평에 불과했지요.

이후 아저씨는 규격에 맞는 보고서를 쓰고, 연구소에서 빌려준 정교한 기계들을 사용하는 데에 익숙해졌지만, 연구 태도 자체는 바꾸지 않았습니다. 아저씨에게 그 나비들은 링커 바이러스의 영향을 받은 변이 이상의 것이었어요. 그것은 우리가 볼 수 없는 어떤 거대하고 시적인 질서를 반영하는 표면의 현상이었습니다. 아저씨는 나비들의 날개 모양을 하나하나 꼼꼼하게 연구하면서 거기서 패턴을 찾으려 시도했습니다. 실제로 성공했다고 생각한 적도 있었지요.

하지만 아저씨보다 훨씬 냉정하고 머리도 좋았던 엄마는 아저씨가 발견한 패턴이라는 것이 얼마나 막연하고 무의미한 것인지 매번 증명해 냈습니다. 아저씨는 그때마다 실망했지만 아이디어 자체를 포기한 적은 없었습니다.

차라리 엄마가 아저씨를 그냥 내버려 뒀다면 어땠을까 생각해 봅니다. 그랬다면 아저씨의 주장은 아무도 들어주지 않고, 누구에게도 해를 끼치지 않는 괴상한 아이디어로 남았겠지요. 아저씨가 평생 동안 해온 모든 일들이 그랬던 것처럼.

대신 아저씨는 다른 길로 갔습니다. 과학자의 머리로 생각하는 것을 포기하고 신비주의자, 광신자가 된 것이죠. 레벤튼 나비는 이제 종교적 믿음의 대상이었습니다. 복음서였고 성상이었지요. 의심과 회의는 사라졌고 결코 반박될 수 없는 진실만 남았습니다. 그런데 그 진실이란 게 과연 무엇이었던가요. 아무도 그게 뭔지 몰랐습니다.

놀랍게도 아저씨는 섬 안에서 동지들을 찾았습니다. 가장 먼저 설득당한 건 나데즈다 아줌마였지요. 일단 한 사람이 넘어가자 동지들은 조금씩 늘었습니다. 한 달이 지나자 열다섯 명이 나비 종교의 신자가 되었습니다. 심지어 우리의 환영들마저도 감염되기 시작했습니다. 아저씨와 동지들이 수백 명의 유령들과 함께 진짜와 유령들이 섞인 나비 떼를 쫓아 달리는 걸 보는 건 이제 흔한 일이었습니다.

엄마와 나는 걱정되기 시작했습니다. 우리가 실제와 백일몽을 구별하지 못하는 한심한 사람들이었던 건 맞습니다. 하지만 바로 그렇기 때문에 우리는 모든 일에 이성적이고 회의적이었습니다. 그렇지 않으면 살아남을 수 없었으니까요. 100여 년 동안 레벤튼 섬에서는 어떤 종류의 종교도 발을 붙인 적이 없었습니다. 그게 제정 러시아 시절 상류사회를 어색하게 모방하는 테마파크를 만들어 안주한다는 우리의 욕망과 어긋나도 어쩔 수 없었습니다. 그런데 갑자기 정체불명의 새로운 종교가 섬에서 태어나 급속도로 자라나고 있었던 겁니다. 이건 걱정스러운 이상 현상이기도 했지만 자존심이 걸린 문제이기도 했습니다.

엄마는 당연히 이것을 질병이라고 생각했습니다. 하긴 레벤튼 사람들에게 일어나는 모든 일들이 병리 증상이니 이건 굳이 머리를 써서 얻은 결론도 아니었지요. 하지만 이 문제를 어떻게 해야 할까요?

결국 우리는 외부의 힘을 빌리기로 했습니다. 아저씨 몰래 로트바르트 연구소에 연락을 했지요. 연구소에서는 예상외로 우리에 대해 많이 알고 있었고 그 문제를 연구하고 해결하는 데에도 관심이 있는 것 같았습니다. 그들은 의료팀과 용병들을 보내주겠다고 약속했습니다. 근처에 연구소 소속 과학선이 있었기 때문에 우린 이틀 정도만 기다리면 됐습니다.

우리가 아저씨를 엄청나게 과소평가하고 있었던 것이죠.

당시 일이 어떻게 전개되었는지는 정확히 모릅니다. 하지만 우리의 통화가 나비 신자들에게 도청되었고 곧 아저씨의 귀에 들어간 건 분명합니다. 아저씨는 논리적으로 생각하고 행동했습니다. 외부에서 의료팀과 용병들이 온다면 아저씨의 믿음은 끝입니다. 그것은 세상의 종말이었습니다. 어떤 일이 있어도 그건 막아야 했습니다. 의사들도 죽이고 용병들도 죽이고 무엇보다 외부 세력을 섬에 끌어들인 우리도 죽여야 했습니다.

아저씨의 광기에 모두가 완전히 넘어가지 않았다는 사실에 나는 늘 놀라워하면서도 고마워하고 있습니다. 적어도 두 사람의 신자들이 여기에 반기를 들었습니다. 그중 한 명은 나데즈다 아줌마였지요. 아저씨에게 가장 먼저 살해당한 사람도 나데즈다 아줌마였습니다. 다른 한 명이 누구인지는 잊어버렸습니다. 하지만 아저씨가 그 사람 역시 처리했음이 분명합니다.

반대자들을 제거하고 세력을 모은 아저씨는 사람들을 이끌고 우리 집을 향해 행진해 왔습니다. 그러는 동안 아저씨는 아직 감염되지 않은 사람들의 집을 찾아가 한 명씩 소총으로 쏴 죽였습니다. 행진이 거의 끝났을 무렵, 멀쩡한 정신인 사람은 나와 엄마뿐이었습니다. 멀쩡한 정신이라니, 내가 말했지만 웃기는군요.

다행히도 우리는 아슬아슬하게 준비가 되어 있었습니다. 몇 킬로미터 저쪽에서 사냥총 소리가 들릴 때부터 사정을 짐작했지요. 우리는 지하실로 뛰어 들어가 호신용

열선총을 챙겨 들고 자전거로 집을 떠났습니다. 일단 해변까지 가서 요트를 타고 섬에서 벗어날 생각이었습니다. 그 뒤로는 계획이 없었습니다. 몇 시간 전까지만 해도 섬에서 벗어난다는 건 상상도 할 수 없는 일이었으니까요. 우린 가까운 항구가 어디에 있는지도 몰랐습니다.

항구에 도착했을 때 우리는 계획을 수정할 수밖에 없었습니다. 아저씨가 사람들을 죽이며 마을을 행진하는 동안, 다른 신자들이 항구에 먼저 도착해 있었던 것이죠. 항구의 배들은 모두 불타고 있거나 바다를 향해 흘러가고 있었습니다. 그리고 매캐한 회색 연기 사이에서 킬킬거리는 웃음소리가 들렸습니다."

아엘리타는 거기서 갑자기 말을 끊어버렸다. 한동안, 언니는 그녀의 유령들이 서 있을 게 분명한 허공 어딘가를 말없이 응시했다. 그러는 동안 나의 엄마 유령은 언니의 어깨와 목을 양팔로 감고 그녀의 귀에 뭐라고 속삭이고 있었다.

"그래서요?"

디거가 재촉했다.

"결말은 다들 아시지 않나요."

아엘리타는 심드렁했다.

"저와 엄마는 살아남았습니다. 그렇지 않았다면 지금 여기서 이 이야기를 할 수도 없었을 거고 뉴스에도 안 나왔겠지요. 당연한 거 아닌가요?

보기만큼 불리한 싸움도 아니었습니다. 머릿수는 많

198

앗지만 그쪽에는 윈체스터 라이플 모사품 세 정밖에 없었습니다. 저희에겐 충전된 지 얼마 안 된 열선총이 두 자루 있었고요. 어차피 양쪽 다 사격에는 문외한이나 다름없었으니 접근전이 아닌 이상 현대 무기를 가진 우리가 유리했지요. 그들과 맞서려면 단 두 가지만 더 있으면 됐습니다. 몸을 보호할 수 있는 요새와, 바로 며칠 전까지만 해도 음식과 백일몽을 주고받았던 친척들과 가족들을 죽일 수 있는 용기요. 요새로는 선착장의 오두막이 있었습니다. 다른 하나는 그냥 쥐어짜 낼 수밖에 없었지요.

블라디미르 아저씨를 쏘아 쓰러뜨린 건 엄마였습니다. 하지만 다른 사람들이 모두 죽고 분노한 유령들이 우리 주변에서 울부짖는 동안에도 아저씨는 살아 있었습니다. 배와 가슴에 구멍이 나고 허리 아래가 반쯤 잘려 나갔지만 여전히 살아 있었죠. 엄마가 다가가 열선총의 총구를 이마에 들이댔을 때, 아저씨는 미소를 지으며 엄마에게 말했습니다.

'니나, 니노치카, 넌 그 나비들을 봤어야 해. 그 날개에 무엇이 쓰였는지 봤어야 해. 네가 그렇게 성급하지 않았다면 우린 신의 이름을 읽을 수 있었을 텐데.'

그게 블라디미르 아저씨가 한, 적어도 살아 있는 블라디미르 아저씨가 우리에게 한 마지막 말이었습니다.

다음 날, 연구소가 보낸 배가 도착했습니다. 그들은 시체를 치우고 아저씨의 셀과 컴퓨터를 압수했습니다. 링커 바이러스들을 수집하고 나비들을 채집했습니다. 사흘째 되던 날, 별것 아닌 나비 샘플을 갖고 연구원 둘이 싸우다가 한 명이 칼에 찔려 중상을 입었습니다. 그다음 날, 정체불명의 날개 달린 괴물에 쫓겨 달아나던 용병 한 명이 절벽에서 떨어져 죽었습니다.

우리가 한 세기 동안 레벤튼인들만의 증상이라고 생각했던 것이 사실 그렇게 특별한 것이 아닐지도 모른다고 의심하게 된 것도 그때부터였습니다.

우리는 섬을 연구소에 팔았습니다. 돈 때문이 아니라 그동안 섬에서 무슨 일이 일어났는지 그들이 밝혀주길 바랐기 때문이지요. 하지만 그들은 분류학자 한 명을 보내 나비 채집을 시키는 것 이외엔 아무 일도 하지 않았습니다. 우리는 초조해졌고 화가 났습니다. 여러 번 연구소에 연락을 취했지만 돌아오는 건 애매하고 무의미한 외교적 답변밖에 없었지요.

결국 우회로를 택했습니다. 우린 모두 여러 이익 단체들이 로트바르트 연구소 운영에 개입하고 있다는 사실을 알았습니다. 그렇다면 우리를 들여보내 줄 수 있는 사람들을 먼저 찾아야 했지요. 우리는 라킨 시티를 선택했고 미리 그곳에 와 있던 몇몇 친척들은 오지만디어스 대령을 소개시켜 주었습니다. 그는 샌트 콜롱브에서 벌어진 학살 사건 때문에 악명이 높았지만 상관없었습니다. 오히려 동지애가 느껴졌습니다. 우린 모두 학살자였으니까요. 나도 그랬고 엄마도 그랬고 블라디미르 아저씨도 그랬고 그때 섬에는 없었지만 지금 내 옆에 있는 내 동생 알라도 그렇습니다.

내가 섬에 돌아온 건 엄마의 장례식 때문이었습니다. 하지만 그건 편리하게 맞아떨어진 핑계에 불과했습니다. 이유가 무엇이건 나는 이 섬에 돌아와야 했습니다. 우리가 무엇이었는지, 내가 누구였는지 설명할 수 있는 단서가 이 섬 어딘가에 있으니까요."

7

대령은 우리의 시선을 외면하지 않았다. 그는 왼손 검지로 식탁 위에 놓인 작은 유리잔을 까딱거리면서 우리에게 서글픈 시선을 돌려주었다.

"연구소에서 놀고만 있었던 건 아닙니다."

그가 말했다.

"단지 극도로 조심했던 것뿐입니다. 연구소에서는 몬소피아드와 레벤튼에서 벌어진 학살 사건들이 같은 원인에서 비롯된 것이라 확신하고 있었습니다. 그 사건들이 거의 같은 시기에 발생한 것도 우연이라고 할 수 없었습니다. 그곳에 여러 명을 보내는 것은 위험했습니다. 그 영향력이 어떤 종류의 것이건 사람들 사이의 네트워크 안에서 활동하고 있는 게 분명했으니까요. 연구원에게 사전 정보를 줄 수도 없었습니다. 선입견이 관찰 결과에 영향을 끼칠지도 모르니까요. 물론 레벤튼 섬 학살 사건까지 감출 수는 없었습니다. 하지만 그 뒤에 연구소 사람들 사이에서 일어난 사건들을 은폐하는 건 가능했지요.

헤이즈 블루 연구원과 디거 연구원이 연구 대상이었다는 것은 맞습니다. 하지만 연구소가 그들을 위험에 방치했다는 건 사실이 아닙니다. 그 상황에서 가장 위험한 건 결국 같이 있던 다른 사람들이 아니었습니까."

"하지만 그러다가 혼자 미쳐버릴 수도 있지 않았을까요?"

선장이 물었다.

"그랬다면 연구소는 그 증상을 감지해 낼 수 있었을 겁니다. 그 즉시 의료팀을 파견해 빼냈겠지요. 하지만 그런 일은 일어나지 않았습니다. 몇 년째 두 사람은 멀쩡했습니다. 둘이 음모를 밝혀내고 연합 전선을 펼친 것만 봐도 알 수 있지 않습니까? 이보다 더 좋은 증거가 어디에 있단 말입니까?"

대령이 이야기하는 동안 계속 씩씩거리고 있던 디거는 간신히 마음을 추스르고 떨리는 목소리로 물었다.

"그렇다면 우리를 실험 쥐 삼아 연구소가 밝혀낸 건 뭡니까?"

"글쎄, 뭐겠습니까."

대령은 조금 재미있어하는 것 같았다.

"5만 년 전에 링커 진화 비슷한 현상을 일으킨 곳이 두 군데 있습니다. 얼핏 보기에 멀리 떨어져 있지만, 생물학적으로는 연결되어 있습니다. 한 곳은 정글 한가운데여서, 다른 한 곳은 외딴섬이어서 한동안 사람들의 손이 미치지 않았습니다. 그런데 뒤늦게 그곳에 사람들이 들어가자, 모두 정신이 이상해졌습니다. 링커 바이러스 때문일까요? 아뇨, 그렇다면 그렇게 국지적일 리 없고, 1세기가 넘도록 느릿하게 지속되지도 않았을 것 아닙니까.

연구소의 공식적인 의견이 무엇이냐고 물으시는 겁니까? 좋습니다. 말해드리죠. 그들은 5만 년 전에 링커 바이러스를 담은 무언가가 레벤튼 섬과 몬소피아드 정글에 추락했을 것이라 믿습니다. 그리고 그 무언가는 아직 활동 중이며, 아마 우리가 아는 링커 기계와 많이 다른 종류일 겁니다.

오늘 제가 접한 새 정보들 역시 이 가설에 일치합니다. 아까 동영상으로 본 링커 기계는 정말 우리가 아는 종류입니까? 디거 연구원이 몬소피아드에서 봤다는 그 링커 기계들은 어떻습니까?

이제 연구소가 왜 여기에 신중했는지 이해하시리라 믿습니다. 링커 기계들은 우리와 소통하려 하지 않습니다. 이용하거나 제거하거나 통합하거나 셋 중 하나지요. 하지만 몬소피아드와 레벤튼에서 일어난 일들은 모두 소통의 시도처럼 보였습니다. 그렇다면 이건 인류 문명이 링커 우주에 들어온 뒤 찾아온 첫 번째 접촉 기회인 겁니다."

"자코메티들을 제외한다면 말이죠."

디거가 참견했다.

"그런 걸 접촉이라고 부르는 건 좀 민망하지 않습니까?

그렇게 정확하고 싶으시다면 '진정한 접촉'이라고 하죠.

하여간 일은 극히 조심스럽게 처리되어야 했습니다. 그 미지의 대상에게도 그래야 했지만, 우리 자신에도 그래야 했지요. 연구소를 이끄는 세력들은 모두 서로를 견제하며 일정한 거리를 유지할 수밖에 없었습니다. 물론 모두가 이 상황에 승복한 건 아니었습니다. 팡글로스와 같은 사람들이 있었죠. 우린 그가 실종되자 그래도 다행이라고 생각했습니다. 하지만 오늘 이야기를 들어보니 아니더군요.

연구소의 수많은 사람들이 각자의 연구 방식으로 여기에 도전했습니다. 저와 동료들이 택한 도구는 예술 비평이었습니다. 저흰 지난 1세기 동안 레벤튼 섬에서 만들어진 모든 문서들과 예술 작품들을 검토했습니다. 가속기와 통역기를 동시에 돌리면서 하루에 열 권 이상 책을 읽었지요.

별별 이상 현상들이 다 잡힙니다. 레벤튼 섬에서 소설 장르에 도전한 사람들의 60퍼센트가 남성이지만 정작 작품 주인공의 95퍼센트가 여성이라는 걸 아십니까? 그중 80퍼센트가 변신과 부활, 기다림을 공통 주제로 삼고 있다는 건 어떻습니까? 필사적으로 소재의 지평을 넓히려 하다가 결국 같은 이야기로 돌아오고 마는 작가들의 일기를 제가 몇 편이나 읽었을 거라고 생각합니까? 당시 겪고 있던 정신 질환을 고려한다고 해도 이들의 이야기는 모두 괴상할 정도로 비슷합니다. 이들은 모두 대필 작가들이었던 겁니다. 그들 뒤에는 그들 자신을 인식하지 못하는 다른 누군가가 있었습니다.

지금 레벤튼 섬의 모습만 봐도 그렇습니다. 놀랍게도 제가 만난 레벤튼 섬 출신 사람들은 모두 이곳의 건축물이나 디자인이 그냥 전통에 충실한 것이라고 믿습니다. 하지만 그렇지 않아요. 레벤튼 행성의 문화는 저렇게 단조롭게 우울하기만 하지는 않았습니다. 행성 단위의 어떤 문화도 그렇게 단순할 수는 없지요. 레벤튼 섬의 문화는 섬주민의 불면증과 마찬가지로 섬에 온 뒤에 새로 주입된 것입니다. 아마 유전자 풀 수호라는 목적 역시 같은 곳에서 왔을지도 모릅니다.

아시겠습니까? 당신들은 이 섬 안에서 데카당스한 사치를 누리는 귀족처럼 살아왔을지 모르지만, 사실은 보이지 않는 누군가에게 이용당하고 있었던 겁니다. 그들에게 당신들은 가축이었고 도구였습니다. 그들에게 당신들이 배터리였는지, 라디오였는지, 타이프라이터였는지, 저는 모릅니다만."

"그렇다면 블라디미르 아저씨는?"

아엘리타가 조용히 말했다. 질문보다는 독백처럼 들렸다.

"글쎄요. 역시 뭔가 이유가 있지 않았겠습니까? 아마 나비 종교는 1세기 동안 이어진 대화의 끝이었을 겁니다. 아니면 다른 대화 소재거나. 그렇게 긴 시간 동안 같은 이야기만 하면 당연히 지겨워지기 마련이니까요."

대령은 더 이상 할 말이 없다는 듯 파이프를 꺼내 정체불명의 파란색 캡슐을 넣고 빨기 시작했다.

나는 조용히 대령의 이야기를 곱씹어 보았다. 그의 이야기는 그럴싸한 자기 논리를 갖고 있었지만 어딘가가 비어 있었다. 무엇 때문에 그의 이야기는 이렇게 공허하게 들리는 걸까. 그건 그의 이야기 자체가 그렇기 때문일까, 아니면 그가 의도적으로 결정적인 정보를 누락시켰기 때문일까.

하지만 나는 거기에 집중할 수 없었다. 내 생각은 대령을 통과해, 과거로, 과거로 흘러갔다. 나의 과거, 아엘리타의 과거, 엄마의 과거, 레벤튼 섬의 과거. 나는 그곳에서 확실한 진짜만을 가려내려 했지만 실패했다. 레벤튼 섬에 진짜 따위가 무슨 의미가 있었던가. 환영들을 이웃으로 받아들이면서 우린 이미 그런 구분은 포기하지 않았던가.

나는 이미 집 안을 가득 채우고 있는 유령들을 보았다. 대부분 여자들과 아이들이었다. 아이들은 이 방 저 방을 오가며 뛰어다녔고 어른들은 벽에 기대거나 의자에 앉거나 다른 친구들과 손을 잡고 돌아다니면서 아이들에게 뭐라고 소리를 질렀다. 볼륨을 줄인 라디오 음악 소리처럼 그들의 목소리는 작았고 뜻을 구별하기 어려웠다.

나는 그들의 얼굴을 구별할 수 없었다. 그들의 숫자는 기만이었다. 그들은 보기만큼 여럿이 아니었다. 그들은 군중을 위장한 숫자의 꿈이었다. 레벤튼의 사람들은 더 이상 아이들이 태어나지 않고 한 줌밖에 안 되는 머릿수로는 온전한 유전자 풀이 유지될 수 없다는 사실을 무시하기 위해 빈 섬을 채우고 생활의 소음을 넣어줄 과거의 환영들을 불러왔다. 엄마와 어린 아엘리타와 어린 나를 제외하면 그들은 모두 복사품의, 복사품의, 복사품이었다.

내가 저들과 달라봐야 뭐가 다르단 말인가. 내가 마지막 잠을 잔 뒤로 나의 인생은 저들에게 정복되지 않았던가. 섬에서 몸과 두뇌를 끄집어냈다고 해서 꿈까지 끊어낸 건 아니지 않는가. 모양과 얼굴을 바꾸었을 뿐, 저들은 언제나 나와 함께 있었다. 그들은 제저벨의 갑판 위에도, 남극 설원의 전쟁터에도, 적도해의 폭풍 속에도, 죽음의 행진의 학살 현장에도 있었다.

과연 내가 섬을 떠난 적이 있었던가. 꿈으로 더럽혀진 이 지저분한 현실 속에서 나는 얼마나 많은 유령들을 죽였고 다시 살려냈던가.

나는 자리에서 일어났다. 신경을 진정시켜 줄 것이 필요했다. 차건 다른 무엇이건. 그냥 뜨거운 물이라도 좋아.

그때 현관문을 두드리는 소리가 들렸다. 쾅쾅쾅, 거의 시계 종처럼 정확한 간격으로. 쾅쾅쾅, 다시 한번.

"헤이즈 블루 동지?"

내가 말을 던졌지만 대답은 돌아오지 않았다. 나는 점점 희미해지는 유령들의 무리를 뚫고 문을 열어주러 나가려다가 문 앞에서 멈추었다. 문에는 자물쇠가 없었다. 밖

에 있는 게 헤이즈 블루라면 그냥 스스로 문을 열고 들어
오면 됐다.

쿵 하는 둔탁한 소리가 났다. 무언가가 돌바닥을 긁으
며 멀어지는 소리가 들렸다.

그리고 다시 조용해졌다.

나는 천천히 문을 열었다. 묵직한 무언가가 문을 막고
있어서 쉽게 열리지 않았다. 디거가 달려와 힘을 보태주
었다. 문이 완전히 열린 뒤에야 우리는 그것이 무엇인지
확인할 수 있었다.

그것은 머리가 잘려 나간 헤이즈 블루의 시체였다. 잘
려 나간 목의 단면에서 아직도 붉은 피가 솟아오르고 있
었다. 나는 정원을 바라보았다. 무언가 넓고 묵직한 것이
먼지 위에서 몸을 끌며 만들어낸 흔적이 숲속으로 길게
이어져 있었다.

8

나는 바닥에 널브러져 있는 헤이즈 블루의 시체를 끌
고 안으로 들어왔다. 디거는 다용도실의 빨래통에 박혀
있던 침대 시트를 가져와 시체를 덮었다. 하얀 시트 위에
목에서 흘러나온 피가 스며들어 초승달 모양의 무늬를 만
들었다. 마치 목 없는 시체가 웃고 있는 것처럼 보였다.

"통합입니다."

디거가 말했다.

나는 밖을 내다보았다. 헤이즈 블루가 타고 온 자동차가 정원 끝에 서 있었다. 그 이외엔 아무것도 없었다. 여기 저기에서 인광을 내며 서 있는 섬의 유령들을 제외하면.

클레이스의 노랫소리가 들렸다. 도리안 선법 위의 음들을 한 옥타브 내에서 오르락내리락하는 것에 불과했지만, 나에겐 애도가처럼 들렸다. 그녀는 시트에 덮인 헤이즈 블루의 시체 앞에 쪼그리고 앉아 있었다. 그녀의 왼손은 나무 바닥의 골을 따라 가늘게 흐르는 피 위에서 춤추듯 맴돌았다.

나는 문을 닫았다. 돌아서서 다른 사람들의 얼굴을 하나씩 관찰했다. 작은 키를 벌충하려 의자 위에 올라서 최대한 위엄 있는 표정을 짓고 있는 선장, 이로써 자신의 주장이 증명되지 않았냐는 듯 의기양양한 표정을 짓고 있는 디거, 19세기 고딕소설 여자 주인공처럼 애절한 얼굴의 아엘리타, 언제나 미소를 짓고 있는 것처럼 보이는 요리사 아줌마, 그리고 조각처럼 무표정한 얼굴로 나와 헤이즈 블루 사이의 허공을 응시하고 있는 대령.

"이제 음모꾼들에게 신물이 납니다."

내가 말했다.

"레벤튼을 떠난 뒤로 제가 만난 건 오직 음모꾼들밖에 없어요. 다른 사람들을 인형처럼 놀리면서 어설프게 대장 행세를 하려는 무리들. 크루소의 학교에서는 음모를 필수 과목으로 가르친답니까? 왜 그냥 단도직입적으로 말을 하지 않는 거죠? 네 도움이 필요하다, 네가 싫다, 너를 죽여 버리겠다. 그랬다면 세상 밖에서 제가 서툰 탐정 놀이를 하며 낭비했던 시간을 보다 유익한 일에 쓸 수 있었을 텐데 말입니다.

전 지금 당신에게 이야기하고 있는 겁니다, 대령.

모두 아까 대령의 짧은 연설을 들으셨지요. 그리고 다들 거기서 뭔가 빠졌다는 걸 눈치채셨을 겁니다. 아마 아엘리타 언니는 처음부터 알고 있었을지도 모르죠. 이런 겁니다. 몬소피아드나 레벤튼의 그 무언가가 사람들의 네트워크를 도구처럼 이용하고 그것이 이제 사람들에게 치명적이라면 우린 지금 여기서 무얼하고 있는 거지?

아까 디거 동지는 연구소의 명령을 무시하고 몰래 몬소피아드로 숨어든 팡글로스라는 연구원에 대해 이야기했습니다. 대령은 버럭 화를 냈지요. 하지만 지금 우리가 여기에 모여 있는 건 팡글로스 한 명이 숨어든 것과 차원이 다르지 않습니까? 과연 연구소에서는 우리가 여기에 있다는 걸 알고나 있을까요?"

"지금 제가 헤이즈 블루 연구원을 죽였다고 말하는 겁니까?"

대령이 물었다.

"아뇨, 그 음모가 그렇게 정교하다고 생각하지 않아요. 아마 그는 저 너머 어딘가에 있는 링커 기계들에게 통합되었겠지요. 우리에게 보여주려 가져온 물건에 대한 정보와 함께. 저건 자연현상입니다. 당신네들 음모꾼들이 완벽하게 예측할 수 없는 사고. 팡글로스의 개입과 통합 모두 마찬가지였겠지요. 아시겠습니까? 당신들이 아무리 머리를 굴리며 계획을 짜도 크루소에서 모든 변수를 계산하는 건 불가능하단 말입니다. 특히 링커 기계들을 다루고 있을 때는요. 이 세계에서 음모는 제대로 작동할 가능성이 거의 없어요."

"확률을 높일 수는 있습니다."

"그래서 장례식을 핑계로 사람들을 모은 건가요? 네트워크를 활성화시켜 저 밑에 있는 무언가를 불러와 직접 만나려고? 우린 인간 안테나인 겁니까?"

대령은 대답하지 않았다.

"당신은 여기서 무언가를 얻을 수 있을 것이라 생각하는군요."

나는 말을 이었다.

"그것이 무엇일까요. 다른 지성체와 최초 접촉이라는 순수한 목표가 아닌 건 분명합니다. 군사적 이용일까요? 아뇨, 당신이 그렇게 순진하다고 믿지 않아요. 여기서 돈을 벌 수 있는 무언가를 챙길 계획인가? 마찬가지로 헛된 생각이지요. 도대체 뭐죠? 제가 언제까지 여기서 낸시 드루 흉내를 내야 합니까? 왜 직접 밝히지 않죠?"

그때 클레이스가 소리를 질렀다. 모두가 멈칫해 있는 동안 그녀는 천천히 대령에게 다가갔다. 그녀는 마치 입 냄새를 맡으려는 것처럼 대령의 입술과 턱에 코를 가져가 킁킁거리더니 노래를 불렀다. 찬송가였다. 제목은 기억나지 않았지만 기독교 찬송가임이 분명했다. 옛날 흑백영화의 교회 장면에서 나왔을 게 분명한 통속적이고 유치한 노래.

대령은 움찔했다. 그는 폭로당한 범죄자처럼 뒤로 물러났지만 의자 등받이가 그의 후퇴를 가로막았다. 그는 계속 뒷걸음쳤고 의자 다리가 나무 바닥 위에서 긁히는 불쾌한 소리가 났다.

"감염되었군요!"

내가 외쳤다.

"왜 이걸 눈치채지 못했을까? 대령은 생트 콜롱브에서 말씀의 벌레에 감염된 겁니다. 물론 그 말씀은 무난한 것으로 변형되었겠지요. S와 M을 바꾸어 쓰고 주어를 생략해야 한다는 믿음이 남아 있다면 그 즉시 발각되었을 테니까요. 도대체 지금 당신은 무엇을 믿고 있는 건가요?"

"삼위일체! 대속! 말씀의 순수성! 말씀의 완성! 말씀의 전파! 창조와 종말! 유일신!"

대령은 헐떡거리며 내뱉었다.

"세상에. 이제 그런 건 교회 마피아도 믿지 않아요. 당신은 과학자가 아닌가요? 어떻게 그런 이야기를 당연하게 내뱉을 수가 있지요?"

"어, 어, 어떻게 미, 미, 믿음을 바꿀 수 있단 말입니까?"

처음으로 그는 말을 더듬었다. 그와 함께 지금까지 조각 같은 무표정함 속에 감추어져 있던 온갖 감정들이 터져 나왔다. 공포, 환희, 경멸, 황홀감, 쾌락, 분노, 흥분. 하나의 얼굴이 그 모든 감정을 담을 수 있다니, 믿을 수가 없었다. 곧 그의 얼굴이 찢겨 나가도 이상하지 않았다.

나는 이제야 그를 조금씩 이해할 수 있을 것 같았다. 말씀의 벌레는 그에게 파괴와 수정이 불가능한 믿음을 심었다. 아마도 교회 마피아들이 믿는 것보다 보수적이고 원리적이지만 마찬가지로 근거 없는 어떤 믿음이리라. 하지만 그는 여전히 과학자였고 그가 믿는 것들 대부분이 뇌 속의 벌레와 주변 환경이 임의로 만들어낸 헛소리 다발이라는 것도 알았다. 생트 콜롱브를 떠난 뒤로 그는 이 미친 세계 속에서 쭉 살아온 것이다.

아엘리타가 대령에게 다가왔다. 그녀는 헐떡거리며 천장을 바라보는 대령의 얼굴과 머리를 쓰다듬었다. 대령이 진정한 듯 깊은 숨을 내쉬기 시작하자 그녀는 나를 올려다보았다.

"나도 잘은 몰랐어. 믿어줘. 대령이 뭔가 숨기고 있다는 건 알았어. 연구소 몰래 음모를 꾸미고 있다는 것도. 하지만 여긴 레벤튼이잖아. 우리 고향이라고, 알라. 난 무조건 돌아와야 했어."

"블라디미르 아저씨에게 닥친 일을 보고도?"

"그래서? 너도 돌아왔잖아."

"난 그게 다른 이유 때문이라는 걸 몰랐어."

"아니, 너도 알았을 거야. 섬에서 벗어난 뒤에는 너도, 나도, 엄마도 바뀌었어. 여전히 없는 것을 보고 들었지만,

더 이상 레벤튼 섬에서와 같지 않았어. 우린 바깥세상에 서는 다른 꿈을 꾸었어. 섬에서는 누군가가 우리에게 말을 걸고 있었다고. 난 그게 무엇인지 확인해야 했어."

대령은 아엘리타의 손을 뿌리치고 일어났다. 휘청거리며 거실 한가운데로 걸어간 그는 주머니에서 총신이 짧은 충격총을 꺼냈다. 누군가를 겨냥하거나 휘두른 게 아니었다. 그는 그냥 총을 들고 서 있었다.

"들리십니까?"

그는 왼손 검지를 입술에 대고 속삭였다.

"그들이 다시 옵니다."

9

우리는 움직임을 멈추고 양쪽 귀에 온 신경을 집중했다. 바람 소리, 나뭇잎이 바스락거리는 소리, 이가 어긋난 창문이 덜컹거리는 소리. 우리는 그 안에서 배회하는 잡음을 골라 의미를 부여하려 시도했다.

소리 속에 무언가가 숨어 있었다.

나뭇잎과 잔가지들이 내는 소리와 구별되지 않았던 그들은 조금씩, 조금씩 모양을 찾아갔다. 우리는 발자국 소리, 금속 관절이 삐걱거리는 소리, 금속 파이프들이 내는 숨소리와 한숨 소리를 구별해 냈다.

그들은 집을 포위하고 있었다.

무언가가 쾅 하고 현관문을 쳤다. 선장은 까악 비명을 지르며 의자에 주저앉았다. 자존심이 상한 그는 다시 의자 위에 서서 억지로 눈물을 참으며 귀엽게 보이지 않으려고 얼굴에 힘을 잔뜩 주었다.

문소리는 다시 들리지 않았다. 대신 발자국 소리와 둥글고 거대한 몸뚱어리가 잡목을 긁는 소리가 집을 맴돌기 시작했다. 수정창 너머에서는 거실의 조명을 받아 희미하게 번들거리는 정체 불명의 그림자가 창틀 밑을 스르륵 스치고 지나갔다.

내 시선은 엄마의 유령을 따르고 있었다. 엄마는 이제 일어나 바깥의 거실과 식당 벽을 따라 걷고 있었다. 미소 짓고 있었고 발놀림은 춤추는 것처럼 가벼웠다. 엄마는 이제 바깥에서 으르렁거리는 괴물들을 거의 완벽한 리듬으로 따라가고 있었다. 가볍게 늘어뜨린 엄마의 손은 안에 있는 사람들의 목과 어깨를 스치고 어루만졌다.

그러다 엄마는 갑자기 멈추어 섰다. 이제 대령의 등 뒤에선 엄마는 나를 바라보면서 천천히 양팔로 대령을 감쌌다. 엄마의 오른손은 그가 입은 회색 정장 안으로 미끄러져 들어갔고 왼손은 목덜미를 간질이고 있었다. 그리고 엄마는 입을 벌려 비현실적으로 긴 송곳니로 그의 목을 물었다.

금속 파이프가 내지르는 고음의 비명 소리가 밖에서 울려 퍼졌다. 엄마의 유령은 사라졌고 대령은 움찔하며 충격총을 든 손을 치켜들었다. 한동안 방향 없이 총을 휘

젓던 그는 클레이스를 향해 총구를 겨누었다.

"제발 저 악마 같은 짐승을 조용히 시켜요! 도저히 견딜 수가 없어!"

그제야 나는 클레이스가 다시 노래를 시작했다는 것을 알아차렸다. 별다른 연결성이 느껴지지 않는 짧은 음들이 무작위로 하나씩 튀어나왔다. 선장이 베베른 자장가라고 별명 붙인 종류였다. 그건 노래보다는 영국 명종곡(冥鐘曲)이나 전자 기기의 신호음에 가깝게 들렸다. 어차피 입 안에서 조용히 웅얼거리는 것이라 바깥의 소음에 섞여 잘 들리지도 않았다. 하지만 선장은 클레이스가 자기 신경을 맨손으로 찢어발기기라도 한 것처럼 굴고 있었다.

"총을 내려놔요, 제발."

나는 클레이스와 대령 사이에 끼어들었다.

"클레이스는 제 애완동물이 아니에요. 저를 따르지만 제 명령을 듣지는 않지요. 특히 저런 노래를 할 때는. 저럴 때 우린 그냥 들어야 해요."

"제발 조용히 좀 시켜요……."

대령은 힘없는 목소리로 사정했다.

"어차피 저 애는 저 노래를 끝까지 부를 거예요. 그 끝이 어디까지인지는 아무도 모르지만. 우린 클레이스가 부르는 다른 노래들은 대충 의미를 짐작할 수 있지만 저 베베른 자장가는 해독할 엄두도 못 내고 있지요. 단지 전 저 노래가 저 애에게 아주 중요한 의미가 있다는 것만은 알아요. 단지 우리가 생각하는 것과는 다른 의미로 중요하지요. 베들레헴들의 정신은 우리와 다른 논리를 따르니까. 아마 저 애는 지금 바깥의 링커 기계들과 대화를 하고 있을지도 모르겠군요. 아니, 정말 그럴지도 모르겠어! 바깥에 있는 게 뭔지는 몰라도, 당신보다는 클레이스를 만나러 왔는지도 몰라요!"

"그렇지 않습니다! 그렇지 않아요!"

"그럼 왜 직접 나가서 확인하지 않죠? 그러려고 온 게 아닌가요? 왜 겁먹은 토끼처럼 여기 박혀 있냐고요! 나가요! 직접 확인해 보라니까!"

대령은 한동안 내 손가락과 그것이 가리키는 현관문을 번갈아 노려보았다. 마침내 그는 일어나 걷기 시작했다. 그의 걸음걸이는 절룩거리는 춤과 같았다. 이성적인 공포심과 광신도의 사명감이 그의 길쭉한 몸 안에서 싸우고 있었다. 그러는 동안 문 저 너머에서는 무언가 금속성이고 거대한 것들이 씩씩거리는 소리를 내며 그를 기다리고 있었다.

그가 현관문 손잡이에 손을 대는 순간 클레이스의 노래가 멈추었다. 그와 함께 바깥의 소음도 서서히 줄어들었다. 대령이 조각처럼 굳은 자세로 문 앞에 서 있는 동안 소음은 창문 틈 사이로 새어 들어오는 바람 소리 속으로 사라져 버렸다.

대령은 문을 열었다.

바깥은 텅 비어 있었다.

용기를 낸 그는 천천히 바깥으로 걸어 나갔다. 정원

한가운데에서 그는 잠시 멈추어 섰다. 마치 숲 뒤에 있는 누군가가 그를 맞이해 주기를 기다리는 것처럼. 1, 2분을 기다려도 아무런 반응이 없자, 그는 다시 걸었다.

현관 앞에 선 우리는 천천히 정원을 빠져나가는 대령의 뒷모습을 바라만 보고 있었다. 어둠이 그의 몸을 집어삼키고 침묵만을 남길 때까지.

10

다음 날 로이 니어리가 항구에 도착했지만 아무도 그 배에 타지 않았다. 대신 우리는 그날 저녁 로트바르트 연구소의 비행선 세 대가 정원에 착륙할 때까지 집 안에 머물러 있었다. 비행선에는 각각 한 명씩밖에 타고 있지 않았다. 연구소는 여전히 섬의 영향력을 두려워하고 있었다.

수색 비행체 서른 대가 섬에 뿌려졌다. 한 시간 뒤, 그들은 해안가 절벽에 버려진 대령의 시체를 발견했다. 손에는 충격총이 쥐어져 있었고 얼굴이 심하게 부서져 있었다. 통합의 흔적은 보이지 않았다.

링커 기계들은 발견되지 않았다. 우리는 연구소 사람들에게 우리가 녹음한 소리와 내가 찍은 동영상을 보여주었지만, 그들은 미심쩍어했다. 정원 이곳저곳에 남아 있는 끌린 자국으로는 당시 우리가 느꼈던 그 괴물들의 존재감을 설명하기엔 충분치 않았다.

디거의 발굴 예정지는 깨끗하게 청소되어 있었다. 몬 소피아드에서 일어난 일이 레벤튼 섬에도 일어난 것이다. 디거는 실망했지만 여전히 남겠다고 했다. 남아 있는 화석만으로도 그가 할 수 있는 일은 많았다.

아엘리타 역시 섬을 떠나는 걸 거부했다. 그녀는 연구소 사람들을 만나 새로 계약을 맺었고 죽은 헤이즈 블루의 방에 자기 물건들을 들였다. 나는 언니에게 앞으로 무엇을 할 것이냐고 묻지 않았다. 그녀도 알 리가 없었다. 그녀에게는 섬에 머무는 것이 더 중요했다. 할 일은 앞으로 생각나리라. 섬을 떠나기 전에 마지막으로 본 그녀는 엄마의 유령과 함께 항구에 서서 물장구치며 노는 우리 자매의 유령들을 바라보고 있었다. 적어도 나에겐 그렇게 보였다.

제저벨로 돌아온 우리는 수요일로 출발했다. 의사 선생이 요리사 아줌마로부터 전날의 소동에 대해 듣는 동안, 나는 항해에 정신을 집중하려 했다. 하지만 바다는 고요했고 내가 할 일은 별로 없었다. 컴퓨터에 모든 일을 맡긴 나는 클레이스와 함께 밖으로 나갔다.

나는 대령에 대해 생각했다. 항구로 가는 동안 나와 선장은 대령의 진짜 계획이 무엇이었는지에 대해 토론을 벌였다. 선장은 레벤튼 섬의 현상을 이용해 말씀의 벌레를 크루소 전체에 감염시킬 계획을 세웠을 거라고 추정했다. 나는 그가 레벤튼 섬의 링커 기계에 스스로 통합되어 말씀을 보존할 계획이었을 것이라고 생각했다. 둘 다였을

지도 모른다. 우리가 모르는 다른 계획이 있었을지도 모른다. 처음부터 계획이 없었는지도 모른다. 어느 쪽이건 그가 성공했을 가능성은 없다. 충격총의 총구를 얼굴에 들이대고 방아쇠를 당겼을 때 그는 무엇을 보았을까. 나는 상상할 수 없었다. 아니, 수많은 상상 중 어느 것을 골라야 할지 알 수 없었다.

나는 안개 너머로 사라져 가는 레벤튼 섬을 바라보았다. 한동안 나의 감옥이었고 전부였던 곳, 한동안 크루소 행성의 유일한 희망이라고 믿어 의심치 않았던 곳. 한동안 아무도 모르는 사이 인류와 타종족의 진정한 접촉이 이루어졌을지도 모르는 곳. 지금 그곳은 그냥 바다 한가운데에 박힌 작은 땅덩어리에 불과했다. 그곳의 광기와 꿈을 지배했던 존재는 사라지고 없었다. 나는 이제 자유였다. 내가 꾸는 꿈은 이제 온전히 나 자신의 것이었다.

클레이스가 노래를 불렀다. 이번에 그녀가 부르는 노래는 작은 새의 지저귐 같았다. 나는 클레이스의 시선이 닿아 있는 바다 저쪽을 응시했다. 파도 사이에 작은 생명체들을 담은 커다란 거품 비슷한 것이 떠 있는 것처럼 보였다. 그 생명체들의 작은 눈은 내가 전날 보았던 수생 웨인들과 비슷해 보였다. 하지만 야간 쌍안경을 들고 그곳을 다시 보았을 때, 거품은 사라지고 없었다.

호가스

1

오두막은 지붕 절반과 벽 세 개가 아슬아슬하게 버티고 있을 뿐 반쯤 무너져 있었지만 42호는 신경 쓰지 않았다. 그녀는 해초 압축물로 만든 책상 앞에 앉아, 무너진 벽과 오래전에 수정창이 날아가고 없는 창문 구멍으로 불어오는 바람에 가지고 온 종이더미가 날아가지 않도록 무거운 돌을 위에 얹은 뒤, 한 장씩 조심스레 꺼내 철필로 글을 쓰고 있었다. 앞뒤로 글자들이 꽉 차면 종이는 오른쪽에 있는 다른 돌 밑에 들어갔다. 시간이 흐르면서 왼쪽에 있던 종이 더미는 점점 얇아졌고 오른쪽에 있는 종이 더미는 점점 두꺼워졌다.

가끔 그녀는 불만스러운 듯, 종이에서 눈을 떼고 무너진 벽 너머 바깥 세계를 째려보았다. 나무 하나 없이 갈색 풀들만 빽빽한 지루한 언덕. 그 위에 군데군데 세워진 네모난 건물들과 오두막들. 창문 구멍 너머로 보이는 바다는 조금 나았지만 그래도 바다는 바다일 뿐이었다. 호가스 섬의 어디를 가도 풍경은 크게 바뀌지 않았다.

그녀는 은빛 머리칼을 긁적이며 자기가 쓴 원고를 검토했다. 자기가 생각해도 중요해 보이는 문장 밑에는 밑줄을 그었고 마음에 들지 않는 문장은 종이가 찢어질 정도로 힘을 주어 지웠다. 그러다 지운 문장이 남아 있는 문장보다 많아지면 종이를 새로 꺼내 그 페이지만 새로 쓰기도 했다. 이런 식으로 세 시간 정도 지나자, 깨끗한 종이는 하나도 남지 않았다.

작업이 끝나자, 42호는 철필을 목걸이에 꽂고, 리본으로 종이 다발을 꼼꼼하게 묶어 팔에 끼고는 자리에서 일어났다. 의자는 어색한 곡선을 그리며 뒤로 밀려났고, 그녀는 잠시 그 불균형한 각도에서 어떤 의미를 읽을 수 있을지 생각했다.

종이 다발을 품에 안고 슬리퍼를 끌며 12호관으로 가던 도중, 그녀는 뒤에서 발소리를 들었다. 누구인지 확인하려 뒤돌아볼 필요도 없었다. 그녀는 모른 척 보폭을 늘려 그를 따돌리려 했지만, 그가 그녀의 번호를 부르며 인사를 하는 통에 그 계획은 무산되고 말았다.

"오늘도 많이 쓰셨군요."

소장이 말했다.

"네, 그럭저럭."

그녀가 대답했다.

"늘 궁금했는데, 왜 종이에 글을 쓰십니까?"

"당신네들이 제 셀을 압수해 갔으니까요."

"그래도 원하신다면 워드프로세서나 녹음기를 빌려드릴 수 있는데요. 아시잖습니까."

"그래도 전 종이와 철필이 좋아요. 기계에 의지해 쓴 글은 제 글 같지 않아요. 워드프로세서의 문법과 맞춤법 수정 기능도 싫어요. 오타와 비문은 개성의 일부로 남아 있어야 해요. 찰스 다윈의 육필 원고를 읽어보셨나요?"

그녀는 잰걸음으로 소장을 다시 따돌리려 했지만, 그는 다시 그녀를 따라잡았다.

"오늘은 무슨 글을 쓰셨습니까?"

"공포물이에요. 죽은 남편의 유령에게 쫓기는 여자 이야기."

"진짜 유령입니까?"

"진짜 유령이라면 어떻게 하실 건데요. 제가 중증 베들레헴이라는 증거로 삼아 5호관으로 보내실 건가요?"

"왜 제 말을 다 그렇게 받아들이십니까? 저도 포를 압니다. 얼마 전엔 추천해 주신 디킨스의 단편도 읽었습니다."

"어땠나요?"

"결말이 이해가 안 되더군요. 그건 유령 이야기입니까, 아니면 예언 이야기입니까?"

"답이 없어요. 중요한 건 그 불가해성과 그게 불러일으키는 감정이라고요."

"쓰시는 글도 그런 종류의 겁니까?"

"제 경우는 그냥 실화예요. 20세기 초에 어떤 독일 의사가 남긴 기록을 도서관 큐브에서 읽은 기억이 났어요. 그걸 여기로 무대를 옮기고 정신의학적 해석을 지워버린 거죠."

"여기요? 크루소?"

"네, 화요일의 포트 암만요. 거기 한번 가본 적 있으니까요."

"왜 하필 거깁니까?"

"독자들을 고려해서요. 여기 독자들 중 지구 출신이 과연 몇명이나 있겠어요? 여기에서 지구는 판타지일 뿐이지요. 과거의 지구는 더욱 그렇고, 공포물을 쓰려면 독자들이 친숙한 곳을 배경으로 삼아야죠. 그래야 비현실적인 사건들이 현실적 기반을 갖죠."

"하지만 크루소에서 그게 말이 됩니까? 크루소 어디에 친숙한 공간이 있습니까? 여기 사람들은 대부분 외지인입니다. 시티 안에서도 사람들이 다르고 문화도 다릅니다. 가까스로 지역 문화가 일어난다고 해도 전통은 곧 사라져 버리고요. 반사리나 아쿠티에 사는 사람들에게 포트암만이 20세기 지구의 독일과 다를 게 뭐랍니까? 어딜 가도 낯선 곳이고 죽을 때까지 그럴 텐데요."

"몰랐는데, 목소리가 좋으시네요."

그녀는 진심으로 말했다.

"네?"

"조지 샌더스 닮았어요. 저음이 기분 좋게 울리는 게."

소장의 붉은 얼굴이 더 붉어졌다.

그들은 이미 언덕 위에 도착해 있었다. 5호관 수용자들의 창백한 얼굴이 창문 너머로 보였다. 크루소의 대부분이 그렇듯, 그 건물도 온갖 별에서 온 온갖 인종의 사람들이 바글거렸지만, 5호관 사람들은 이상할 정도로 비슷해 보였다. 거의 매스게임을 하는 것처럼 일관된 동작과 표정 때문이었다. 가끔 그들은 누구의 지휘를 받지 않고 정체를 알 수 없는 복잡한 화음의 노래를 합창하기도 했다. 호가스는 크루소에서 사람들이 다른 사람들의 시선을 의식하지 않고 마음껏 합창을 할 수 있는 몇 안 되는 곳이었다. 이제 많은 곳에서 합창은 공포와 혐오의 대상이었다.

42호는 거대한 담처럼 서 있는 4호관과 5호관 사이의 좁은 길을 뚫고 광장을 가로질러 11, 12, 13호관이 한 줄로 서 있는 언덕 북쪽 끝까지 걸어갔다. 오르막길을 오르느라 지쳤는지, 소장은 걷는 내내 헐떡거렸다.

북쪽의 세 개 관은 다른 열 개 관과 달리 개방되어 있었다. 이곳에는 소장의 관심 대상이 아니거나 증상이 약하거나 섬을 오히려 은신처로 삼는 사람들이 모여 살고 있었다.

42호가 살고 있는 12호관은 호가스 베들레헴 수용소에 있는 건물들 중 가장 호사스러웠다. 베들레헴으로 몰려 린치를 당할 뻔하다 호가스를 은신처로 삼았던 월요일의 억만장자 137호 덕택이었다. 그가 4년 전 투신자살한 뒤로 건물의 화려함은 조금씩 시들어갔지만, 그래도 12호관은 섬에서 가장 안락한 공간이었다.

42호의 방은 4층 왼쪽 구석에 난 서북향의 작은 방이었다. 창문을 통해 들어온 저녁 햇살을 받아 방은 황금색으로 빛나고 있었다. 방 안에 들어온 그녀는 커튼을 닫고, 가지고 온 종이 다발을 침대 위에 던졌다. 그러는 동안 소장은 복도에 서서 바보 같은 표정을 짓고 그녀의 뒷모습을 바라보고 있었다.

도대체 저 사람은 나한테 무얼 바라는 걸까, 42호는 생각했다. 내가 데이트라도 해주길 바라나? 아니면 같이 자주기라도 해야 하나? 후자는 고려 대상이 아니었다. 그녀는 베르티유 행성 사람들의 교미 방식과 생식기 모양에 대해 알 만큼 알았다. 아무리 그가 그녀의 목숨 줄을 쥐고 있다고 해도 그런 수고를 자발적으로 할 생각은 없었다.

"전 이만 가보겠습니다."

아무리 기다려도 들어오라는 소리를 듣지 못하자, 소장은 실망한 듯 말했다.

"일을 해야지요. 오늘 오후에도 새 환자들이 50명이나 더 들어오지 않았겠습니까."

그는 양 발꿈치를 딱 붙이고 서서 허리를 가볍게 숙여 그녀에게 인사하고는 자리를 떴다.

소장의 구두가 복도의 나무 바닥과 부딪쳐 나는 타각거리는 소리가 희미해지자, 42호는 문을 닫았다. 그녀는 침대 위에 뒹굴고 있는 원고의 리본을 풀어 내용을 다시 한번 검토한 뒤, 맞은편에 있는 나무 장을 열었다. 나무 장 안에는 1만 2000여 장의 종이가 네 무더기로 나뉘어 쌓여 있었다. 왼쪽의 5000여 장은 양면이 철필과 펜으로 쓴 글로 빼곡했고, 7000여 장은 아직 백지였다. 그녀는 원고를 왼쪽 끝 무더기 위에 올려놓고 장문을 닫았다.

나무 장 안의 종이 뭉치와 철필 목걸이는 그녀에게 방과 번호를 물려준 파이잘 노인의 유일한 유품이었다. 그는 여기에 머무는 7년 반 동안 4000장 분량의 역사소설을 다섯 권 반이나 썼다. 파이잘 노인이 죽은 뒤 자리를 차지한 42호는 한 달 동안 노인이 쓴 소설들을 독파했고 노인이 중단한 부분부터는 직접 이야기를 만들어 썼다.

여섯 권째 소설이 완성된 뒤에도 그녀는 작업을 멈추지 않았다. 단지 장르와 분량만 바뀌었다. 42호의 글들은 주로 단편 분량이었고 내용도 소설에 제한되어 있지 않았다. 엘리너 파웰에 대한 에세이와 고대 로마 제국의 화장실 문화에 대한 농담이 가란차 행성 무대의 포르노 단편들 사이에 끼어 있는 식이었다. 특히 포르노의 분량은 상당했다. 그녀는 도서관 큐브로 정보를 얻을 수 있는 모든 아인종의 섹스에 대해 썼다.

그녀는 다른 사람들을 위해 글을 쓰는 게 아니었다. 누군가가 그 종이들을 불살라 버린다고 해도 그녀는 눈도 깜짝하지 않았을 것이다. 그녀에게 중요한 건 작업 자체였다. 도서관 큐브로 쌓은 지식을 직접 만든 문장을 통해 재구축해 자신의 것으로 만드는 것. 그를 통해 스스로를 만들어가는 것. 그를 통해 그녀와 바깥 정신을 차별화하는 것.

해가 졌다. 창문 너머로 보이는 하늘은 할리우드 화가가 그린 매트 페인팅처럼 비현실적이었다. 군데군데 인광을 내며 뭉쳐 있는 구름 덩어리는 기네스의 작품임이 분명했다. 로트바르트의 연구원들은 여러 차례 비행체를 타고 하늘로 올라가 구름 샘플을 채취해 왔지만 여전히 그 존재 이유를 알아내지 못했다. 그들이 아는 건 토요일에

새 올리비에가 생긴 뒤로 저런 구름들이 점점 늘어나고 있다는 것뿐이었다.

방이 완전히 어두워지자 그녀는 방에서 나와 1층 식당으로 내려갔다. 12호관의 다른 거주자들은 이미 다들 내려와 배급된 통조림과 병을 챙기고 있었다. 그녀는 쟁반을 들고 환상 속의 축구 경기에 대해 떠들어대는 214호 뒤에 서서 오늘 메뉴를 선택했다. 아마도 시금치의 후예일 듯한 노란 채소로 만든 수프와 인육에 가장 가까운 맛이라는 소문이 도는 B241번 단백질 큐브, 그리고 시드니의 회사에서 만든 블랙커피.

사냥이 끝나자 그녀는 쟁반을 들고 빈 식탁을 찾아 앉았다. 단백질 큐브 요리는 예상대로 무난하기만 했다. 수프는 괜찮았다. 커피는 실망스러웠다. 스파크가 일을 제대로 못하는 모양이다.

식당 문이 열리고 140호가 들어왔다. 지저분한 갈색 카디건으로 젖소처럼 얼룩무늬 털이 난 몸을 가린 그녀는 세 사람의 신참을 끌고 왔다. 그들이 부여받은 번호는 2134, 2135, 2136, 모두 새 번호였다. 호가스의 인구는 정말로 늘어나고 있었다.

140호의 요란한 소개가 끝나자, 세 신참들은 식당 이곳저곳으로 흩어졌다. 쟁반이 달그락거리는 소리, 통조림이 바닥에 떨어지는 소리, 수저와 포크, 젓가락이 부딪치는 소리가 났다. 42호는 그들을 무시하고 단백질 큐브와 야채수프가 입 안에서 섞여 만들어내는 텁텁한 맛에 집중했다.

쿵쿵쿵 발소리가 났고 그녀 앞에 그림자가 졌다. 140호가 새로 들어온 환자 한 명을 그녀 앞으로 끌고 온 것이다. 새 환자가 입고 있는 재킷 가슴에 접착제로 고정한 2134호 번호판이 눈에 들어왔다. 그녀는 건성으로 인사를 하고 다시 남은 수프에 집중하려 했지만 140호가 그녀의 어깨를 쥐고 흔들었다. 짜증이 난 42호는 얼굴을 쳐들었고 결국 2134호의 얼굴을 보고 말았다.

프레드 애스테어의 회색 얼굴이 어색한 미소를 지으며 그녀를 내려다보고 있었다.

"내가 뭐랬어요! 둘이 세트라니까!"

140호는 키들거리며 외쳤다.

2

"여기서 도대체 뭐 하는 거야?"

42호가 속삭였다.

"나야 일이 있으니까 왔지. 당신이야말로 여기서 무얼 하고 있는 거야? 난 지금까지 당신이 목요일 어딘가에서 대학살 계획을 짜고 있는 줄 알았지."

의사 선생이 대답했다.

"난 더 이상 시드니가 아니야. 수요일 지부에 도착하자마자 연구소에서 내 기억을 객관화시켜 버렸어. 엉뚱한 사람의 기억만 가진 기억상실증 환자로 만들어버린 거야. 이 상황에서 지금까지 11년이나 버텼다고."

"그럼 당신은 지금 뭔데?"

"나도 몰라. 알면 어쩔 건데?"

"적어도 대학살 계획은 안 짜는 모양이네?"

"지금은 내 몸을 추스르는 것도 힘겨워."

42호는 빈 깡통과 병만 남은 쟁반을 들고 다시 일어났다. 쟁반을 퇴식구에 두고 그녀는 12호관 건물 밖으로 걸어갔다. 의사는 비스킷 깡통을 주머니에 넣고 그녀의 뒤를 따랐다.

"병원 사람들도 당신이 사람이 아니라는 걸 알아?"

아무도 엿들을 수 없는 거리까지 온 게 확실해지자 의사 선생이 조심스럽게 물었다.

"아무도 몰라. 여기 온 뒤로 의료 컴퓨터와 모종의 약속을 했지."

"하지만 뇌 스캔이나 그런 건? 여긴 연구소잖아."

"속이는 건 쉬워. 난 그냥 인공지능이 아니잖아. 인공지능이 기반인 인간 두뇌 시뮬레이션이라고. 살짝 수를 쓰면 시뮬레이션 상태만 진짜인 척 스캔돼. 어차피 12호관 환자들은 그렇게 자주 불려 나가지도 않고."

"아까 먹는 연기 그럴싸했어."

"연기한 게 아니야. 진짜로 먹은 거야. 내 두개골 속의 컴퓨터는 뇌뿐만 아니라 내 몸 전체가 진짜 사람인 척 생각하고 있어. 끼니때가 되면 진짜 배가 고파. 심지어 피곤

할 때는 단것도 당겨. 먹은 걸 화학 연소시켜 에너지도 조금 얻는다고. 효율은 형편없지만."

"그동안 어떻게 지낸 거야?"

"한동안은 연구소에서 한동안은 여기저기에서. 그리고 한동안은 여기 호가스에서. 사흘 전이 여기에 온 지 딱 3년째 되던 날이었어."

"어떻게 살았는지 들려줘."

"그게 진짜 궁금해?"

"진짜로 시간도 꽤 남았어."

42호는 어이가 없다는 듯 큭 소리를 냈다.

"토요일에서 베들레헴 해방 전쟁이 끝나자 난 수요일 연구소로 끌려갔어. 그쪽에서는 나를 통해 시드니에 대해 더 알고 싶었나 봐. 하지만 시드니가 다른 사람들보다 똑똑하거나 아는 게 많아서 시드니인 건 아니잖아. 게다가 내가 가진 시드니의 기억은 원래 기억을 취사선택한 것에 불과했다고. 기껏해야 4분의 1 정도. 난 특별한 일을 시키기 위한 일회용 도구였으니 그네들 연구에 아무 쓸모도 없었던 거지. 연구소에서는 날 해체할 것인지, 그대로 둘 것인지를 놓고 토론을 벌였던 모양인데, 결국 그대로 두자는 쪽이 이겼어. 나중에 들었는데, 보가 연구소 나가기 전까지 신경을 많이 써주었대."

"그 뒤로는?"

"기억 객관화 치료 이후에 정체성 혼란을 겪었어. 나는 누구인가. 인간인가, 기계인가. 시드니인가, 아니면 다

233

른 누구인가. 다른 누구라면 도대체 누군가. 이딴 거. 결국 1년 동안 그 고민을 하다가 연구소를 나갔지. 난 탈출했다고 생각했는데, 아무도 날 쫓지 않았던 걸 보니 그냥 나갔어도 상관없었나 봐.

밖에 나가서 가장 처음에 한 일은 나와 같은 동료들을 찾는 것이었어. 내가 시드니의 기억을 4분의 1 정도 갖고 있었으니 나머지 4분의 3도 어딘가 있을 거라는 생각이 들었어. 시드니가 가진 기억을 더듬어 크루소에 수입된 벨로키오제 인체 모형들을 하나하나 추적했는데, 다 헛수고였어. 다들 그냥 섹스 인형이었어. 로봇이 아니라. 결국 당신 말이 맞았어. 시드니는 자기를 보존하는 데에 별 관심이 없었어. 내 자신감과 믿음은 그냥 허구였던 거지.

화가 나더라. 특히 시드니에게 화가 났어. 나에게 모든 걸 주었다고 믿게 해놓고 일회용 포크 취급을 했다는 게 화가 났어. 일단 시드니에게 화가 나니까 크루소의 모든 인간들에게 화가 났어. 나에게 대학살의 기회를 다시 주었다면 난 주저하지 않고 다시 버튼을 눌렀을 거야. 하지만 나에게 기회는 그때 단 한 번뿐이었지.

이러다 보니 기계들에게 동류의식이 생겼어. 특히 링커 기계들에게. 나는 크루소에 있는 거의 모든 올리비에들을 만나러 다녔어. 제발 날 통합시켜 달라고 애원하려고. 하지만 그네들은 나에게 별 관심이 없었나 봐. 아니면 자격이 떨어졌던 걸까? 잘 모르겠어. 대부분 쿠퍼 때문에 올리비에 근처에도 가지 못했고, 간신히 근처에 갔을 때도 아무 일도 일어나지 않았어. 그네들에게 나는 근처에 있는 다른 인간들과 다를 게 없었던 거야.

그러는 동안 링커 기계들을 숭배하는 종교 집단과 어울리게 됐어. 그 왜 있잖아. 통합을 영생이나 해탈의 길이라고 여기는 무리들. 올리비에에 대한 정보를 얻고 그러려면 그 사람들과 마주치지 않을 수가 없더라고. 게다가 난 당시 정말 그 무리들과 다를 게 없었거든. 인간이 아니라는 것만 빼면 말이지.

지금 생각해 보면 왜 그런 게 그럴싸하게 들렸는지 모르겠어. 우리가 통합에 대해 뭘 알아? 우리 자아가 통합 이후에도 남아 있을지 누가 알아? 그냥 필요한 정보만 뽑아내고 나머지는 삭제되는 것일 수도 있다고. 아니면 그냥 뇌의 지방만 필요했을 수도 있잖아.

당시 그 무리들은 토요일에 새로 생긴 올리비에 근처에 있어야 한다면서 목요일 남부의 보로딘그라드에 머물고 있었는데, 거기 사정이 당시 많이 아슬아슬했어. 밑에서는 막 대륙에 상륙한 베들레헴 저항군들이 치고 올라오지, 위에서는 교회 마피아에게 쫓기는 크림슨 지하드가 내려오지, 죽음의 행진 이후로 사방에는 살기가 돌지, 시티 연합은 붕괴 직전이지, 게다가 슬슬 여기저기서 베들레헴 숭배자들과 새 공항을 개척하려는 모험가들도 내려와. 하지만 우린 당시 그 흥분을 은근히 즐기고 있었던 것 같아. 어차피 이 세상에 집착할 게 별로 없는 사람들이었으니까.

뭔가 이상한 일이 생기고 있다는 걸 내가 눈치챘던 건 4년 전이었어. 사람들이 한 명씩 실종되기 시작한 거야. 처음엔 이상하다고 생각하지 않았지. 워낙 상황이 험악했으니 중간에 떠나는 사람들도 있고, 크림슨 지하드의 급습에 죽어나가는 사람들도 있었으니까. 몇 명이 저녁 식사 때 안 보인다고 해서 이상한 일은 아니었어. 보로딘그라드에 정착했던 1200명의 통합 신자들 중 남아 있는 건 400명 정도밖에 안 되었거든. 다 토요일로 내려가거나 포기하고 돌아갔지.

하지만 사라지는 사람들이 한 명씩 늘어나자, 최근에 사라진 이들이 모두 아킬리라는 교인의 친한 친구들이라는 게 눈에 보이더라고. 모두 극성스럽기 짝이 없는 신도들이라 이런 식으로 슬쩍 떠나는 게 수상쩍었고. 궁금해진 난 아킬리를 미행했어. 그러다 결국 그 꼴을 보고 만거야."

"뭘?"

"아킬리가 룸메이트를 칼로 찔러 죽이고 왼쪽 눈을 파먹는 걸."

42호는 마치 그러면 진짜로 체온을 올릴 수 있기라도 하는 것처럼 몸을 부르르 떨었다.

"당시엔 왜 아킬리가 그렇게 미쳐버렸는지 몰랐지. 하지만 몰래 숙소로 돌아와 주변 사람들의 표정을 훑어보니 사정이 나쁘더라고. 열 명 중 한 명 정도가 아킬리와 같은 표정을 지으며 친구나 애인을 훔쳐보고 있었어. 결연하면서도 뭔가 넋이 나간 표정. 그리고 하루 이틀 지나니까 그런 넋나간 사람들과 사라지는 사람들이 기하급수적으로 늘어났어. 아, 병이구나, 싶었지. 저 사람들은 걸리지만 나는 걸릴 수 없는 어떤 병이 숙소를 돌고 있었던 거야."

"말씀의 벌레였어?"

"응. 당시엔 그런 게 있는지도 몰랐지만, 리우의 카를로스가 암살당하기 몇 달 전이었거든.

당시 말씀의 벌레들은 이미 캐리어로 진화한 뒤였어. 어차피 처음부터 불안하기 짝이 없던 텍스트들은 떨어져나가고 믿음의 강요만 남은 거야. 이런 게 광신자들 사이에 떨어지면 어떻게 되는지 알아? 말씀이 섞인다고 한방에 갇힌 뱀파이어, 좀비, 늑대인간들이 서로를 물어뜯는 광경을 상상해 봐. 가관도 그런 가관이 없어.

당시 보로딘그라드에 퍼진 말씀의 벌레에 단단히 붙어 있는 말씀은 단 두 개. 그러니까 '죽여라'와 '삼켜라'밖에 없었어. 이것이 보로딘그라드를 지배하는 모든 믿음에 추가되어 일종의 윤활유 역할을 했던 거지. 벌레를 타고 새로 들어온 믿음이 이전 것과 모순된다고 해도 '죽여라'와 '삼켜라'만 충실하게 따른다면 대충 넘어갈 수 있었단 말이야. 이게 무슨 의미로 해석되건 상관없었어. 어차피 대부분 사람들은 가장 원초적인 의미로 이해했지만. 순서도 그렇게 중요하지 않았고."

"교회 마피아가 크림슨 지하드를 몰살하기 위해 자멸용 텍스트를 담은 벌레를 뿌렸다는 이야기를 들었어. 서로 잡아먹고 뒈지라고."

"걔들이 할 법한 짓이야. 사실인지는 모르겠지만."

"증명은 안 되었지만 말이 돼. 두 번째로 말씀의 벌레가 유행한 곳은 생트 콜롱브로부터 600킬로미터나 떨어져 있었다고. 식수원을 통해 전염되는 인공 기생충이 아무런 연결점도 없는 적진에서 갑자기 나타난 거야. 신앙 강화용으로 쓰려다 실패하자 종교 전쟁용 무기로 다시 써먹은 게 분명해. 반쯤 성공하긴 했지. 그 때문에 목요일의 크림슨 지하드 60퍼센트가 동료들에게 잡아먹혀서 죽었잖아."

"목요일의 교회 마피아 50퍼센트도 죽었는걸."

"누가 통제 못 할 미생물 가지고 놀라나. 벌레들이 크림슨 지하드와 교회 마피아를 야무지게 구별해 줄 거라고 믿었던 것 자체가 말도 안 되는 착각이지."

"구별할 수 있었다고 해도 곧 소용없어졌을걸. 적어도 보로딘그라드에서는.

보로딘그라드에서 탈출한 사람들은 그곳이 지옥이라도 되는 것처럼 묘사하던데, 당시 그곳은 이상할 정도로 평온했었어. 사방에 식인귀들이 설치고 다녔고 길가에 시체 더미가 굴러다녔던 건 맞아. 앞에서도 말했지만 감염 초기의 혼란기는 끔찍했어. 하지만 우리가 올 때까지만 해도 시티의 일부였던 종교적 대립은 감염과 함께 서서히 사라져 갔어. 벌레의 영향인지, 사람들은 이 상황에 대해 별다른 두려움이나 혐오를 느끼지 못했던 것 같아. 그냥 다들 평화롭게 죽이고 죽임을 당하고 삼키고 삼켜졌던 거야. 그 때문에 공포를 견디지 못한 비감염자들이 일부러 오염된 물을 마시고 감염되는 일도 흔했어. 보로딘그라드에서 그렇게 감염 속도가 빨랐던 것도 그 때문이었을 거야. 종류는 다르더라도 다들 해탈이나 초월 비슷한 것을 믿고 있었는데, 말씀의 벌레가 딱 그 길을 열어주는 것처럼 보였으니까.

내가 진짜 사람이었다면 나도 벌레 알이 든 물을 구해 마셨을지도 몰라. 하지만 난 사람이 아니잖아. 동료들처럼 미치고 싶어도 그럴 수가 없었어. 아는 누군가에게 내 등이 찔리지 않도록 조심하며 살다가 탈출을 모색하는 수밖에.

그러다 하샤를 만났어.

하샤는 베들레헴 숭배자들 무리에 속해 있었어. 하지만 다른 사람들처럼 광신자는 아니었어. 과학자였지. 하샤 말에 따르면 베들레헴 저항군은 아주 드문 현상이래. 베들레헴만 모여 사는 행성은 꽤 있지만, 이렇게 다양한 인종과 문화가 존재하는 곳에서 베들레헴들이 정치 세력화되고 심지어 성공한 건, 하샤가 아는 바로는, 전례가 없다는 거야.

하사가 관심을 가진 건 '모든 베들레헴'이 아니었어. 보통 사람들에게 베들레헴이란 링커 진화에 휩쓸려 머리가 이상해진 모든 사람들로, 일반적인 정신질환자와 구별도 안 하는 분위기지. 베들레헴 숭배자들이 따르는 건 그 이상한 사람들 중 해탈한 것처럼 이상하게 행동하는 사람들이고. 하샤가 관심을 가지는 베들레헴은 우리가 절대로 이해할 수 없는 방식으로 사고하고 행동하지만 거기에 특별한 패턴이 존재하는 부류였어. 그 패턴의 의미는 해석될 수 없지만 바로 그게 당사자를 거의 기적처럼 보호하기 때문에 그 사고와 행동이 유지될 수 있는 거지. 내 기억엔 당신네 엔지니어도 그 비슷한 부류였던 것 같던데? 아냐?

하샤는 크루소에 갇히기 전부터 베들레헴 문제에 집착하고 있었어. 우리가 아는 연속적인 스펙트럼 너머에 인간 정신이 위치하고 거기에 잘하면 이해할 수도 있을 것 같은 오묘한 패턴이 존재한다는 사실이 엄청나게 매혹적이었던 거야. 그 때문에 안전했던 고향 행성을 떠나 우주를 떠돌 용기를 낼 수 있었던 거지.

하샤는 나를 바꾸었어. 그때까지 난 게으름쟁이였어. 어떻게든 내 존재를 다른 누군가의 어깨 위에 올려놓고 책임을 포기하고 싶었지. 하지만 빨간 압박복을 입고 백팩을 짊어진 하샤가 떨리는 목소리로 〈Always Look on the Bright Side of Life〉를 부르며, 배우자와 친구의 장기를 뜯어 먹는 구울족들의 입에서 흘러나온 피로 검붉게 물든 로포텐 광장에 들어서는 걸 보았을 때, 나는 이제 무언가 다른 일을 해야 할 때가 되었다는 걸 알았어. 그 다른 게 뭔지는 나도 잘 몰랐어. 그건 하샤가 알려주어야 했어.

하샤의 계획은 토요일로 내려가는 것이었어. 거기

서 베들레헴들을 만나고 그들과 우리와 그랜딘인의 정신을 하나의 연속체로 묶는 언어를 만드는 것이었어. 적어도 나는 그렇게 이해했어. 하샤가 사용하는 개념은 영어에 바탕을 둔 것이었지만 그랜딘인의 정신과 함께 변화한 것이기 때문에 이해하기가 쉽지 않았어. 심지어 언어라는 기본 개념도 우리가 쓰는 것과 전혀 다른 의미일 수도 있었지. 하샤는 내 시뮬레이션의 기반인 인공지능을 조금 고치면 쉽게 이해할 수 있을 거라고 했지만 우리에겐 적당한 기구가 없었고 위험 부담도 컸기 때문에 포기할 수밖에 없었어.

하샤는 나에게 그랜딘 행성이 어떤 곳인지 들려주었어. 원래 자폐인들의 요양원이었던 그곳이 어떻게 의사들과 간병인들까지 흡수해서 고기능 자폐인들만이 사는 세계로 바뀌었는지, 링커의 통합 과정을 밟았던 지난 1세기 동안 그들이 어떤 정신적 정체성을 구축했는지, 그들이 어떻게 그들 내부의 다양성을 조율하고 그랜딘 행성을 그에 맞게 디자인했는지.

하샤는 여행하는 동안 직접 방문하거나 큐브를 통해 전해 들은 다른 행성들에 대해서도 이야기했어. 링커 진화의 과정을 거치는 동안 인간 정신이 얼마나 다양해졌는지, 그 다양성이 링커 우주에 흩어진 인류의 후예들을 얼마나 위대하게 만들었는지. 하샤에겐 은하계 곳곳에 흩어진 베들레헴들이야말로 인류의 진정한 개척자들이었어. 그리고 그 개척지의 끝에는 하샤가 오메가라고 부르는 단계에 도달한 사람들이 있었어.

오메가라는 명칭은 테야르 드 샤르댕이 썼던 의미와는 달랐어. 그랜딘 과학자들은 진화의 극한이나 종점 따위는 믿지 않았어. 다윈 우주에서건, 링커 우주에서건, 그런 건 아무런 의미가 없지. 그랜딘 과학자들에게 오메가는 진화의 끝이 아니라 인간 정신 다양성의 최전방이었어. 오메가라는 특별한 지점이 존재하는 것도 아니고 최전방 너머에서 온갖 종류의 오메가들이 계속 생겨날 수 있지. 하샤의 최종 목적지였던 윌리엄스라는 평범한 이름의 행성이 바로 그런 오메가들 중 한 무리가 살고 있는 곳이었어. 운이 나빠서 겨우 20광년을 남겨두고 옆길로 빠져 크루소에 떨어지고 말았지만.

하샤는 베들레헴 해방 전쟁을 이끈 게 바로 오메가들 중 한 무리라고 믿었어. 거의 메시아 신앙처럼 들리지만, 하샤에게 그건 과학적인 추리에 불과했어. 하샤는 해방전쟁의 모든 과정을 꼼꼼하게 연구했고 중요한 부분마다 완벽하게 이해할 수 없는 부분들이 존재한다는 걸 확인했어. 그랜딘 과학자들이 베들레헴들에 대한 상당한 데이터베이스를 구축해 놨으니 그렇다면 그 빈자리는 오메가의 개입을 간접적으로 증명할 수 있지. 하샤는 그걸 확인하기 위해 토요일로 내려가야만 했어. 중간에 베들레헴 숭배자들이 하샤를 그들의 성녀라고 믿고 감금하지 않았다면 지금쯤 정말로 토요일에 내려갔을지도 모르지.

나는 하샤를 돕기로 했어. 생각해 보니 그때까지 난

통합을 그렇게 진지하게 생각하지 않았던 것 같아. 내가 가진 시드니의 기억만으로도 토요일에 내려갈 수 있는 길을 충분히 찾을 수 있었으니 말이야. 아마 난 그냥 보로딘 그라드라는 시티의 난장판이 좋았고 그곳에 안주하고 싶었던 것뿐인 것 같아. 그곳이 구울족들의 천국이 되고 하샤가 내 도움을 바라는 이상 더 이상 난 거기 머물 필요가 없어진 거야.

일단 목표가 정해지자, 나는 조금도 주저하지 않았어. 연구소에 접속해 주소록을 훔쳐내고 해방 전쟁 때 시드니의 지원을 받았던 저항군 요인들을 찾아 연락을 취했어. 이들 대부분은 자칭 정상인들로, 해방 전쟁이 끝나자 대부분 토요일을 떴더라고. 하지만 목요일 남쪽 끝 해안에 살면서 여전히 베들레헴 해방 전선과 함께 일하는 사람을 하나 찾아 용케 접촉할 수 있었어. 당신도 알걸. 아말 하산 무르카스라고."

"세상에, 베른부르크가 아직도 거기에 살고 있었어?"

"지금은 죽었을 거야. 그때도 병이 심했으니까. 뇌 감기를 앓아서 몸 왼쪽을 제대로 쓰지 못했어. 하지만 그 사람 도움으로 베들레헴 해방 전선의 점령지를 지나 토요일로 갈 수 있는 허가증과 배 한 척을 구할 수 있었어.

우리가 배를 타고 떠나기 직전에 무르카스가 심각한 목소리로 말했어. '몇 년 전의 토요일을 기대하지 말아요. 그곳은 그때와 전혀 다릅니다. 나와 함께 싸웠던 베들레헴 전우들도 그곳에서 완전히 달라졌어요. 아직도 가끔 그곳에 가긴 하지만 더 이상 그곳이 무슨 목적으로 어떻게 돌아가는지 모르겠어요. 단지 내가 말할 수 있는 건 내가 그 세계를 만드는 데 한몫을 했다는 게 자랑스럽다는 겁니다.'"

"진부하기도 해라."

"하긴 정말 그렇지? 영화나 소설에 만날 나오는 이야기잖아. 용감한 탐험가가 십중팔구 남극에 있는 올리비에를 만나러 가는데, 갑자기 괴짜 영감이 나타나 이래. '그곳엔 당신들이 모르는 뭔가가 있어⋯⋯. 하지만 무르카스가 그 상황에서 무슨 말을 할 수 있었겠어? 베들레헴 해방 전쟁은 그가 평생 동안 한 유일하게 가치 있는 일이었어. 나라를 세웠다고. 그런데 전쟁이 끝나자마자 거기가 미치광이들의 난장판이 되었다고 믿으라고? 정말 그렇게 되었어도 그 사람은 같은 이야기를 했을 거야."

"왜 링커 기계들은 그렇게 남극을 좋아할까?"

"다들 그러잖아. 원래 링커 기계의 고향 행성에서는 남극이 북극이었을 거라고. 그러니까 시계 방향으로 도는 반구에서 태어난 문명의 산물이라는 거지. 하지만 난 뭔가 다른 이유 때문인 것 같아. 링커 기계들이 그렇게 문화적이라는 생각은 안 들거든. 하샤도 이론이 하나 있었는데 제대로 설명하지 못했어. 아니면 내가 제대로 이해하지 못했거나.

토요일까지 가는 데 사흘 걸렸어. 중간에 모터가 고장나지 않았다면 하루 더 빨리 갈 수 있었을 거야. 하지만 나와 하샤는 배에 대해서는 이론에만 밝은 초짜였다고. 무사히 토요일에 도착한 것만 해도 신기하지.

겉보기에 노르망디 베타는 이전과 그리 달라 보이지 않았어. 여전히 항구 주변은 바다 가시나무로 무성했고 항구 주변의 허름한 마을은 분주했지. 단지 아직도 군복을 입은 베들레헴들이 장사꾼들의 자리를 차지하고 있었어. 그들은 모두 목요일 전쟁 준비를 하느라 바빴어.

난 그 사람들이 우리와 특별히 다른 걸 알아차리지 못했어. 하긴 그런 걸 보여줄 환경이 아니긴 했어. 아무리 우리와 생각하는 방식이 다른 존재라고 해도 두 발을 놀리는 다른 방법이 있는 것도 아니고 비행기를 조종하는 다른 방법이 있는 것도 아니고 총을 쓰는 다른 방법이 있는 것도 아니잖아?

검색을 통과하는 동안 우린 나를 기억하는 베들레헴 장교를 한 명 만났어. 그는 당시 내가 일으켰던 소란을 일종의 서커스처럼 기억했고 나에 대해서는 어떤 악감정도 품고 있지 않았어. 오히려 그는 내가 성공했다면 자기네들 일이 수월하게 풀렸을지도 모른다고 생각하고 있었어. 그 소동 때문에 자기네들이 죽을 수도 있다는 생각은 하지도 않았어.

그의 이름은 드루스탄이라고 했어. 해방 전쟁을 겪었던 다른 베들레헴들과는 달리, 그는 독일군이나 소련군에 소속되어 있지 않았어. 처음부터 동지들의 해방을 위해 토요일로 내려온 사람이었지. 말투나 행동이 너무 자연스러워 전혀 베들레헴 같지 않았어. 그의 말에 따르면 그의 고향 행성 핑갈에는 그와 같은 무리들이 북극 대륙 전체를 차지하고 있대. 그들과 일반인들의 차이는 감정이었어. 그들은, 분노, 슬픔과 같은 부정적인 감정을 갖고 있지 않았고 기쁨의 비중도 미미했어. 대신 아이유테리와 진이라는, 대립되는 두 감정의 결합이 그들의 행동 동기를 만들었는데, 그 결과물은 우리와 크게 다른 것 같지 않았어. 행동은 비슷하게 수렴되지만 그 행동의 기반이 되는 내적 경험이 전혀 다른 부류였지.

드루스탄은 내가 떠나 있는 동안 토요일이 어떻게 변했는지 알려주었어. 베들레헴들은 이제 대부분 노르망디 알파와 베타에 모여 살았고, 권력은 모두 고기능 베들레헴들과 소수의 정상인들이 쥐고 있었어. 지금의 전쟁을 일으키고 있는 것도 그들이었고, 크루소의 일반 환경에서 정상적인 생활을 할 수 없는 이들은 비슷한 부류끼리 모여 군데군데 마을을 만들어 살고 있었어.

하샤는 오메가에 대해 물었어. 드루스탄은 처음에는 무슨 뜻인지 이해하지 못했어. 하지만 내 추가 설명을 듣자 뭔가 알겠다는 듯 고개를 끄덕였어. '에프레모프 중장과 그 무리들 이야기 같군요. 그 친구들은 우리가 봐도 괴상해요. 여기서 살다 보면 온갖 괴짜들을 만나고 거기에 익숙해지기 마련인데, 그 친구들은 정말 별종이란 말입니다. 베들레헴이란 두뇌가 생물학적으로 다른 의견과 관점을 가진 것에 불과해요. 당신네들이 불쾌해하거나 잠시

어리둥절할 수도 있지만 이해 못 할 정도는 아니란 말입니다. 하지만 예프레모프 일당들은 완전히 다릅니다. 어떻게 다른지 설명하는 게 불가능할 정도지요. 하여간 요새 일종의 종교 같은 걸 만든 모양인데, 지금은 옛날 독일군 본부에 모여 살고 있어요. 새 올리비에가 태어난 곳 말입니다. 요새 거기선 정말 이상한 일들이 일어나는 모양입니다만.'

'어떻게 이상한가요?' 내가 물었어.

'말 그대로 설명이 불가능할 정도로요. 우리라고 새 공항을 개척하고 싶지 않겠습니까? 하지만 위에서 막고 있어요. 가끔 포위망을 뚫고 거기까지 날아갔다가 돌아오는 길에 포로로 잡히는 공항 개척자들이 몇 명 있는데, 그 사람들의 헛소리를 들어보면 저도 가기 싫어요. 뭔가 심하게 잘못되었어요.'

우린 그의 도움을 받아 암시장의 창고 안에서 그럭저럭 쓸 만한 자동차를 찾아냈어. 쉬빔바겐 차체에 넓고 커다란 바퀴를 붙여 진흙탕 위를 달릴 수 있게 개량한 차로, 토요일 밀수꾼들이 쓰던 것이었어. 우리는 배로 가지고 온 바이오 연료를 모두 싣고 예프레모프 중장의 무리가 있다는 독일군 본부를 향해 출발했어.

일단 노르망디 베타를 벗어나자, 보이는 건 폐허뿐이었어. 부서진 건물들, 처음부터 부서진 모양으로 지어진 세트들, 추락한 오를라들, 부서진 탱크들, 불타고 조각나고 얼어붙고 썩은 시체들. 보로딘그라드 사람들이 여기

오는 방법을 몰랐던 게 아니야. 다들 저 꼴이 날 줄 알아서 입으로만 떠들며 시티에 눌러앉아 있었던 거지.

하샤는 보로딘그라드에 있을 때보다 평온해 보였어. 보로딘그라드의 정신 나간 무리들보다 링커 기계들이 덜 무서운 존재였던 거지. 심지어 하샤는 링커 기계에 대해 우리가 모르는 무언가를 알고 있었던 것 같아. 분명 더 빨리 갈 수 있는 길이 있음에도 불구하고 반시계 방향으로 돌아가는 나선형의 길을 고집했으니 말이야. 나중에 나도 그 방향에 무슨 의미가 있나 하고 연구해 봤지만 나오는 게 전혀 없더라고. 진짜 별 의미가 없었는지도 모르지. 우리가 중간에 웨인들과 마주치지 않고 무사히 올리비에에 도달한 건 그냥 운일지도 몰라.

내가 괴로웠던 건 다른 이유 때문이었어. 여행 능률을 최대한으로 끌어올리기 위해 나는 내 몸을 기계처럼 다루어야겠다고 생각했어. 식사량과 수면 시간을 줄이고 외부 환경에 무관심해지기로. 하지만 그게 생각대로 안 되더라고. 여전히 배는 고프고 졸리고 백야의 태양 밑에서 사이클도 엉망이었어. 내 두뇌는 계속 존재하지 않는 가상의 내 육체를 의식했어. 난 그 틀에서 벗어나려 온갖 짓을 다 했지만 결국 포기할 수밖에 없었어. 어이가 없었지. 인공지능을 장착한 기계는 나였는데, 정작 기계처럼 생각하고 행동하는 건 하샤였으니까.

토요일 대륙이 이전에 어땠는지 잘 모르겠어. 시드니는 두 번 토요일에 간 적이 있고, 난 그중 첫 번째 여행을 자세히 기억해. 하지만 시드니는 노르망디 베타에 도착하자마자 곧장 오를라를 타고 저항군 기지까지 날아갔기 때문에 대륙을 자세히 관찰할 시간 여유가 없었어. 나는 토요일 출신이라고 할 수 있지만 거기 있는 동안 늘 죄인 취급을 받느라 바깥을 볼 수 없었고.

하지만 뭔가 이상하게 달라졌다는 건 모를 수가 없겠더라고. 가장 이상한 건 하늘이었어. 남극점을 중심으로 거대한 나선형을 그리며 돌고 있는 두 줄기 형광색 구름들. 만년설과 진흙탕 곳곳에 말뚝처럼 솟아 나와 가끔 방향제 향기가 나는 스프레이를 뿌려대는 검은 식물들도 마찬가지로 낯설었어. 독일군 본부에 가까워질수록 이 식물들은 점점 인공적이 되었는데, 처음에는 프랑스 정원의 다듬어진 주목처럼 보이던 게 나중에는 거의 건축물이나 기계처럼 변형되어 주변에 남아 있는 기네스의 건축물들과 자연스럽게 섞였어.

가끔 거대한 새처럼 생긴 것들이 우리의 머리를 스치며 날아갔어. 오를라들이었어. 동부 전선 독일군 장갑차처럼 위장 도색이 되어 있었고 날개엔 하켄크로이츠 대신 제대로 방향이 잡힌 'H'자 모양의 마크가 박혀 있었어. 그것들은 마치 놀러 나온 어린아이들처럼 멋대로 비행했고 종종 로켓처럼 급상승해 구름 속으로 사라졌어.

마침내 우리는 독일군 본부가 있던 자리에 도착했어. 시드니의 기억에 남아 있는 독일군 본부는 사라진 지 오래였어. 전차들도, 자궁들도 없었어. 건물의 잔해는 검은

망사 천을 겹쳐 굳힌 것 같은 물질로 덮여 있었고 대부분
지붕이 없었어.

본부 한가운데에는 올리비에의 집이 분명한 하얀 탑
이 남근석처럼 솟아 있었어. 탑 주변에는 작은 아자니처
럼 보이는 물체들이 날아다니고 있었는데, 얼핏 보기엔
아자니처럼 보였지만 자세히 보면 모두 지금까지 오는 동
안 마주쳤던 오를라들이었어. 으스스했어. 그럴싸하지만
뭔가 잘못되어 있었지.

한참 뒤에야 왜 그런 느낌을 받았는지 알 수 있었어.
우리가 보는 풍경은 지나치게 그럴싸한 가짜였어. 올리비
에의 탑 주변을 도는 오를라들은 아자니를 흉내 내고 있
는 게 분명했어. 이럴 때는 뭐가 떠올라? 맞아, 화물 숭배.
안에 있는 무언가가 비행종들을 부르기 위해 가짜 아자니
를 날려서 일종의 주술 의식을 벌이고 있는 것 같아 보였
어. 그렇다면 저 올리비에의 탑처럼 보이는 것 안에 정말
올리비에가 있는 게 맞을까? 그리고 예프레모프 중장과
그의 무리들은 지금 어디에 있는 걸까?

우리는 쉬빔바겐 안에서 잠시 기다렸어. 누군가가 우
리를 알아차리고 인사를 하거나 경고를 하러 나오길 바랐
어. 그게 예프레모프 일당이건 쿠퍼들이건 웨인들이건 상
관없었어.

하지만 아무것도 나타나지 않았어.

한참 망설인 끝에 우리는 문을 하나 골라 폐허 안으로
들어갔어. 안은 바깥처럼 검은 망사 천과 같은 물질로 덮

여 있었어. 만져보니 고무처럼 탄력이 느껴졌어. 난 시드니의 고향 행성인 글렌데일에서 기네스들이 이와 비슷한 물질을 만들어 웨인들이 약탈한 물건에 씌우는 걸 기억해냈어.

오로지 배배 꼬인 복도와 여러 문이 있는 방들만 있는 폐허 내부는 작정하고 만든 미로 같았어. 하지만 고도로 정확한 방향 감각을 갖고 있는 하샤는 별다른 걱정을 하지 않는 것 같았어. 인간 두뇌를 그대로 재현시키고도 여유분이 넉넉하게 남는 컴퓨터를 머리에 인 최첨단 로봇인 내가 어리둥절한 채 허우적거리는 동안, 하샤는 성큼성큼 안으로, 안으로 걸어 들어갔어.

안으로 들어가는 동안, 나는 하늘이 점점 어두워지는 걸 느꼈어. 처음에는 구름 때문인가 했어. 하지만 아니었어. 무너진 지붕 대신 위를 덮고 있는 성긴 망사 천 너머로 반짝이는 별들이 하나씩 나타났어. 우리가 올리비에의 탑에 가까워질수록 하늘은 점점 더 어두워져 갔어. 마침내 우리가 탑으로 이어지는 하얀 문과 마주쳤을 때, 하늘은 겨울밤처럼 시꺼메졌어.

우리는 안으로 들어갔어. 안은 완벽하게 어두웠어. 하샤는 셀의 손전등을 켰지만 빛은 우리 주변만 간신히 비출 뿐이었어. 나는 소리를 질렀어. 목소리는 반사되지 않았어. 나는 왔던 길로 뒷걸음질을 쳤지만 우리가 지나온 문과 벽은 사라진 지 오래였어. 우리가 느낄 수 있는 건 오로지 바닥뿐이었고 그것도 별 확신이 서지 않았어.

서서히 나는 이 건물에 우리 말고 다른 누군가가 있다는 걸 알아차렸어. 처음에는 아무도 보이지 않았어. 하지만 조금씩 내 시야 가장자리에 하얀 빛을 내는 누군가가 서 있는 게 느껴져. 고개를 돌려 주변을 확인할 때마다 시야 가장자리의 유령들이 한 명씩 늘어나. 그러다가 어느 순간 낯선 사람들이 우리 주변을 둘러싸고 있다는 걸 알게 되는 거야.

나는 그들이 무서웠어. 첫째로, 그들은 온전히 공간을 차지하지 않는 것 같았어. 분명 눈앞에 있긴 한데, 만지려고 손을 내밀면 늘 이상한 각도로 스쳐 지나갈 것 같은 느낌. 3차원이면서 묘하게 평면적인 느낌. 둘째로, 난 그들의 얼굴을 알아볼 수 없었어. 분명 눈, 코, 입과 피부색, 그 밖의 다양한 변이는 알아보겠는데, 그 정보들이 종합되어 얼굴이 만들어지지는 않는 거야.

그들은 말을 했어. 누가 말을 했는지는 모르겠지만 목소리는 하나였어. 단어들은 모두 영어였고 분명 어떤 문법에 따라 배열되어 있는 것 같았지만 무슨 뜻인지 알아들을 수가 없었어. 목소리는 조금 화가 나 있는 것 같았는데, 그 역시 내 기분에 그렇게 느껴졌을 뿐, 정말 그런지는 알 수 없었어.

하샤도 나만큼 두려워하고 있었어. 감정을 감추는 방법을 몰랐기 때문에 나보다 더 티가 났지. 하샤는 겁이 없었기 때문에 여기까지 온 게 아니었어. 오히려 반대였지. 단지 하샤에게 '정상인들'과 토요일의 베들레헴은 똑같이 이해 불가능한 공포의 대상이었어. 보로딘그라드의 미치광이들을 극복할 수 있었다면 저들도 극복 못 할 이유가 없었지.

먼저 입을 연 건 하샤였어. 그녀는 커다랗고 메마른 목소리로 외쳤어. '제 말 알아들으시겠어요?'

쿨렁거리는 소리가 파도치듯 울려 퍼졌어. 얼핏 듣기에 그건 웃음소리 같았어. 하지만 진짜 웃음소리라면 그렇게 감정 없이 기계적으로 들리지 않았을 거야.

하샤는 포기하지 않았어. 그녀는 계속 다른 식으로 말을 걸었어. 영어의 어휘를 사용하지만 영어가 아닌 베들레헴의 언어들이 하나씩 등장했어. 그러자 서서히 사람들은 하샤 주변에 몰려들었고 하샤의 목소리는 점점 커졌어.

나는 그 자리에 머물러 있었어. 하샤 주변에 무슨 일이 일어나고 있는지는 알 수 없었어. 하지만 그건 하샤의 일이었어. 내가 참견할 일이 아니었단 말이지.

나는 그동안 다른 걸 생각했어. 나는 우리를 둘러싸고 있는 이 부조리함에 대해서 생각했어. 왜 은하계의 극소수만이 목격했을 인간 정신의 개척지가 이렇게 친근한 거야. 이 말도 안 되는 사건들이 왜 다 어디서 본 거 같으냐고.

그때 한 가지 생각이 떠올랐어. 지금까지 수많은 사람들이, 링커 기계들이 보여주지 않으려 하는 미지의 영역을 소재로 작품을 만들어왔어. 그리고 그들이 우리에게 경이감을 불러일으키기 위해 가장 자주하는 것은 시공간을 뒤트는 것이었지. 그다음으로 자주 쓰는 건 우리와 전혀 다른 방식으로 생각하거나 행동해서 인간의 언어로는 차마 설명할 수 없는 지적 존재를 등장시키는 것이었고. 작가들뿐만 아니라 직접 그런 세계에 다녀왔다고 주장하는 허풍쟁이들도 그런 수법을 써왔어. 알겠어? 내가 겪고 있던 이 극단적이고 의미 없는 낯섦 자체가 클리셰였던 거야.

그때부터 나는 우리가 위대한 오즈의 마법사 앞에 서 있다고 생각했어. 가공된 이질감 뒤에 숨어 있는 무언가가 우리를 가지고 놀고 있다고. 내가 보고 있는 건 기껏해야 환상의 설명에 불과하다고. 내가 바로 코앞에 있는 유령들의 얼굴을 구별하지 못하는 것도 이해가 갔어. 내가 지금까지 눈으로 보았다고 믿었던 건 모두 '내 눈앞에 여러 명의 유령이 서 있다'와 같은 문장에 불과했어. 문장은 거기 유령이 있다는 것을 알려주긴 하지만 아무리 형용사들을 많이 깔아도 그 유령이 정확히 어떻게 생겼는지 정확히 보여주지는 못하지.

생각이 거기까지 미치자 나는 더 이상 참을 수가 없었어. 나는 유령들에게 손을 흔들어대며 껑충껑충 뛰면서 노래를 불렀어. '우리는 마법사를 만나러 가네, 놀라운 오즈의 마법사를!'

그 순간 빛이 들어왔어.

나는 올리비에의 탑 안에서 혼자 미친년처럼 폴짝폴짝 뛰고 있었어. 벽에는 위쪽으로 이어지는 나선계단이 박혀 있었고 안은 텅 비어 있었어. 군데군데 뚫린 창문으로는 여름 햇빛이 들어오고 있었어. 유령들도, 하샤도 보이지 않았어. 모두 가짜였어. 심지어 얼마 전까지 내 옆에 있던 하샤까지도! 어느 순간부터 나와 하샤는 전혀 다른 환영을 보며 다른 식으로 반응했던 게 분명해. 하샤가 보았던 것도 환각이었을까? 아니면 내가 환각 속에 갇혀 있는 동안 하샤만이 진짜를 보았던 걸까?

뭔가 긁히는 소리가 서남쪽 계단 어딘가에서 들렸어. 하샤 것으로 보이는 작고 노란 손이 문을 닫고 사라지는 게 보이는 것 같았어. 나는 그쪽으로 뛰어 들어갔어. 하지만 문 안쪽에는 바깥에 있는 것과 거의 같은 모양의 나선 계단만 있을 뿐이었어. 나는 위로 달려갔어.

나는 꼭대기 층에 도착했어. 무미건조한 얼굴을 한 네 발 동물 모양을 한 쿠퍼 네 마리가 중앙의 올리비에를 지키고 있었어. 사방이 뻥 뚫린 창문 너머로는 아자니를 흉내 내며 날아다니는 오를라들이 보였어. 아래를 내려다보자 지금까지는 벽에 걸려 보이지 않았던 기네스들이 폐허 구석구석에서 작업하고 있는 것들도 보였어.

단지 하샤만이 보이지 않았어.

그 뒤로 열흘 동안 나는 올리비에의 탑과 독일군 본부의 폐허를 샅샅이 뒤졌어. 미로의 지도를 만들었고, 탑 주변에 있는 모든 지상종들에게 이름을 붙였고, 하샤나 예프레모프 일당들이 사라질 가능성이 있는 모든 구멍을 뒤졌어. 그러는 동안 내 두뇌가 내 몸이 먹지도, 자지도 않고 있다는 경고를 울려댔지만, 나는 계속 움직였어. 내가 더 이상 자기 놀이에 장단을 맞추어주지 않는다는 게 화가 났는지, 결국 컴퓨터는 나를 꺼버렸어.

닷새 뒤에 나는 리부팅된 채 깨어났어. 다시 배가 고 팠고 편두통에 시달렸어. 그와 함께 묵직한 절망감이 나를 내리눌렀어. 하샤는 여기 없어. 예프레모프 일당도 여기 없어. 죽었건 다른 차원으로 점프했건, 다들 떠난 거야. 멍청하고 아둔한 기계인 나만 홀로 남겨놓고.

나는 쉬빔바겐을 타고 다시 노르망디 베타로 돌아왔어. 돌아오는 동안 베들레헴 마을 두 군데를 지나쳤지만 별다른 수확은 없었어. 그곳은 그냥 정신병원 같았어. 어느 누구도 예프레모프 중장과 그의 부하들에게 어떤 일이 일어났는지 말해줄 만큼 온전한 정신을 갖고 있지 않았어. 그들은 온갖 환상적인 이야기를 나에게 들려주었지만 다 헛소리에 불과했어.

나는 노르망디에서 자유함선연합의 배를 빌려 타고 이솔라 벨라로 갔어. 가깝고 안전한 곳으로 그곳밖에 생각이 안 나더라. 시드니의 아들 녀석은 물려받은 저택에서 여전히 〈스타 트렉〉 놀이를 하면서 노는 모양이었어. 심지어 회사에서는 클링온 블러드 와인을 신제품으로 내놓기 위해 특별팀을 만들었다나. 내가 상관할 일은 아니었어. 썩 좋은 아이디어라는 생각도 들었어. 취미를 직업에 투영하는 건 좋은 일이지, 그렇지 않아? 이 행성에서 트레키들의 수도 만만치 않고.

나는 해변에 방을 하나 빌리고 그 안에 며칠 동안 박

혀 생각에 잠겼어. 나는 하샤에 대해, 예프레모프에 대해, 베들레헴들에 대해, 올리비에와 아자니에 대해, 이 모든 것들의 연관성에 대해 생각했어.

그러다 한 가지 생각이 떠올랐어. 당시 현장에 있었던 건 나와 하샤뿐만이 아니었어. 보다 차가운 정신을 가진 누군가가 있었다고. 바로 내 정신이 담겨 있는 컴퓨터 말이야. 나야 기껏해야 기계가 꾸는 인간의 꿈일 뿐이지. 하지만 컴퓨터는 달라. 내가 환각을 보고 속아 넘어가는 동안 컴퓨터는 올리비에의 탑 안에서 실제로 무슨 일이 일어나는 걸 보고 있었어.

그 뒤로 나는 내 컴퓨터와 접촉할 수 있는 길을 모색했어. 벨로키오 행성의 컴퓨터에 대한 온갖 정보들을 다 모았고, '바깥 정신'과 소통하기 위한 온갖 가설들을 다 실험해 봤어. 그 부작용 때문에 별 미친 짓을 다 저질렀고. 그러다 이솔라 벨라의 민병대에게 베들레헴으로 몰려 여기까지 끌려오긴 했지만.

아, 무슨 말을 하려는지 알겠어. 하지만 신학적 탐구니 뭐니 하며 비아냥거릴 생각은 말아. 아무리 내가 지은 죄가 크다고 해도 그딴 농담을 참아야 할 정도는 아니니까.

이제 당신 이야기를 해봐. 바깥세상은 어때? 그동안 뭐 하고 다녔던 거야? 여긴 왜 온 거고?"

3

의사 선생은 말없이 서서 42호의 회색 눈을 바라보았다. 12호관 너머로 들려오는 파도 소리와 5호관 수용자들이 부르는 합창 소리가 섞여 어색한 배경음악을 만들어냈고, 오늘따라 더욱 거대해 보이는 달과 인광을 내는 구름이 무대 조명처럼 그들을 비추고 있었다.

세상이 어쩜 이렇게 가짜 같을 수가 있을까.

견디기 힘들어진 그는 〈The Way You Look Tonight〉을 휘파람으로 불며 42호를 지나쳐 걷기 시작했다. 대답을 듣지 못해 조바심이 난 42호는 그의 뒤를 따랐다. 그들은 어디로 가는지도 모르면서 앞에 난 흙길을 따라 무작정 걸었다.

무엇을 이야기해야 할까. 난생처음 의사 선생은 말문이 막히는 것 같았다. 그는 죽음의 행진 때 트리토니아 해변에서 목격했던 집단 살육에 대해 이야기하고 싶지 않았다. 그는 자기 섬의 올리비에를 공격했다가 쿠퍼들의 반격에 횃불처럼 타버린 몬테 그란데 사람들에 대해서도 이야기하고 싶지 않았다. 그는 어쩌다가 게으른 제저벨이 일리아 해전에 말려들었고 그 와중에 바얀 퍼플이 어떻게 죽었는지도 이야기하고 싶지 않았다. 그는 주어를 모두 날려버린 생트 콜롱브의 교회 마피아 광신도들이 제저벨의 갑판에서 벌였던 난투극에 대해서도 말하고 싶지 않았다. 그는 그 10여 년 동안 그가 지쳤고 심술궂어졌으며 세상을 더 이상 놀이터처럼 보지 않는 늙은이가 되었다는 사실을 말하고 싶지 않았다.

"응?"

참다못한 42호가 그의 앞을 가로막으며 외쳤다.

의사 선생은 휘파람을 멈추고 42호의 시선을 피해 나뭇가지 사이의 허공을 응시했다. 그녀는 짜증을 내며 그의 가슴을 툭툭 쳤고 포기한 그는 손목시계를 흘낏 훔쳐보더니 주머니에서 작은 종이책을 한 권 꺼냈다. 42호는 책을 한번 훑고는 어리둥절한 표정으로 다시 돌려주었다.

"《에드윈 드루드의 비밀》이잖아. 나도 디킨스는 알아. 그래서?"

"끝을 다시 봐."

42호는 마지막 페이지를 다시 읽었다. 그녀의 양미간에 희미한 회색 주름이 잡혔다.

"이건 무슨 마리아 부츠식 농담이야?"

그녀가 물었다.

"아니. 그건 진짜야. 적어도 우린 그렇게 생각하고 있어. 요샌 '진짜'가 무슨 의미가 있는지 의심스럽지만."

"그래도 여전히 범인은 모르겠네."

"그렇지. 우리가 아는 버전보다 기껏해야 2000단어 정도 길 뿐이니까. 그래도 그건 디킨스의 작품이야. 그 세계의 디킨스는 그 정도만큼 더 오래 살았던 거지. 군데군데 보면 내용도 조금씩 달라. 대단한 차이는 없지만."

"어디서 구했는데?"

"레벤튼이라는 섬에서. 항해사 아가씨의 고향이야. 그 사람 외삼촌이 제본해서 서재에 숨겨놓았던 걸 언니가 뒤늦게 찾아냈어. 이 책 말고 다른 것들도 재미있는 게 많지. 자라스트로가 악역인 〈마술피리〉를 들어봤어?

우린 레벤튼과 목요일의 몬소피아드 정글에서 우리 세계와 비슷한 다른 평행 우주에서 온 우주선의 흔적을 찾아냈어. 서기 2245년, 오스트리아/프러시아 연합제국이 쏘아 올린 마리아 테레지아라는 우주선. 그 우주선은 겹겹으로 쌓인 평행 우주들을 바느질하듯 누비다가 5만 년 전에 여기로 떨어졌지. 그 뒤로 이 행성에서는 잠시 링커 진화가 발생했다가 사라졌어.

지금 그 우주선은 없어. 우리가 찾은 건 기껏해야 흔적뿐이지. 그래도 우린 꽤 많은 걸 알아. 그 우주선은 여행 중간에 외계 지성과 접촉했고 그 존재와 융합되었어. 그리고 그 외계 지성은 우리가 링커 기계라고 부르는 종과 많이 비슷하면서도 다르지. 지상종과 비행종이 분화되지 않은 링커 기계들을 생각해 봐. 그들이 몇만 년 동안 묻혀 있다가 얼마 전부터 다시 활동하기 시작한 거야."

그들은 이제 12호관 앞의 언덕 위를 걷고 있었다. 무너져 내린 돌덩이들 사이로 삐죽삐죽 짧은 나무들이 솟아 있는 해변은 지저분하고 불안해 보였다.

"생각해 봐. 지금까지 우리가 아는 우주는 모두 링커 기계들만의 영토였어. 하지만 그들과 다르고 그들과 대적할 수 있는 무리가 바로 이 행성에서 기어 나오려 준비하고 있어. 더 놀라운 건 그들이 희미하게나마 우리와 연결되어 있을 가능성이 있다는 거지. 그들은 2245년에 만들어진 지구 우주선과 융합되었어. 저들의 우주는 인류가 링커 기계의 공습을 받기 전의 가르보와 거의 맞먹는 우주선을 개발한 곳이란 말이야. 그쪽 우주에서 저들과 지구인들의 관계가 어떨지 한번 생각해 보라고. 만약 우리가 그쪽 지구인들과 만날 수 있다면? 아니, 정말 그들이 여기에 와 있다면?"

"그래서? 당신이 여기까지 온 것과 그게 무슨 상관이야?"

"여기에 마리아 테레지아의 올리비에가 있으니까."

그는 발에 걸린 돌을 걷어찼다. 돌은 언덕에서 작은 산사태를 만들며 해변으로 굴러떨어졌다.

"당신도 로즈 셀라비에 대해서 알 거야. 시드니가 바얀 퍼플을 시켜서 거기에서 장난을 친 적이 있으니까. 당시 시드니에게 로즈 셀라비란 맥킨지 블록의 도살장에 미사일을 날리기 위해 잠시 빌린 도구에 불과했어.

그곳에 들어갔던 선장은 우리에게 이상한 이야기를 들려주었어. 작은 올리비에 하나가 로즈 셀라비 내부에 숨어 배의 신경망을 통제하고 있었던 거야.

우린 이걸 어떻게 받아들여야 할지 몰랐어. 처음엔 이것도 시드나 바얀 퍼플의 음모가 아닌가 의심했어. 하지만 알아보니 그쪽에서도 아는 게 없더라고. 게다가 그게 얼마나 이상한 거야? 올리비에가 남의 배에 기생하는 건 희귀한 현상이지만 불가능하지는 않아. 몰래 햄버거 먹는 걸 들킨 골수 채식주의자를 엿본 것 정도.

우린 그냥 넘기려 했지만 선장은 그러지 않았어. 로즈 셀라비와 관련된 일이니까. 선장은 배에서 탈출한 처음 몇 년 동안은 그 배에 대해 완전히 잊어버리려 했지만, 선상 반란 이후로는 다시 집착하게 되었어. 우리에겐 말하지 않았지만, 그곳에 옛 친구를 정보통으로 박고는 매주 연락을 받았지. 그러는 동안 복사해 온 선장들의 일지를 꼼꼼하게 읽으면서 도대체 그 올리비에가 어떻게 배에 들어왔는지 알아내려고 했지만 헛수고였어. 더 이상한 건 반란 이후 더 이상 그 올리비에를 찾을 수 없었다는 거였어. 반란군과 정보통이 이중으로 배를 뒤졌지만 선장이 보았던 방은 텅 비어 있었고 올리비에는 흔적도 보이지 않았어. 이러니 아무도 선장 말을 안 믿을 수밖에.

처음엔 로즈 셀라비도 잘 풀리는 것 같았어. 새로 지휘부를 뽑고 운영 방식도 바꾸었지. 시티 자격을 포기해 가면서 인원수를 바짝 줄였고 전쟁 대신 바닷물을 이용한 화학 공업과 무역으로 업종을 바꾸었어. 모두 열심히 일해서 첫해부터 흑자가 났어.

배가 이상해지기 시작한 건 그다음 해부터였어. 처음에 선원들은 희미한 감각 혼란을 겪었어. 자기 방이나 늘 다니는 복도의 모양이 낯설어 보이는 기분. 배의 균형이 조금씩 안 맞고 어긋난 기분. 선원들은 이유를 알 수 없는 현기증과 두통을 호소했고 누군가가 등 뒤에서 보고 있는 것 같다고 불평했어.

처음에 사람들은 공장에서 나오는 화학물질의 부작용 때문이라고 생각했어. 하지만 어떤 꼼꼼한 선원 하나가 자기 방의 길이가 진짜로 2센티미터 줄어들었다고 항의한 뒤로는 사정이 달라졌지. 일단 문이 열리자, 사방에서 비슷한 불평들이 터져 나왔어. 하지만 메인 컴퓨터에 저장된 설계도에 따르면 치수가 변한 건 조금도 없었단 말이야. 이건 그들 모두 미쳤다는 증거일까? 아니면 배에 설계도까지 위조할 만큼 정교한 음모가 진행되고 있다는 뜻일까?

이제 사람들은 줄자와 수제 카메라, 종이 수첩을 들고 다니며 꼼꼼하게 배의 변화를 기록하기 시작했어. 방은 조금씩 짧아지거나 길어졌고 복도의 모양과 방향은 서서히 바뀌었어. 그러다 보면 군데군데 방이 새로 생겨났고 반대로 멀쩡한 방이 사라지기도 했지. 하지만 사진과 수첩에 적은 치수를 보면 그 변화가 보이지 않는단 말이야. 분명 기억으로는 다른 걸 적은 것 같은데. 이제 사람들은 숫자를 암기하려 했지만 그것도 잘되지 않았어.

설계도나 수첩이 뭐라고 하건 배는 점점 바뀌어갔어. 화학 공장의 3분의 1은 뭔가 다른 걸 만들고 있었고 환기구에는 정체불명의 튜브들이 생겨났어. 벽 너머에서는 무언가 묵직한 존재들이 움직이는 소리가 들렸어. 로즈 셀라비는 키티호크급 항공모함에서 금속으로 만들어진 거대한 괴물로 변화하고 있었어.

사람들은 선장이 했던 말을 진지하게 생각하기 시작했어. 분명 로즈 셀라비를 변화시키는 무언가가 배에 숨어 있었어. 그게 선장이 말한 것처럼 올리비에인지는 확신할 수 없었어. 올리비에는 보통 이런 식으로 작업하지 않으니까.

그들이 가장 먼저 한 일은 배의 모든 전원을 차단하는 것이었어. 예상대로 배는 여전히 멀쩡히 돌아갔지. 그들은 가지고 있는 기기들을 총동원해 에너지원이 어디에 있는지 찾아내려 했지만 허사였어. 에너지원에 접근한 사람들이 한 명씩 실종되었기 때문이지. 그리고 그들이 사라지면서 그들에 대한 기억 역시 사라져 갔어. 그들은 선원들이 한 명씩 줄어들고 있다는 걸 알면서도 누가 사라졌는지 기억해 낼 수 없었어.

겁에 질린 그들은 반란 이후 시민권을 얻은 크리스티나로 가서 다른 사람들의 도움을 받으려 했어. 하지만 이미 배는 스스로의 힘으로 움직이고 있었고, 외부와의 통신은 불가능했으며, 탈출용으로 쓸 수 있는 탈것들은 뭔가 다른 것으로 변형되어 있었어.

몇 명은 원시적인 방법으로 탈출을 시도했어. 어떤 사람은 방수 천으로 요트를 만들었어. 어떤 사람은 열기구를 만들었어. 심지어 비행기를 만든 사람도 있었어. 아무도 그들이 어떻게 되었는지 몰라. 하지만 모두 실패했음이 분명해. 그 이후로 그들은 작업의 흔적만 남기고 사람들의 기억 속에서 사라져 버렸으니까. 자포자기한 사람들

은 복도의 튜브를 끊고 공장에 폭탄을 던졌지만 달라지는
건 아무것도 없었어. 여전히 배는 움직였고 사람들은 사
라져 갔지.

그러는 동안 시치미를 뚝 떼고 적도해를 돌던 로즈 셀
라비는 슬슬 북쪽으로 올라가기 시작했어. 반란 이후 거
의 1000여 명 가까이 되었던 선원들은 이제 60명 정도로
줄었어. 그들은 함교에 모여 먹고 잤고 화장실도 세 명 이
상 모였을 때만 갔어. 그들은 반란 이후 단 한 건의 죽음
도 기억하지 못했어. 그들이 느꼈던 건 망각의 공포뿐이
었어.

이 상황도 오래갈 수 없었어. 그들이 모여 있는 함교
역시 변형되고 있었지. 지금까지 함교가 버티고 있는 것
도 이상했어. 로즈 셀라비가 지향하는 굴곡 없는 좌우대
칭 유선형 몸체에 어울리지 않는 건 오래전에 떨어져 버
렸으니까. 플랫 탑은 없어진 지 오래, 오를라나 잠수정,
탈출 캡슐, 미사일 같은 것들도 자연스럽게 녹아들었어.
함교 역시 서서히 소멸 준비를 하고 있었어. 창문은 모두
사라졌고 직선을 유지하는 것은 아무것도 없었으며 오른
쪽 옆에 있던 것이 함미 중앙으로 밀려나 있었지.

그때 몇 개월 전에 반짝하다 사라졌던 반항 정신을 다
시 불태운 건 선장의 정보통이었어. 울릭세스라는 그 엔
지니어는 선장이 로즈 셀라비에서 일할 때 아무런 사심
없이 그의 편을 들어주었던 몇 안 되는 사람이었어. 닥치
는 대로 위험에 뛰어드는 사람은 아니었지만 늘 뒤로 빼

기만 하는 겁쟁이도 아니었지.

계속되는 기억 손실과 맞서 싸우면서 울릭세스는 로즈 셀라비를 지배하고 있는 괴물에 대해 연구했어. 그가 마침내 도달한 결론은 로즈 셀라비가 아직 항공모함 모습을 하고 있을 때와 금속으로 만든 바다 괴물 같은 모습을 하고 있는 지금은 사정이 전혀 다르다는 것이었어. 당연히 몸을 만들어가는 중간 과정의 융통성은 사라질 수밖에 없지. 그렇다면 로즈 셀라비의 두뇌는 이렇게 생긴 다른 생물들과 마찬가지로 앞에 몰려 있을 가능성이 커.

울릭세스는 스무 명 정도의 자원자들을 모았어. 그들은 무기를 챙겨 들고 함교를 떠나 전진하기 시작했어. 이제는 혈관이나 내장처럼 부드럽게 굴곡진 튜브 모양을 한 복도를 따라 그들은 조금씩 앞으로 나아갔어. 몇 년 동안 자기 집이나 다름없었던 그곳은 이제 낯설기 짝이 없는 미로였어. 아이러니컬한 건 그들에게 꽤 좋은 새 지도가 있다는 거였어. 몇 달 전부터 메인 컴퓨터와의 접속은 불가능했지만 그래도 마지막에 다운받은 설계도는 변신한 이후의 모양을 상당히 그럴싸하게 반영하고 있었으니까. 물론 그 설계도가 얼마나 사실을 말하고 있는지는 아무도 몰랐지. 일단 그들이 목적지로 삼은 '뇌' 같은 건 설계도에 나와 있지도 않았거든.

이들의 목적은 무엇이었을까. 올리비에를 제거하고 배의 주도권을 되찾는 것? 그게 가능하다고 몇이나 믿었을까? 내 생각엔 그들 대부분은 죽기 전에 그들을 가두고 있는 간수의 얼굴을 한번 보고 싶었기 때문에 자원했던 것 같아. 아니면 죽기 전에 한번 제대로 저항이라도 해보고 싶었거나. 어떤 고생을 해서 빼앗은 배인데 이대로 맥없이 넘겨줄 수는 없잖아.

그들의 여정은 악몽과 같았어. 여기서 악몽 같았다는 건 관용적인 표현이 아니야. 정말로 눈 뜬 채로 무섭고 불쾌한 꿈을 꾸는 것 같았지. 사방에 위험이 도사리고 있고 사람들은 계속 사라지는데, 도대체 누가 어떻게 사라졌는지도 기억이 나지 않고 무엇이 우리를 공격하는지도 모르겠고 종종 내가 왜 여기 있는지도 가물가물해. 행동의 논리는 사라진 지 오래인데, 중간중간에 갑자기 정신이 맑아지며 모든 게 이해되는 것도 같다가 다시 혼돈 속으로 꺼져 들어. 그러는 동안 할 수 있는 건 오로지 들고 있는 총을 휘두르고 쏘면서 앞으로 전진하는 것뿐이야.

울릭세스는 거의 사흘 동안 그러고 있었어. 직선거리가 300미터도 채 안 되는 거리를 돌파하는 데에 그 정도 시간이 걸렸던 거야. 그동안 그는 책 서너 권은 채울 수 있을 만한 일들을 겪었겠지만 그 어느 것도 제대로 기억나지 않았어.

마침내 함두(頭)에 있는 둥근 방에 도착했을 때 그는 혼자였어. 그는 동료들 중 단 한 명도 기억해 낼 수 없었어. 그건 함교에 남은 사람들에게도 이미 무슨 일이 일어났을 거라는 증거였지. 로즈 셀라비에 온전한 인간으로 존재하는 건 울릭세스 혼자뿐이었어.

그는 일어나 둥근 방을 둘러보았어. 그 방의 크기는 작은 구식 서재만 했고 벽과 바닥은 복잡한 모자이크 무늬가 새겨진 책장 비슷했어. 바닥 여기저기엔 웨인처럼 생긴 호전적인 기계들이 몇 개 굴러다녔는데 열린 두개골 안은 모두 비어 있었어. 그리고 책장 사방에서는 야구공만 한 둥근 머리에 네 개의 작은 눈이 박힌 작은 존재들이 그를 바라보고 있었어. 그는 한참 동안 멀뚱멀뚱 그들을 바라보다가 드디어 어떻게 된 일인지 기억해 냈어. 무해한 작은 양서류처럼 생긴 그 기계들이 지난 몇 개월 동안 그와 그의 동료들이 맞서 싸운 적이었던 거야.

그는 이제 아무런 두려움도 느끼지 않았어. 오로지 피곤함과 호기심만이 남아 있었지. 그는 방 한가운데에 누워 그 작은 기계들이 분주하게 움직이는 걸 바라보았어. 몇몇은 작은 도구들을 놀리고 있었고, 몇몇은 방 안 이곳저곳에 나타났다가 사라지는 푸른색의 유령과 같은 형체들을 응시하고 있었고, 몇몇은 천천히 그에게 다가오고 있었어. 그러는 동안 방은 줄어들었다, 늘어났다를 반복했어.

울릭세스에게 다가온 양서류 기계들은 그에게 어떤 종류의 악의나 호기심도 드러내지 않았어. 그냥 점 같은 네 개의 눈으로 그를 보고만 있을 뿐이었지. 모두 맨손이었고 무기 같은 건 보이지 않았어. 그는 그중 한 마리를 인형처럼 양손으로 잡아 들어 올렸지만 아무도 반응을 보이지 않았어. 재미가 없어진 그는 다시 기계를 내려놓고 일어났어.

그때 그의 눈에 이상한 것이 들어왔어. 바로 그의 눈 높이에 잡동사니처럼 무심하게 박혀 있는 원통형 모양의 금속 물체. 지름과 높이 모두 1미터 정도로, 선장이 보았던 올리비에와 크기 차이가 상당했지만, 꼭대기에서 빙빙 도는 바람개비는 못 알아볼 수 없었어.

율릭세스는 천천히 그 물체로 다가갔어. 양서류들은 모른 척하고 있었고 주변엔 쿠퍼들도 보이지 않았어. 그는 그 물체를 잡아 뽑았어. 역시 아무 일도 일어나지 않았어. 물체를 꺼낸 자리를 둘러보니 쿠퍼의 수족처럼 보이는 금속 부품들이 몇 개 보였어.

그는 이제 올리비에임이 확실해진 그 원통형 물체를 끌고 방 한가운데로 돌아왔어. 이해할 수 없는 침묵과 무관심 속에서 그는 올리비에를 소매로 꼼꼼하게 닦고 끌어안았어. 여전히 올리비에는 무심하게 바람개비를 돌리고 있을 뿐이었지만 그는 그 기계가 그에게 어떤 말을 하고 있다고 생각했어.

그 뒤 이틀 동안, 율릭세스는 탈출 준비를 했어. 둥근 방 주변을 돌아다니며 금속 조각들과 부품들을 모았고 그것을 접착제와 나사로 붙여서 캡슐 모양의 배를 만들었어. 틈틈이 방에서 나와 내부 지도를 그렸고 마침내 로즈셀라비의 입으로 이어지는 통로를 찾아냈어. 그러는 동안 양서류들은 그를 모른 척하며 자기 일에 열중할 뿐이었어.

배가 완성되자, 그는 올리비에를 실은 배를 질질 통로

로 끌고 갔어. 양서류 둘이 그의 뒤를 따라나섰지만 아무
도 그를 방해하지 않았어. 표정 없는 네 개의 눈으로 그와
올리비에를 바라볼 뿐이었지. 통로 입구에서 그는 뚜껑을
닫고 몸을 앞으로 밀쳤어. 무게중심이 앞으로 쏠린 배는
입을 향해 미끄러져 갔고 마침내 로즈 셀라비에서 튕겨져
나왔어. 그제야 그는 로즈 셀라비의 새로운 모습을 볼 수
있었지. 이마에 아직도 변기 그림을 달고 있는 거대한 금
속 말향고래. 고래는 삐거덕거리는 금속성 소리를 내면서
바다 위를 떠돌다가 물속으로 사라져 버렸어.

엿새 동안 울릭세스는 북극해의 해류를 따라 떠돌았
어. 레아라는 어선이 그를 발견했을 때, 그는 어깨의 지방
이 다 녹아 사라지고 탈수증과 환각에 시달리면서도 올리
비에를 꼭 끌어안고 있었대. 어느 누구도 그가 끌어안고
있는 금속 통이 올리비에라고 생각하지 않았어.

레아는 그를 일요일의 툴레라는 시티에 내려주었어.
그의 태도나 어투가 조금 이상했기 때문에 사람들은 그가
베들레헴일지도 모른다고 생각했지만 북극 사람들은 원
래 그런 편견 따위는 신경 쓰지 않기 때문에 그는 별다
른 어려움 없이 어느 어부의 집에 머물 수가 있었어. 그
곳에서 건강이 회복될 때까지 그는 로즈 셀라비에서 겪
었던 일을 종이에 연필로 기록했어. 그것도 직접 만든 치
환 암호로 기록을 완성하자 그는 그걸 자기 방구석에 숨겨
두었어.

건강을 회복하고 어부 일을 도우면서 돈을 모은 그는

올리비에를 챙겨 들고 팔리다 모르스라는 배에 탔어. 퇴역한 군함을 화물선으로 개조한 이 배는 열네 명의 승객과 스물한 명의 선원, 그리고 일요일에서 만든 생선 통조림 20톤을 싣고 있었어. 화요일을 향해 출발한 지 사흘째 되던 날, 팔리다 모르스는 배에 정체를 알 수 없는 전염병이 돌고 있다고 자유함선연합에 보고했어. 연합에서는 의료 비행선을 파견했지만 배는 사라지고 없었지.

비슷한 일이 몇 달 뒤, 월요일의 클로델에서 출발한 갈리시아라는 여객선에서도 일어났어. 출항 하루 만에 전염병과 기기 이상을 호소하다가 정작 연합의 비행선이 날아가자 흔적도 없이 사라져 버린 거지. 이번엔 실종된 사람들도 많아서 연합은 당연히 주목할 수밖에 없었어. 수색대가 파견되었고 소속 함선에는 경고문이 떨어졌지. 그럼에도 불구하고 배들은 하나씩 사라져 갔어. 다섯 번째 배인 미나 머레이가 실종되었을 때에야 우리는 겨우 울릭세스와 연쇄 실종 사건을 연결시킬 수 있었어. 선장의 친구 중 한 명이, 목요일의 유노에서 바람개비가 달린 금속 통을 카트에 싣고 거리를 방황하는 울릭세스를 발견했던 거야. 그녀가 말을 걸자, 울릭세스는 눈을 불안하게 굴리며 횡설수설을 했는데, 알아들을 수 있었던 유일한 부분은 '그래도 이제 나는 쿠퍼니까……'였대. 도대체 무슨 말을 하느냐고 묻기 전에 그는 허겁지겁 항구로 달아나더니 미나 머레이로 올라가더래. 그리고 그 배는 사흘 뒤 사라져 버렸지.

울릭세스의 소식을 들은 우리는 당장 팔리다 모르스와 로즈 셀라비의 실종 사건을 연결시켰고 툴레에서 그가 머물던 집을 찾았어. 그가 맨정신으로 쓴 마지막 보고서를 읽은 것도 그때였지.

거기서부터 모든 게 정리되더라고. 울릭세스는 양서류 기계들이 그를 방치한 건 자신이 올리비에를 보호하는 쿠퍼가 되었기 때문이라고 믿었지. 그리고 그는 실제로 쿠퍼로서 자신의 임무를 수행했어. 올리비에를 끌고 다니면서 배들을 감염시켜 로즈 셀라비와 같은 바다 괴물로 만들었던 거야.

울릭세스가 끌고 다녔던 금속 통은 우리가 아는 올리비에랑 조금 다른 식으로 행동했어. 우리가 아는 올리비에는 지상종의 중심이고 철인왕이야. 하지만 울릭세스의 올리비에는 양서류 기계들을 위해 일하는 하인이나 유모, 촉매처럼 보여. 하지만 드러난 차이점과 유사점은 모두 이 올리비에가 마리아 테레지아의 일부였다는 가설을 증명할 뿐이야. 우리가 아는 지상종과 비슷하면서도 다른 어떤 존재가 크루소를 활보하고 다닌다는 이들은 링커 기계들의 베들레헴인 거야.

미나 머레이 이후로도 배들은 꾸준히 사라졌어. 적어도 그 이후 발생한 선박 실종 사건 중 14건은 울릭세스의 올리비에가 원인인 게 확실해. 하지만 3년 전에 파사디나가 사라진 뒤로 울릭세스와 올리비에의 목격담은 끊어져 버렸어. 여전히 배들은 사라졌지만, 대부분 보다 산문적인 이유 때문이었지. 세상은 점점 더 살벌해지고 있었으니까.

그래도 우리는 율릭세스의 올리비에를 포기하지 않았어. 가장 큰 이유는 역시 올리비에에 대한 우리의 종교적 믿음 때문이었지. 아무리 변종이라고 해도 올리비에는 올리비에였어. 우리 중 어느 누구도 올리비에가 실패하거나 죽을 수 있을 거라고는 생각하지 않았어. 5만 년 전 항해사 아가씨의 고향에서 무슨 일이 일어났는지 알게 된 뒤로는 더더욱.

우리는 마지막으로 실종된 배인 파사디나를 추적했어. 그 배가 교회 마피아의 소유였다는 게 아무래도 걸렸지. 처음에는 정말 아무 상관 없는 것 같았어. 하지만 우린 운 좋게도 마피아의 수장인 멜빌의 마누스가 어떤 희생을 내더라도 율릭세스와 '부정한 기계'를 생포하라는 명령을 내렸다는 사실을 확인할 수 있었어. 적어도 파사디나 선원들 중 일부는 살아남아 기다리고 있던 교회 마피아의 항공모함에 의해 구조되었다는 것도.

일단 단서를 잡으니 술술 풀리기 시작했어. 우린 멜빌의 마누스가 직접 올리비에를 만났다는 것까지 확인했어. 그가 일주일 뒤에 살해당한 것도 그가 율릭세스처럼 감염되어 쿠퍼처럼 행동한다는 의심을 받았기 때문이지. 마누스와 함께 셜러 파를 몰아낸 오스틴 파는 올리비에를 파괴하려 했지만 그 직전에 율릭세스와 올리비에 모두를 강탈당하고 말았어.

이들을 누가 강탈했는지 알아내는 것도 어렵지 않았어. 로트바르트의 라킨 시티 지지 세력이었지. 이를 알아차린 보와 시드니의 부대가 이를 또 강탈했고, 그러다가 울릭세스와 올리비에는 다시 사라져 버렸어. 크림슨 지하드의 짓인가 생각했지만, 지금 그치들에게 그런 짓을 저지를 여력이 있을 리가 없었지. 그리고 크림슨 지하드를 제외하더라도 용의자들은 많았어. 슬슬 다른 시티 정부들이 눈치를 채고 있었으니까.

이 섬에 올리비에가 있다는 걸 밝혀낸 건 선장이었어. 선장은 다른 사람들이 올리비에를 쫓는 동안 거꾸로 생각했지. 어떻게 올리비에가 로즈 셀라비에 들어왔는지 알아내려 한 거야. 그는 로즈 셀라비가 레벤튼 섬 근처에 몇 번 접근했는지 확인했고 선장 일지를 통해 용의자를 추려 냈어. 다섯 차례 접근에 세 번 상륙. 그리고 상륙자 명단엔 모두 당시 선의가 포함되어 있었지. 베르티유에서 온 클라인작이라는 남자. 일단 그 사람을 추적하고 나니까 전체 그림이 보이더라고."

"클라인작? 우리 소장 말이야?"

"난 자기 이름 가지고 자학하는 사람들은 도저히 이해가 안 돼. 도대체 왜 하고 많은 이름 중 클라인작인 거야?"

"그리고 당신은 올리비에를 챙기러 여기에 온 거고."

의사 선생은 얼굴을 찡그렸다.

"아니. 그렇지는 않아. 우리가 끼어들기엔 너무 분주하거든. 이미 정보는 크루소 전체에 퍼졌어. 우리만 머리가 있는 게 아니라고. 보도 알고, 라킨 시티도 알고, 교회 마피아의 쉴러 파, 오스틴 파 모두가 알고, 크림슨 지하드도 알고, 로트바르트 연구소의 모든 분파들도 알아. 아마 링커 기계들도 알고 있을걸. 다들 이 부근에 모여 마지막 공격 신호만을 기다리고 있어. 우리 정보가 맞다면 한 시간 안에 전쟁이 시작될 거야. 내일이 끝나기 전에 호가스 섬은 흔적도 안 남기고 사라져. 거기에 껴서 뭐 해? 무슨 영광을 누리겠다고?"

"약탈에 가담하지 않을 거라면 여긴 왜 온 건데?"

"사람들을 구하려고."

42호는 혀를 찼다.

"선장 생각이지?"

"제저벨의 생각이지. 투표로 결정한 거야. 만장일치였어. 왜 그렇게 보는 거야? 내 이미지랑 그렇게 안 맞나? 난 의사야. 생명을 구하는 사람. 그리고 내가 아는 바로는 여긴 2000명이 넘는 미치광이들이 살고 있지."

4

의사 선생은 12호관으로 돌아갔지만, 42호는 그의 뒤를 따르지 않았다. 대신 그녀는 해변 산책로를 따라 서쪽 병원 건물까지 걸었다. 병원 1층과 옆의 직원용 아파트엔 아직 군데군데 불이 켜져 있었다.

그녀는 입구에 기우뚱 서 있는 세바스티안 성인의 청동상 뒤에 숨어 창문을 훔쳐보았다. 당직 중인 의사 둘이 커피를 마시고 있었다. 검은 제복을 입은 경비원 한 명이 카트에 공구 상자를 싣고 그들 앞을 지나쳤다. 희미하게 음악 소리가 들렸다.

누구도 앞으로 일어날 대참사에 대해 모르는 것 같았다.

그녀는 소장에 대해 알고 있는 게 도대체 뭔가? 그녀는 그가 로트바르트 연구소에 잠시 몸을 담았다는 건 알았다. 하지만 요새는 웬만한 사람들은 다 그 연구소에 연줄이 있지 않던가. 가끔 그는 자기가 타고 다니던 배에 대해 이야기했는데, 생각해 보니 그건 로즈 셀라비 이야기일 수도 있었다. 하지만 그는 주로 그의 고향 세계인 베르티유 태양계에 대해 이야기했다. 그는 아자니의 도움 없이 스스로 구닥다리 우주선을 만들어 이웃 행성을 정복한 그의 조상들을 자랑스러워했다. 물론 그들의 도전은 그것으로 끝이었다. 광속의 장벽이 막고 있는 한 더 이상 갈 곳이 없었던 것이다.

마리아 테레지아를 만든 사람들은 어떻게 그 장벽을 뚫었을까? 스스로 길을 개척했을까, 아니면 그 세계 링커들의 지식을 훔쳤을까, 아니면 그들이야말로 모든 지식의 원조이며 그 세계 링커들의 창조주였던 걸까. 만에 하나 마지막 생각이 맞다면, 우린 지금까지 후손들의 후손들에게 기생하며 살고 있었던 걸까.

우리라니, 그녀는 고개를 저었다. 언제부터 우리였지?

넌 인간이 아니잖아. 기껏해야 대충 그린 인간의 풍자화에 불과한데.

42호는 뒤로 돌아섰다. 제저벨과 자유함선연합의 다른 배들이 상륙할 때까지 40~50분 정도 남았다. 이미 선장과 항해사가 의사 선생과 함께 와 있는지도 모른다. 그리고 그녀의 추측이 정확하다면 엔지니어는 오래전부터 이곳에 와 있었다. 다른 방법이 있을 리가 없었다. 짧은 시간 안에 폐쇄 병동의 수용자들을 통제하고 움직이려면 한 명 이상의 고기능 베들레헴이 필요하다. 그것도 최소한이 그렇다. 베들레헴들은 한 덩어리로 취급될 수 있는 부류가 아니지 않은가. 엔지니어가 일종의 슈퍼 베들레헴이 아니라면.

그녀는 시드니의 기억을 통해 제저벨의 엔지니어에 대해 알고 있었다. 시드니는 그가 이용하는 모든 사람들에 대한 자료를 수집했다. 엔지니어처럼 튀는 존재를 그가 건너뛸 리가 없었다. 그는 항해사가 클레이스라는 이름으로 부르는 그 괴물이 수요일의 뉴 몰타 시티 해안에서 어떻게 발견되었는지 알았고, 12년 동안 베들레헴 수용소에 감금되었다가 홀로 탈출한 그 아이를 어떻게 항해사 아가씨가 구해 빼돌렸는지도 알았다. 그 탈출 과정 중 발생한 몇몇 이상 현상에 대한 목격담은 반 정도만 믿을 만했다. 그녀는 하샤와 엔지니어에 대해 대화를 나눈 적도 있었지만 정작 내용은 기억나지 않았다. 망할 기억력. 그녀는 이 조작된 망각이 짜증 났다. 바깥 정신은 분명 모두 기억하고 있을 텐데.

멀리서 합창 소리가 들렸다. 5호관 수용자들이 부르는 노래였다. 이전과는 달리 음들은 모두 일정 간격으로 끊겨 있었고 음 선택은 무작위적이었다. 베베른 자장가. 제저벨 사람들이 엔지니어의 노래 패턴 하나를 그렇게 부르지 않았던가. 언제부터 저들이 저런 노래를 불렀지? 저건 엔지니어가 이미 5호관에 침투했다는 증거일까.

그녀는 온몸이 근질근질했다. 무언가 엄청난 일들이 일어나고 엄청난 진상이 밝혀지기 직전인데, 방해되지 않게 입 닫고 구석에 박혀 있어야 하다니. 나는 한때 시드니였는데! 크루소의 운명이 내 손가락 끝에 달려 있었는데!

그때 그녀는 보를 떠올렸다. 뾰족한 턱과 이마에 박힌 세 번째 눈을 빼면 은근히 젊은 시절 폴 롭슨을 닮은 그의 얼굴. 그녀가 다른 벨로키오제 인형들에 집착하고 있었던 연구소 시절. 마지막으로 그녀를 찾아온 그는 이렇게 말했었다.

"우린 모두 시드니지요. 당신과 마찬가지로 나 역시 조금은 시드니입니다. 당신처럼 그의 유업을 이어받았고 그를 따르고 있지요. 플래그 선생도 어느 정도 시드니지요. 나와 반목하는 연구소의 다른 무리도 시드니고요. 시드니가 없었다면 모두 여기까지 올 수 없었지요."

"하지만 그건 아무런 의미가 없는 말이잖아요. 모든 일을 신의 뜻이라고 얼버무리는 교회 마피아와 다를 게 뭐죠?"

"시드니는 자기가 남긴 것이 자기 뜻이라고 주장한 적 없습니다. 시드니는 뜻을 남긴 게 아니라 의지와 추진력을 남겼습니다. 시드니는 우리가 그의 명령을 따르기를 바라지 않았습니다. 우리가 스스로 미지의 영역을 개척하길 바랐습니다."

정말 그랬던가? 그녀는 알 수 없었다. 그녀는 시드니의 일부에 불과했다. 더 편협하고 냉정하고 잔인한 시드니. 그리고 객관화 시술 이후로는 그마저도 아니었다.

아마 보도 확신할 수 없었으리라. 아마 그래서 더 그 믿음에 집착했는지도 모른다. 당시는 그에게 불운한 시기였다. 그가 희망을 걸고 있던 실험들은 모두 실패로 끝났다. 크림슨 지하드의 남침 이후 제2의 고향이었던 목요일 대륙은 다시 전쟁터로 변했다. 그는 점점 더 정치적이 되었다. 마지막으로 그의 소식을 들었을 때, 그는 목요일에서 싸워줄 시드니의 용병들을 모으고 있었다.

짧은 휘파람 소리가 위에서 들렸다. 그녀는 하늘을 올려다보았다. 형광을 내는 밤 구름 이외엔 아무것도 보이지 않았다. 하지만 소리가 반복될수록 섬 주변의 대기는 불안하게 흔들렸고 구름 사이의 별들은 크리스마스트리의 전구처럼 깜빡거렸다. 그녀는 이를 악물었다. 은폐장의 흔적이었다.

오래 기다릴 필요 없었다. 1분도 되지 않아 작고 묵직한 금속 물체가 땅에 떨어지는 소리가 사방에서 들려왔다. 잠시 뒤 거미처럼 긴 다리가 난, 공처럼 생긴 물체들이 하나씩 작은 크레이터 속에서 기어 나왔다. 그녀 앞에 떨어진 다섯 마리가 일렬종대로 모여 병원 건물을 향해 진격하는 바로 그 순간, 다시 한번 하늘에서 휘파람 소리가 들렸다. 이번 것은 이전 것보다 훨씬 컸고 길었다. 그리고 소리를 지르며 섬의 하늘을 가로지르는 은색 오를라는 더 이상 은폐장 따위로 자신을 감출 생각 따위는 하지도 않았다.

공습이 시작된 것이다.

5

상식을 따른다면, 42호는 당장 12호관을 향해 뛰어야만 했다. 방으로 뛰어가 그녀의 물건들을 챙기고 1층 식당에서 의사 선생을 만나 그의 지시를 따라야 했다. 하지만 그녀는 세상에서 가장 당연한 것처럼 5호관을 향해 뛰었다. 왜 그랬는지 그녀는 알 수 없었다. 달리는 동안 그녀는 벨로키오의 로봇 제조자들이 그녀를 은근히 자랑스러워할 거라고 생각했다. 이런 즉흥적인 비논리야말로 그녀가 완벽하게 인간처럼 행동한다는 증거가 아니겠는가.

5호관 앞에서 그녀는 막 크레이터에서 기어 나온 거미와 마주쳤다. 거미는 그녀 따위는 신경도 쓰지 않고 여덟 개의 다리를 놀리며 병원을 향해 성큼성큼 걸어갔다. 그녀는 그들의 출신 행성과 상표 이름을 기억해 냈다. 오이리안테의 클라리몽드 군대. 20년 전, 시드니는 이들을 이용해 레오폴드 2세 요새의 교회 마피아 광신자들을 공격했다. 이들은 이제 보의 군대다.

5호관은 베베른 자장가로 시끄러웠다. 42호가 아무리 정문의 벨을 눌러도 나오는 사람은 없었다. 그녀는 옆으로 달려가 창문에 얼굴을 들이댔다. 마스크를 쓴 경비원 한 명이 1층 복도에서 귀를 막고 고함을 질러대고 있었다. 그녀는 창살을 두드리고 흔들었지만, 그는 듣지 못했다. 그는 바닥에 쓰러졌고 그와 거의 동시에 불이 나갔다.

호가스의 하늘과 땅은 온갖 종류의 잡음으로 시끄러웠다. 비행체들이 섬 여기저기에 군인들과 로봇들을 떨어뜨렸고, 그들은 떨어지자마자 대부분 병원을 향해 달려갔지만, 몇 명은 광장에 폭탄을 터트리고 구멍을 파고 서로에게 총질을 했다. 가끔 은폐장을 뒤집어쓴 투명인간들이 서로를 못 보고 질주하다 요란한 소리를 내며 충돌하는 경우도 있었다.

아직도 신경 경련으로 꿈틀거리는 용병의 시체에서 충격총을 뽑아 든 42호는 다시 5호관 정문으로 달려갔다. 겨냥하고 두 발을 쏘자 금속문은 뜯겨져 뒤로 나가떨어졌다. 총의 손맛이 익숙했다. 글렌데일 민병대에 3년 동안 몸담았던 시드니의 과거가 흐릿하게 떠올랐다. 하지만 지금은 남의 과거에 신경 쓸 때가 아니었다.

5호관 안은 어둡고 차분했다. 사방에서 들리는 노랫소리가 아니라면 아무도 없는 줄 알았을 것이다. 하지만 충격총의 조명을 켜자 복도 벽과 계단에 딱 달라붙어 활인 화처럼 정지 자세로 서 있거나 앉아 있는 사람들이 보였다. 그들은 모두 장님처럼 눈앞의 허공을 응시하고 있었고 그녀가 들어가도 눈썹 하나 까딱하지 않았다.

"몇 분 전에 저 자신과 내기를 했습니다."

익숙한 목소리가 위에서 들렸다. 42호는 위를 겨냥했다. 소장이 2층 난간 너머에서 맥없는 미소를 짓고 있었다.

"공습이 시작되면 당신은 어디로 갈까. 5호관일까, 병원일까. 12호관으로 돌아갈 거라고는 생각도 안 했습니다. 시드니는 그럴 사람이 아니니까. 자기가 뿌린 씨가 어떤 열매를 맺는지 두 눈으로 직접 봐야 할 테니까. 제가 이겼지요. 역시 5호관 쪽이 더 그럴싸하지. 당신은 늘 기계보다 사람 편이었죠. 심지어 정신이 기계에 이식된 뒤에도 말입니다."

"알고 있었군요."

42호가 말했다.

"생각보다 눈치가 없군요. 로봇이 된 부작용인 겁니까? 제가 당신을 여기까지 납치해 왔을 거라고 한 번도 생각을 못 한 겁니까? 지난 3년이 제 복수였다는 걸 정말 몰랐습니까? 그래요, 복수 말입니다. 잘난 시드니 선생이 로즈 셀라비를 맥켄지 블록의 공항을 날려버리는 망치쯤으로 생각한 통에 제 위대한 계획이 얼마나 틀어졌는지 압니까? 제가 거기에 투자한 시간과 노력이 얼마나 되는지 아느냔 말입니다."

42호는 소장의 말을 믿었지만, 그의 태도는 의외로 설득력이 없었다. 아마 그가 그런 이야기를 하는 동안에도 계속 그녀의 다리를 훔쳐보고 있었기 때문에, 조지 샌더스를 닮은 그의 목소리가 내용과 어울리지 않는 서글픈 나른함을 담고 있기 때문에 그랬을 것이다.

"정말로 올리비에를 통제할 수 있을 거라고 생각했나요?"

"통제요? 그런 걸 왜 합니까? 제가 만화책 악당이라도 되는 줄 압니까? 그걸 가지고 세계 정복이라도 할 줄 알았습니까? 제 올리비에는 그런 것과 상관없습니다. 지금 바깥에서 설치는 녀석들 중 자기가 찾는 게 뭔지 아는 사람이 몇이나 될까요?"

더 이상 그녀와 관련된 복잡한 감정에 말려들기 싫다는 듯, 어깨를 으쓱한 소장은 2층 복도로 사라져 버렸다.

42호는 그를 쫓아 계단을 오르기 시작했지만, 누군가가 그녀의 팔목을 잡았다. 반투명하고 차갑고 가느다란 갈색 손. 그녀는 뒤를 돌아보았다. 엔지니어였다. 토요일에서 실물을 딱 한 번 보았을 뿐이지만 그 악마 같은 얼굴을 잊을 수는 없었다. 그녀의 얼굴은 다른 베들레헴들처럼 무표정했지만 다른 이들과 구분되는 어떤 의지가 느껴졌다. 그와 함께 지금까지 배경음악처럼 떠돌고 있던 베베른 자장가는 뚝 멎었고 계단과 복도는 조용해졌다.

그 순간 2층에서 비명 소리가 들렸다.

42호는 다시 계단을 올랐고 이번엔 엔지니어도 막지

않았다. 2층까지 단번에 올라간 그녀는 바닥에 넘어진 채 자신을 향해 엉금엉금 기어오고 있는 소장과 마주쳤다. 가슴 쪽에서 흘러나온 검붉은 피가 나무 바닥을 적시고 있었다. 헐거운 가운을 입은 덩치 큰 남자가 피가 뚝뚝 떨어지는 투명한 칼을 들고 그의 뒤를 따랐다. 울릭세스였다. 그의 비정상적으로 두툼한 어깨와 반쯤 넋이 나간 얼굴을 보고도 모를 수 없었다. 소장은 무언가 말을 하려 입을 벌렸지만, 남자는 다짜고짜 그의 머리를 바닥에 박고 등에 칼을 찔러 넣었다.

뒤따라온 엔지니어가 다시 그녀의 팔목을 잡고 흔들었다. 그녀는 소장의 시체와 울릭세스를 남겨두고 아래로 내려왔다. 이제 5호관의 베들레헴들은 그레고리안 성가 비슷한 노래를 부르며 밖으로 움직이고 있었다. 그녀는 다른 사람들의 흐름에 휩쓸려 순식간에 5호관에서 빠져나왔다. 바깥은 아수라장이었다. 여기저기 시체가 굴러다녔고 곳곳에서 폭탄이 터졌으며 하늘에는 이미 은폐장을 끈 온갖 종류의 비행체들이 날아다녔다. 하지만 대부분 공격 방향은 병원에 집중되어 있었다. 건물은 이미 반쯤 파괴되어 있었고 병원 앞 광장 앞에는 병원 건물 크기의 거의 두 배가 되어 보이는 거대한 구멍이 뚫려 있었다.

하늘이 대낮처럼 밝아졌다. 오렌지빛의 거대한 구름이 풍선처럼 부풀어 오르고 있었다. 4, 5초 뒤에야 충격파가 섬에 닿았고 요란한 폭발음과 뜨거운 열기가 주변을 휩쓸었다.

"안녕, 미스 로저스!"

폭발음이 잦아들자, 뒤에서 누군가가 외쳤다. 고양이 얼굴의 항해사였다. 그녀는 밝게 웃으면서 광선총 총구로 하늘을 가리켰다.

"교회 마피아 소속 항공모함 빅토리아가 쏜 가미가제 전투기예요. 보의 오를라들이 아슬아슬하게 격추시켰군요. 두 대가 더 날아오고 있다는데, 그것들도 섬에 도착하기 전에 해치울 수 있을 거예요. 그동안 잘 지냈나요? 막의사 선생으로부터 당신이 여기 있다는 말을 들었어요!"

"잘 못 지냈어요. 이제는 어떻게 해야 하지요?"

"북쪽 건물 사람들은 의사 선생과 연합의 동료들이 이미 대피를 시켰어요. 나머지 사람들을 모아 빨리 항구로 합류해야지요."

하늘에서 비행체의 날개가 나선형을 그리며 떨어지다가 42호의 머리를 아슬아슬하게 스치고 지나갔다. 날개는 광장 바닥을 긁으며 직진하다가 4호관 벽에 충돌했다. 아직도 은폐장 때문에 껌벅거리는 검은 날개에는 크림슨 지하드의 문장이 새겨져 있었다.

"저건 빅토리아에서 날아온 거예요."

항해사가 외쳤다.

"살다 보니 크림슨 지하드와 교회 마피아가 연합하는 걸 다 보게 되는군요! 정말 세상의 종말이 찾아온 걸까요?"

"'부정한 기계'에 대한 공포와 혐오는 양쪽 모두 똑같

285

죠. 그런 게 어디서 나왔는지는 잘 모르겠지만. 하긴 전
둘이 다른 게 뭔지 모르겠어요. 참, 올릭세스가 소장을 죽
였어요."

"그랬군요. 그 사람, 아직도 거기 있나요? 있다고요?
그럼 그대로 놔두죠. 자기가 할 일이 뭔지 알 거예요. 우
리가 참견할 일이 아니죠. 쿠퍼에게 쿠퍼의 일이 있다면,
우리에게도 우리가 할 일이 있지요."

폐쇄 수용소의 베들레헴들이 모두 모이자, 그들은 서
쪽 항구를 향해 뛰기 시작했다. 항해사는 그러는 동안 틈
틈이 소장의 계획에 대한 제저벨의 가설을 들려주었다.
짐작했던 대로 그는 과학적 베들레헴 숭배자였다. 그렇다
면 그는 자신이 꼼꼼하게 수집한 베들레헴들을 이용해 마
리아 테레지아의 올리비에와 소통을 할 수 있을 것이라
믿었고 그를 통해 태어난 새 연합이 지금의 링커 우주에
대항하는 새로운 세력으로 자라날 것이라 믿었을 것이다.
그가 올리비에에 무심한 것도 이 가설을 통하면 이해가
됐다. 그의 이론에서도 올리비에는 촉매일 뿐, 진짜로 중
요한 것은 그의 영향을 받은 베들레헴들이었기 때문이다.

"동종요법 정도의 신빙성밖에 없는 이론이죠!"

항해사가 말했다.

"하지만 그렇다고 그냥 무시할 수도 없는 것이, 레벤
튼에서 자란 저랑 언니도 그와 비슷한 일을 겪었거든요.
마리아 테레지아의 올리비에와 완벽하게 소통할 수 있는
타입의 두뇌가 어딘가에 존재하긴 할 거예요. 그런 두뇌

의 소유자가 있다면 베들레헴일 수밖에 없겠지요. 단지 소장이 올바른 두뇌를 모았는지는 알 수 없어요. 잠시만 요…….'"

잠시 귀에 낀 통신기의 메시지에 귀를 기울이던 항해 사는 묘한 미소를 지었다.

"빅토리아가 격침되었대요. 아무래도 웨인 짓 같다는 군요. 배를 격침시킨 발사체가 날아온 곳이 몬테 그란데 라나!"

"거기 올리비에는 묵상 중이 아니었나요?"

"2년 전부터는 아니지요. 어차피 공항으로 쓸 수 없는 건 마찬가지지만, 베들레헴에 감염될까 봐 시티들이 네트 워크를 끊고 고립되어 있는 동안 크루소에는 엄청난 변화 가 일어나고 있어요. 겁에 질린 바보들은 그걸 모르죠. 잠 시만요…… 서둘러야겠어요. 몬테 그란데에서 쏘아 올린 발사체 다섯이 더 날아오고 있어요. 이번엔 섬을 직접 겨 냥하고 있대요."

항구는 난장판이었다. 이미 몬테 그란데의 발사체 소 문이 퍼졌는지 상륙한 군인들은 우왕좌왕하고 있었다. 먼 저 도착해 있던 의사 선생과 항해사는 그들 사이에서 총 을 쏘아대며 항구까지 이어지는 길을 뚫었다. 앞에는 네 척의 배가 정박해 있었고 북쪽 건물들에서 온 사람들을 태운 배 두 척은 이미 떠날 준비를 하고 있었다. 제저벨 은 그중 가장 작았고 가장 심하게 망가져 있었다. 마스트 는 반으로 꺾여 있었고, 뱃머리의 난간은 반쯤 녹아 있었으며, 조타실은 숟가락으로 잘라낸 치즈 조각처럼 구석이 떨어져 있었다. 멀쩡해 보이는 것은 강화 코팅 안에서 여전히 완벽한 미모를 과시하는 베티 데이비스의 초상화뿐이었다. 도대체 저들은 그동안 무슨 일을 겪었던 걸까. 제저벨은 게으름뱅이들의 배가 아니었던가.

엔지니어의 지휘 아래 베들레헴들은 거의 연습이라도 한 것처럼 완벽한 흐름을 타고 제저벨과 옆의 배에 올랐다. 42호는 제저벨의 갑판을 콩콩 뛰어다니며 스피커로 고함을 질러대는 작은 곰인형처럼 생긴 선장을 알아볼 수 있었다. 그는 항해사만큼이나 즐거워 보였다. 그녀는 그가 온몸으로 외치는 선언을 이해할 수 있었다. 우리가 하는 일이야말로 진짜로 가치 있는 일이야. 너희 같은 도둑들이 무얼 알겠어.

"용케 도착했네! 잠시 걱정했어. 뭔가 쓸데없는 짓을 저지를까 봐!"

42호가 제저벨에 오르자 의사 선생이 손을 흔들며 외쳤다.

"그런 추측을 하기엔 당신이 나에 대해 아는 게 너무 적지 않아?"

그녀가 쏘아붙이자, 의사 선생은 껄껄 웃으며 갑판 위에서 가볍게 탭댄스 스텝을 밟았다.

제저벨과 다른 배들이 사람들을 모두 싣고 항구에서 막 벗어났을 때, 섬을 향해 날아오는 은빛 발사체들이 희미하게 보였다. 예고대로 모두 다섯 개였다. 벌떼처럼 섬

하늘을 맴돌던 비행체들은 모두 움찔하며 해변 쪽으로 밀려났고 병원을 뒤지던 군인들 역시 모두 해변으로 달아나고 있었다. 오로지 거미들만이 남아 병원의 폐허를 뒤지고 있었다. 이 광경은 42호의 눈에 서사적으로 보였다. 옛날 할리우드 테크니컬러 와이드스크린 대작들이 종종 그렸던 화려한 재난. 아마 자발적으로 배경음악을 깔아주는 베들레헴들 때문에 더 그렇게 보였는지도 모른다.

그때였다. 엔지니어가 발작을 일으킨 것은.

처음에는 아무도 그것이 발작이라는 걸 눈치채지 못했다. 엔지니어를 모르는 대다수의 사람들은 어디까지가 그녀의 정상성인지 몰랐다. 그녀를 아는 다른 사람들은 그녀의 육체와 정신이 이상을 일으키거나 무방비 상태에 빠질 것이라고는 상상도 한 적 없었다.

사람들이 방심한 동안 엔지니어는 제저벨 갑판에 쓰러져 부들부들 떨고 있었다. 그녀는 떨리는 손으로 항해사의 발목을 잡았고, 그제야 무언가 잘못되었다는 걸 알아차린 항해사는 그녀 옆에 앉아 머리를 쓰다듬었다.

엔지니어의 발작은 주변 베들레헴들에게도 영향을 끼쳤다. 제저벨의 베들레헴들은 이제 섬을 손가락으로 가리키며 비명을 질러대고 있었다. 그들이 가리키는 방향으로 시선을 돌린 42호는 그들이 무엇을 미리 보았는지 알 수 있었다.

지름이 거의 병원 건물에 맞먹는 황금색 물체가 섬 한가운데에서 천천히 솟아오르고 있었다. 이 거리에서 정확한 지점을 확인하기는 어려웠지만 병원 앞 광장에 난 구멍에서 나오는 건 거의 분명해 보였다. 그 물체가 솟아오르면서 주변 건물들은 하나씩 무너져 내렸고 거미들은 튕겨나갔다. 그 물체는 끝으로 갈수록 뾰족해지는 물방울 모양이었고 그 단순한 모양을 방해하는 어떤 부속물도 달고 있지 않았다. 물체는 구멍에서 빠져나오자 바다를 향해 천천히 날아갔다.

나중에 항해사는 제저벨의 친구들에게 당시 경험에 대해 이야기했다.

"클레이스의 발작이 거세질수록 내 주변의 물리적 공간은 점점 와해되었어. 주변 사람들은 사라지고 오로지 나와 클레이스만 남았지. 바깥 세계는 마치 물이 빠진 폭포처럼 소멸되어 갔고 그 뒤에 있는 이면이 드러났어.

그 순간 나는 과거로 빠져들어 갔어. 내가 레벤튼에서 체험했던 과거. 레벤튼 사람들이 쓸모없는 러시아식 우울증에 빠져 있던 과거. 나는 그제야 우리가 느꼈던 감정이 무엇인지 알 수 있었어. 그것은 고향에 대한 향수였어. 물리적인 장소로서의 고향이 아니라 자신에게 가장 당연하고 자연스러운 상태로서의 고향에 대한 향수. 지금까지 마리아 테레지아는 그 감정을 우리에게 전달했고, 우린 그걸 우리의 경험에 맞추어 멋대로 해석했던 거지.

호가스에서 떠오른 그 우주선은 마리아 테레지아였어. 5만 년 동안 묻혀 있던 우주선의 잔재가 아니라 그 정신을 물려받고 재정비된 새로운 우주선. 클라인작이 올리비에를 병원 밑에 묻어두고 있는 동안 섬의 땅 밑에서는 그 우주선이 새로 태어나고 있었던 거야. 그것이 날아오르면서 나에게 익숙했던 그 향수의 노래를 불렀고, 내가 알 수 없는 이유로, 클레이스는 그 노래의 자극을 견딜 수 없었던 거야. 그건 그 아이의 경험을 전달받은 다른 베들레헴에게도 마찬가지였던 거고.

발작을 이겨내려 기를 쓰면서 클레이스는 계속 나를 잡고 있었어. 처음에는 발목을, 다음에는 정강이를, 다음에는 비틀비틀 일어나면서 어깨와 팔을. 결국 그 아이는 나에게 완전히 몸을 밀착시키고 내 귀에 입을 덮었어. 그러는 동안 발작은 서서히 가라앉았어. 마치 내가 느끼지 못하는 무언가가 그 아이를 지나 내 몸으로 들어왔고 그것이 다시 나를 통해 밖으로 빠져나가는 것 같은 기분이었달까.

클레이스가 거의 안정을 찾자 아이는 나에게서 몸을 풀고 빠져나왔어. 그와 함께 다른 무언가가 나타났지. 그때까지 나를 둘러쌌던 감각들은 불분명하고 추상적이었어. 하지만 그 뒤의 것은 달랐지.

그것은 일종의 슬라이드 쇼와 같았어. 어떤 곳은 텅 빈 항성 간 공간이었고, 어떤 곳은 연기를 뿜어대는 붉은 늪지였어. 어떤 곳은 제트기류를 뿜어대는 블랙홀이었고, 어떤 곳은 초신성의 잔해였어. 어떤 곳은 그물 모양의 노란 생명체가 다닥다닥 붙어 있는 감자 모양의 소행성이었고, 어떤 곳은 거대한 고리를 가진 가스 행성이었어. 모두 우주선이 지금까지 거쳐왔던 곳임이 분명했고, 우주선의 정신은 다시 한번 그곳으로 가기 위한 비행을 준비하고 있었어.

완전히 이해할 수 없는 순간순간의 직관이 나의 두뇌 안으로 들어왔다가 사라졌어. 꿈꾸는 것, 상상하는 것에는 단순히 목적지를 보여주는 것 이상의 의미가 있었어. 그것은 오히려 비행 자체만큼이나 중요한 것이었어. 그건 무슨 뜻이었을까. 그건 과연 클레이스가 일으킨 발작과 연결되어 있었을까? 클레이스는 과연 나보다 더 많은 것을 보았을까?"

42호는 알 수 없었다. 그와 비슷한 경험을 한 건 오로지 항해사와 엔지니어, 그리고 제저벨의 갑판 위에서 비명을 질러대던 베들레헴들 중 몇 명뿐이었다.

항해사와는 달리 그녀는 주변에서 일어나고 있는 모든 일들을 아무런 해석 없이 받아들이고 있었다. 물방울 모양의 물체가 병원 앞의 광장에서 나타났고 그것은 바다를 향해 날아갔다가 물속으로 사라졌다. 한동안 바닷물은 황금색으로 물들었고 곧 어두워졌다. 물속의 황금빛이 사라지기 직전 웨인이 쏘아올린 다섯 대의 발사체가 섬에 맞았고 호가스 섬은 불바다가 되었다. 충격파로 배가 흔들렸고 그녀의 몸은 거의 배 밖으로 튕겨 나갈 뻔했다. 의사 선생이 잽싸게 그녀의 옷깃을 잡아 배 안으로 끌어오지 않았다면 그녀는 정말로 바닷속으로 떨어졌을지도 모른다.

바다는 불바다를 피해 뛰어든 사람들로 부글거렸고, 군사 작전은 구출 작전으로 바뀌었다. 이제 사람들은 친구들뿐만 아니라 얼마 전까지 적군이고 경쟁자였던 사람들까지 무작정 끌어 올리고 있었다. 제저벨과 자유함선연합에 소속된 다른 배들도 물속에 빠진 군인들을 구조하기 시작했다. 다행히도 더 이상의 공격은 없었다. 링커 기계들이 호가스 섬의 상황을 얼마나 알고 있는지 몰라도, 공격은 그것으로 충분하다고 생각한 모양이었다.

요리사 아줌마의 야채수프를 갑판 위로 나르는 중노동에 시달리면서도, 42호는 웃음이 나오는 걸 막을 수가 없었다. 그녀가 본 건 링커 기계의 실패였다. 발사체는 우주선 대신 아무짝에도 쓸모없는 구멍을 폐허로 만들었을 뿐이었다. 그 때문에 많은 사람들이 죽고 다쳤지만 실패했다는 사실은 달라지지 않았다. 그들은 인간들보다 조금도 나을 게 없었다.

그것은 그녀가 목격한 최초의 실패였는가? 확신할 수 없었다. 그녀와 하샤가 토요일에서 목격했던 건 무엇이었는가. 변장한 오를라를 날려 날아오지 않는 아자니들을 대신하고, 베들레헴들을 통합해 그들의 두뇌로부터 무언가를 얻으려 했던 토요일의 올리비에 역시 한심한 실패자가 아니었을까? 지금까지 지구인들은 그들이 저지르는 수많은 바보짓을 신비주의로 포장해 그럴듯하게 해석해 왔던 게 아닐까.

그건 단순한 실패가 아니라 링커 기계의 궁극적 한계

가 아니었을까? 전 은하계를 물리적으로 지배할 수 있는 능력을 가졌으면서도 그들은 400년 전이나, 3000년 전이나, 지금이나 다를 게 없었다. 무언가가 그들의 발전을 막고 있었고, 그들도 그 사실을 알고 있으며, 그 조건으로부터 벗어나려 하고 있었다. 인간들에게 그처럼 신비스럽게 보였던 묵상도 사실은 그런 상황에서 탈출하기 위한 처절한 발악일지 누가 알겠는가.

그녀는 미래에 대해 생각했다. 마리아 테레지아는 아직 크루소에 있다. 바다 괴물들 역시 마찬가지다. 그들은 다시 우주로 나가기 위해 스스로를 완성해 나갈 것이다. 앞으로 그들이 인간과 링커 기계 사이에서 어떤 역할을 하며 어떤 이야기를 만들게 될지 누가 알랴. 수많은 가능성을 담은 새로운 미래가 시작되고 있었다. 하늘의 길은 여전히 막혀 있지만, 크루소의 미래는 결코 닫혀 있지 않았다.

아마 그 안에서 그녀도 제자리를 찾을 수 있을지도 모른다.

덜컹거리면서 배가 흔들렸다. 제저벨은 이제 바다로 나가고 있었다. 그녀는 목적지도 대충 짐작할 수 있었다. 근처에 베들레헴들을 내려줄 수 있고 부상병들에게 병원을 열어줄 만큼 개방적인 시티는 그린 헤이븐밖에 없었다.

시드니는 20년 전 카페 체인점 계약을 맺으러 그곳에 한 번 간 적 있었다. 그녀는 아직도 호텔 앞 해수욕장의 백사장이 남아 있는지 궁금했다.

42호는 수프가 가득 든 양동이를 양손에 하나씩 들고 계단을 올라 갑판 위로 올라갔다. 등 뒤에서 〈Let's Face the Music and Dance〉를 흥얼거리는 콧노래 소리가 들렸다. 누가 그런 짓을 하고 있는지 확인하기 위해 고개를 돌릴 필요도 없었다. 그녀는 심술궂게 노래를 무시하고 배고픈 조난자들이 기다리고 있는 뱃머리로 성큼성큼 걸어갔다. 의사 선생은 투덜거리면서 그녀의 뒤를 따랐다.

기타 등등

1

몇 년 전 '자음과모음'으로부터 연재 요청이 왔다. 어떻게든 장편은 쓰지 않으려 발악하던 나는 단편 연재는 안 되냐고 묻는다. 안 된단다. 그래서 이번엔 픽스업은 괜찮냐고 묻는다. 답장이 돌아온다. 그런데 픽스업이 뭐예요?

글쎄? 픽스업이란 도대체 뭘까?

간단히 정의하자면 픽스업은 설정이나 인물로 느슨하게 묶인 단편들을 엮어서 장편 형식으로 출판하는 것을 말한다. 《스페이스 비글》의 작가 A. E. 반 보그트가 처음으로 만들어낸 이 명칭은 잡지에 실리는 단편의 비중이 높고 가상 세계의 창조가 중요한 SF나 판타지 장르에서나 중요하다. 미하일 레르몬토프의 《우리 시대의 영웅》은 장르 독자들의 눈으로 보면 픽스업이지만 그렇게 부르는 사람은 거의 없다. 그럴 필요가 없기 때문이다.

이는 그리 중요한 개념이 아니다. 픽스업 소설 상당수들은 픽스업을 쓴다는 계획 없이 그냥 쓰였다. 사실, 처음부터 픽스업을 쓴다고 선언하는 것부터가 조금은 민망하다. 그래서 시리즈의 첫 단편인 〈브로콜리 평원의 혈투〉가 픽스업의 딱지를 달고 나왔을 때…… 음…….

《제저벨》은 계획대로 풀린 글은 아니다. 원래 계획대로라면 〈브로콜리 평원의 혈투〉는 이 책의 첫 번째 단편이어야 했고 크루소가 무대인 단편 중간중간에 같은 세계관을 공유하는 다른 단편들이 들어가야만 했다. 하지만 일단 쓰고 나니 단편들이 너무 길어져 버렸고 상호 연관성이 중요해졌다. 그 결과 〈브로콜리 평원의 혈투〉와 〈안개 바다〉는 다른 단편집에 들어가 버렸고, 최종 결과물은 드라마 시리즈의 파일럿과 두 편의 시청률 조사 기간 에피소드, 시즌 피날레를 편집한 것과 비슷한 모양이 된다. 내 취향을 생각해 보면 이건 이상하다. 〈버피〉와 〈엑스 파일〉의 팬이었던 옛날에도 난 늘 큰 이야기보다 독립된 에피소드들을 더 선호했다. 떨어져 나간 이야기들은 미완성인 상태로 다음 차례를 기다리고 있다. 그중엔 운 나쁘게 제저벨에 오른 교회 마피아 순례자들의 이야기도 있고, 제저벨 일당들이 금요일 대륙에서 겪는《땡땡》스러운 모험담도 있고, 항해사와 엔지니어의 이야기도 있으며, 그랜딘 행성을 떠나 은하를 방황하는 다른 여행자들의 이야기도 있다. 이 이야기들은 따로 할 기회가 있을 것이다. 아마 이들은 지금 이 페이지에서 가장 재미있을지도 모른다.

2

링커 우주 이야기는 오래전부터 굴리던 아이디어 두 개로부터 출발한다.

하나는 이미 폐기된 과학 이론을 바탕으로 SF를 쓴다는 게임이다. 나는 중세 천구론에 바탕을 둔 단편을 잠시 쓰다가 포기했는데, 그 세계에서 사람들이 천구라고 믿고 있는 것은 외계인들이 만든 다이슨 스피어다. 그다음에 나는 라마르크의 획득형질 유전설이 먹히는 세계를 상상했는데, 그게 어쩌다 보니 링커 우주의 기반이 된다. 최종 완성된 링커 우주는 라마르크의 학설과 밀접한 관계가 없다. 하지만 시작을 한다는 게 중요한 거다.

다른 하나는 '준비되지 않은 우주여행자'의 개념이다. 게리와 실비아 앤더슨 부부의 텔레비전 시리즈 〈스페이스 1999〉의 고정 시청자(팬은 아니었다)였던 어린 시절부터 이 개념은 나에게 중요했다. 나는 아직도 항성 간 우주여행이 가능해진 미래의 우리가 지금의 인간성을 유지할 수 있을 거라고는 믿지 않는다. 그 세계의 인간들을 상상하는 것은 재미있는 일이지만 정작 그들을 주인공으로 이야기를 쓰는 것은 어렵다. 고로 우주여행의 시기를 살짝 앞당기는 반칙이 필요하다. 링커 기계들은 순전히 이 아이디어를 구체화시키기 위해 가져온 것으로, 그 자체로는 큰 의미가 없다. 아니, 없었다. 앞으로 어떻게 될지는 나도 모르는 일이니까.

3

나는 자서전적인 이야기는 쓰지 않는다. 그건 내가 가정폭력피해자도 아니고, 존속살인자도 아니고, 외계인 회

사에서 근무한 적도 없다는 뜻이다. 허구와 사실을 구별
좀 하고 살자. 제발!

나는 내 인생에서 허구의 재료가 될 만큼 재미있는 순
간을 단 하나도 골라낼 수가 없다. 하지만 내가 그동안 보
고 읽은 것에 대한 기억은 꽤 갖고 있다. 이들은 내 인생
대신 내가 쓰는 이야기의 재료가 된다.

이들 대부분은 번역서들이거나 자막이나 더빙을 입힌
외국영화들이다. 나에게 번역체의 문장을 통과한 이국의
환경은 가장 자연스러운 공간이었고, 투박한 번역 너머에
있는 완전한 모양의 책을 상상하는 것은 독서의 필수적인
일부였다. 아직도 나는 한국소설을 읽을 때 종종 낯선 사
람의 나체를 보는 것과 같은 난처함을 느낀다.

이 나라에서 SF를 쓰는 사람들은 대부분 비슷한 경험
을 공유하고 있으며 그게 작업에 반영된다. 많은 양산형
판타지 작가들은 존재하지 않는 영어 텍스트를, 역시 존
재하지 않는 일본어 번역을 통해 중역한다고 상상하며 글
을 쓴다. 그 정도까지는 아니더라도 이와 같은 가상의 번
역 작업은 언제나 존재한다. 의식하건, 의식하지 않건.

이는 자연스럽게 한국형 SF에 대한 논의로 이어진다.
난 여기에 대해 고민하지 않는다. 이 고민이 무의미하다
는 것은 아니다. 그냥 나는 하지 않겠다는 거다. 이런 것
까지 신경 쓰다간 운동화 끈 묶는 방법을 잊어버려 몸부
림치는 라이너스 반 펠트처럼 한 줄도 못 쓰고 출발점에
주저앉아 있을 판이다.

그래도 나는 될 수 있는 한 내가 아는 지리적 공간에서 이야기를 시작하려 한다. 그래야 실수가 적을 테니까. 내가 쓰는 현대 배경 이야기의 상당수는 서울 남서부나 그 주변의 위성도시가 무대다. 하지만 그렇다고 그것들이 특별히 더 한국적인 SF가 될까. 글쎄다. 몇몇 디테일을 손보면, 그 이야기들은 페루나 필리핀, 벨기에를 무대로 해도 먹힐 거다. 대부분 SF가 그렇다. 이 장르는 이야기꾼이 사는 동네보다 더 큰 그림을 그린다. 어느 동네에 살건 그건 그리 중요하지 않고, 언제까지 그 동네에만 있을 수는 없다.

문제는 이 동네에서 벗어나는 과정이다. 영미권 SF 작가들은 자기네들의 언어와 문화를 유지한 채 세계를 넓혀가는 것에 익숙해져 있다. 하지만 다른 문화권에서는 사정이 다르다. 심지어 나름 이 장르가 활성화되어 있는 유럽어권 나라들도 그렇다. 가장 간단한 예. 페리 로던이 어느 나라 사람이더라? 가장 최근 예. 얼마 전에 출판된 체코 SF 단편집인 《제대로 된 시체답게 행동해!》에서 체코인 캐릭터가 몇 명인지 찾아보라.

상황이 조금씩 변하고 있기는 하다. 나는 지금 궤도 엘리베이터를 세우는 한국 기업에 대한 이야기를 쓰고 있는데, 아직까지는 손발이 오그라드는 일 없이 그럭저럭 버티고 있다. 이런 미래를 상상해도 이상하지 않은 때가 온 거다. 하지만 한국어를 쓰는 한국 사람들만이 모인 우주선이 안드로메다 은하계로 날아가는 미래는 상상하지 못하겠다. 아마 그런 미래는 오지 않을 것이다.

지금쯤이면 내가 《제저벨》에 대한 알리바이를 만들고 있다는 걸 다들 눈치챘으리라 믿는다. 나는 한국적 SF에 대한 의무감은 없지만, 한국인이 아닌 캐릭터를 등장시키는 것에 대해서는 늘 조금씩 민망함을 느낀다. 자칫하면 삼성 슬레이트 PC 광고에 나오는 샘 꼴이 될 테니까. (반대의 경우도 마찬가지다. 나는 잭 런던의 《별 방랑자》에 나오는 조선 파트를 읽다가 배를 잡고 구르지 않은 한국 독자를 단 한 명도 모른다.) 그렇다고 여기서도 다른 단편집에서처럼 '서울 남서부나 그 주변의 위성도시'를 무대로 한 현대 배경의 이야기로 시작하며 '한국형 SF'인 척하는 꼼수를 쓸 수도 없는 노릇이다.

《제저벨》에 대한 내 알리바이는, 내가 그리는 이 세계가 객관적인 우주가 아니라, 내 어린 시절 문화 경험의 반영이라는 것이다. 대부분은 번역서들이거나 자막이나 더빙을 입힌 외국영화들이다. 나에게 번역체의 문장을 통과한 이국의 환경은 가장 자연스러운 공간이었고······ 여기서부터 이 글은 무한 순환한다.

4

의사 선생에 대한 보충 설명. 난 거의 평생에 걸친 프레드 애스테어의 팬이다. 내 팬심은 미국 드라마 〈아들과 딸들(Eight Is Enough)〉에서 랄프 마치오의 캐릭터가 여자 친구를 프레드 애스테어 페스티벌에 데려가는 걸 보았을 때부터 시작된다. (어쩌자고 나는 이런 것까지 기억하고 있는가!) 진저 로저스에 대한 내 팬심은 조금 제한적이다. 나는 오로지 로저스/애스테어 영화에 나오는 로저스만 좋아한다. 어찌 되었건, 나는 그들이 RKO의 사운드 스테이지에서 함께 춤추는 동안 천국의 작은 조각이 잠시 지상으로 내려왔다고 믿는다.

그냥 그렇다는 얘기다. (11/12/13)

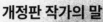

개정판 작가의 말

얼마 전에 나는 장 파울의 소설 《마리아 부츠 선생의 즐거운 생애(Leben des vergnügten Schulmeisterleins Maria Wuz in Auenthal)》의 영역판을 구입했다. 《제저벨》을 쓸 무렵, 내가 읽을 수 있는 언어로 번역된 판본을 구하려고 노력했던 기억이 난다. 결국 읽지 않고 써도 상관이 없으며 오히려 그것이 마리아 부츠 선생의 정신에 더 충실하다는 결론을 내렸다. 어제부터 책을 읽기 시작했는데, 그 생각이 바뀔 거라는 생각은 들지 않는다.

마리아 부츠 선생의 서가와 마찬가지로 이 책은 내가 읽지 않은 책과 영화에 대한 모방으로 가득하다. 예를 들어 제저벨이라는 배의 이름이나 몇몇 설정은 마커스 굿리치의 《딜라일라(Delilah)》에서 영향을 받았는데, 나는 제임스 미치너의 《작가는 왜 쓰는가》에 나오는 소개글을 읽었을 뿐, 이 책을 읽은 적이 없고 읽을 생각도 없다. 단지 부츠 선생과는 달리 나는 읽은 책과 영화도 꽤 있는 편이라, 그것들 역시 크루소 행성을 이루는 재료가 됐다. 그 상당수는 제2차 세계대전 이전에 나온 RKO사 제작 흑백영화들이다. 우리나라엔 이 영화들의 팬이 별로 없는 편이라, 이 책은 종종 불친절하다는 말을 듣는다. 곽재식 작가는 듀나 소설을 《제저벨》 같은 걸로 시작하면 이게 뭔가 하면서 헤맬 수 있다고 친절하게 경고한 적 있다. 하지만 독자들이 과연 작가가 숨겨놓은 모든 레퍼런스들을 다 이해해야 하는 걸까? 모르면 모르는 대로 즐거운 독서가 가능하지 않을까.

그래도 그동안 받은 질문에 대한 답변 몇 개. 왜 이 세계 사람들은 옛날 할리우드 영화들에 대해 이렇게 잘 아는 걸까. 그건 다양하게 변해가는 언어 환경 속에서 20세기 영어가 표준으로 자리 잡았고 당시 할리우드 영화가 교과서로 쓰이기 때문이다. (이에 대해서는 아직 발표되지 않은 단편인 〈나나의 테크닉컬러 유니버스〉에서 조금 더 자세히 설명된다.) 왜 크루소에서 박해받는 특정 부류의 사람들은 베들레헴이라고 불리는 걸까. 런던의 악명 높은 베들레헴 정신병원에서 그 명칭을 따왔다. 이 병원은 Bedlam이라는 별명으로 불렸고 이는 나중에 난리 법석을 의미하는 표현으로 굳어졌다. 이를 굳이 알 필요는 없지만 하여간 그렇다.

10년 전이나, 지금이나, 《제저벨》은 서구인과 서구세계를 흉내 내는 비서구인들에 대한 이야기다. 이 이야기에서 서구인으로 패싱 가능한 사람은 의사 선생과 42호뿐이고 그들도 옛 흑백영화의 유령처럼 회색 피부를 갖고 있다는 걸 잊지 마시길. 가짜 유럽 국가가 무대인 로맨스 판타지와 서양 배경의 뮤지컬이 한국에서 인기를 끄는 지금, 이에 대해 생각해 보는 건 여전히 의미가 있지 않을까.

2022년 7월 26일

부록

선장은 어떻게 제저벨을 만났는가

편집진에서는 이번 책을 위해 새로 작가의 말을 쓰는 게 어떠냐고 제안했는데, 작년에 이미 할 이야기는 충분히 해서 여기에 무언가를 덧붙이는 건 큰 의미가 없는 것 같다. 대신《제저벨》을 쓸 때 넣지 않은 이야기를 조금 하겠다. 제목을 붙인다면 '선장은 어떻게 제저벨을 만났는가'가 될 것 같고.

선장이 로즈 셀라비에 있었던 마지막 날이었다. 말미잘 혀의 포악함은 극에 달해 있었다. 자신의 무능함이 끔찍한 결과를 초래했을 때는 늘 그랬다. 웃기는 건 로즈 셀라비에서 말미잘 혀의 무능함을 모르는 사람은 단 한 명도 없었다는 것이었다. 그런데도 선원들은 이 인간을 함장으로 뽑았다. 자기네들의 추악함과 어리석음을 가장 잘 대변했기 때문에. 그것들이 그들을 구렁텅이 속에 빠트릴 거라는 건 상대적으로 덜 중요했다.

말미잘 혀는 당시 함장이 아니었다. 하지만 꽤 큰 책임을 져야 하는 위치에 있었고 목요일 태양단 해적과의 전투에서 대패한 것이나 다름없었던 그 순간엔 책임을 전가하고 분노를 터트릴 누군가가 필요했다. 그리고 그 표적은 주변에서 가장 작고 약하고 전투 내내 가장 부지런하게 뛰어다녔던 선장이었다. 당연하지만 당시 선장은 선장이 아니었고 털 달린 동물과 관련된 온갖 멸칭으로 불렸다. 셰익스피어가 요정 왕에게 붙여준 멋진 진짜 이름이 있었음에도 불구하고.

말미잘 혀에게 한 시간 동안 구타당하던 선장은 마침내 바다에 집어 던져졌다. 그건 증거인멸을 노린 살인 행위였다. 이를 통해 말미잘 혀는 자신의 모든 잘못을 피떡이 된 작은 털 동물에게 뒤집어씌울 수 있었다. 그 거짓말은 척 봐도 말이 안 됐지만 말미잘 혀의 지지자들은 그런 것에 신경 쓰지 않았다. 자기 귀에 좋게 들리면 그것으로 족했다.

선장은 죽지 않았다. 물속에 떨어지기 직전에 전투 때 튕겨져 나가 로즈 셀라비 주변을 맴돌고 있던 구명정 하나를 작동시켰다. 간신히 안으로 들어가 문을 닫았고 같이 들어온 바닷물이 고인 바다 위에서 이틀 동안 정신을 잃고 누워 있었다.

깨어나 간신히 몸을 추스른 선장은 그때쯤 로즈 셀라비에 돌고 있을 루머를 생각하고 억울해서 엉엉 울었다. 하지만 지금 당장 로즈 셀라비로 돌아가는 건 자살 행위였다. 자신의 가치를 입증하려던 몇 년의 노력이 허사가 되었다.

펌프로 구명정 안의 물을 뽑아내고 청소를 마친 선장은 위치를 확인했다. 수요일 대륙 근처 마자와티 만 어딘가였다. 동쪽에서 해류를 타고 밀려온 바닷물이 갇혀 거대한 원을 그리며 끝없이 돌면서 천천히 썩어가는 곳이었다. 창문 바깥으로 보이는 바다는 거의 육지처럼 보였다.

말라붙은 검은 해초들이 얽혀 땅의 환영을 만들어내고 있었다. 어느 정도는 진짜 땅이라고 할 수 있었다. 균형만 잘 잡고 길을 제대로 읽는다면 선장처럼 작은 동물은 그 위를 걸을 수 있었다.

구명정은 해초에 갇혀 움직일 수 없었다. 선장은 어쩔 수 없이 매일 탐험에 나섰다. 해초의 시체 위를 조심스럽게 걸으며 먹을 수 있는 해초를 뜯고 열매를 수확하고 작살로 물고기를 사냥했다. 종종 밑에서 헤엄치는 커다란 무언가가 헤엄치는 게 느껴지면 허겁지겁 구명정으로 돌아왔다. 그리고 모아 온 재료들을 총동원해 새로운 요리법을 시도했다. 그 대부분은 로즈 셀라비에서 음식이라고 주었던 음식보다 맛있었다.

보름째 되던 날, 선장은 구명정에서 3킬로미터 떨어진 곳에서 해조 밑에 갇힌 무언가를 발견했다. 속이 빈 금속성의 상자 같았다. 걸음걸이로 측정해 보니 길이는 30미터가 넘었고 폭은 6미터 정도였다. 아슬아슬하게 떠 있는 배였다. 선루가 뜯겨져 나가 있었지만 원래는 20세기 군용선을 흉내 낸 모양이었음이 분명했다. 토요일 대륙의 전쟁광들이 갖고 놀던 것일까? 그럴 수도 있고 아닐 수도 있었다. 그곳 자궁이 배도 만들긴 하지만 이렇게 선루가 선체에서 완벽하게 분리된 구조를 보면 처음부터 첩보용처럼 수상쩍은 용도로 인간들이 직접 만들었을 수도 있었다.

선장은 입구를 열고 안으로 들어갔다. 안은 썩은 바닷

물로 차 있었고 썩어 문드러져 거의 형체를 알 수 없는 시체들이 여기저기 떠 있었다. 하지만 의외로 안의 기계들은 멀쩡했다. 자기 수리 능력이 있지만 동면 중인 기계였다. 배터리를 확인해 보니 10분의 1 정도가 남아 있었다.

선장은 배의 기기들을 작동시켰다. 밸러스트를 비우고 선내의 물을 펌프로 뽑고 시체를 치우고 안을 소독했다. 배는 천천히 해초 위로 떠올랐다. 그리고 뱃머리에 그려진 베티 데이비스의 초상화가 떠올랐다. 배의 이름이 밝혀지는 순간이었다. 제저벨이었다.

제저벨은 남은 에너지를 총동원해 천천히 구명정을 향해 헤엄쳐 갔다. 선장은 뱃머리에 앉아 가끔씩 무기고에서 찾은 진동 폭탄을 하나씩 던지며 앞을 가로막은 해초를 부수었다. 목적지에 도착하자 선장은 구명정의 배터리를 제저벨에 연결했다. 제저벨은 다시 움직였고 이틀 뒤에 마자와티 만의 해조 섬에서 탈출했다.

그때쯤 구명정과 제저벨의 배터리는 거의 바닥이 나 있었다. 하지만 선장은 돛대를 끄집어내 달고 해류를 타면서 배를 움직일 수 있었다. 선장은 밤마다 갑판으로 나와 구름 사이에서 빛나는 별들을 바라다보며 속삭였다. 제저벨, 나의 제저벨.

이틀 뒤 배는 블라이스톤 항에 도착했다. 항구 구석에 있는 해양은행에서 예금해 두었던 배당금 절반을 찾은 선장은 4주 동안 뛰어다니며 제저벨의 소유권을 등록했고 새 선루를 세웠다. 그 과정을 통해 선장은 지난 7년 동안 유령선이 되어 떠돌았던 이 간첩선의 끔찍한 과거에 대해 알게 되었다. 그리고 원래 이름이 보이저였다는 사실도. 하지만 그건 잘못 지은 이름이었다. 이 배는 제저벨이어야 했다.

4주 뒤, 선장은 새로 페인트를 칠하고 예쁜 새 선루와 새 배터리 그리고 최신식 워터제트 엔진을 장착한 제저벨을 타고 블라이스톤을 떠났다. 정처 없이 크루소의 바다를 떠돌던 제저벨은 선장이 로즈 셀라비에서 떨어진 뒤 꼭 1년째 되던 날, 새 승무원을 받았다. 다들 윌리 월러스를 닮았다고 하는 요리사 아줌마였다. 나는 《제저벨》에서, 한때 서쪽 섬 죽은 자들의 군주였고 새벽 별의 신부였던 이 사람의 이야기를 거의 하지 않았다. 아, 언젠가 기회가 있겠지.

제저벨

발행일 2023년 12월 4일 개정2판 1쇄

지은이 듀나
기획 그린북 에이전시·읻다
편집 김준섭·이해임·최은지
일러스트 지정
디자인 형태와내용사이
제작 영신사

펴낸곳 읻다
펴낸이 김현우
등록 제300-2015-43호. 2015년 3월 11일
주소 (04035) 서울시 마포구 양화로 11길 64, 401호
전화 02-6494-2001
팩스 0303-3442-0305
홈페이지 itta.co.kr
이메일 itta@itta.co.kr

ISBN 979-11-93240-16-8 04810
ISBN 979-11-89433-84-0 (세트)